LA SOLEDAD
DE LOS NÚMEROS PRIMOS

PAOLO GIORDANO
LA SOLEDAD DE LOS NÚMEROS PRIMOS

Traducción de Juan Manuel Salmerón Arjona

MAXI
TUSQUETS
EDITORES

PEFC Certificado

Este libro procede de bosques gestionados de forma sostenible

PEFC

PEFC/14-38-00305 www.pefc.es

Título original: *La solitudine dei numeri primi*

1.ª edición en colección Andanzas: septiembre de 2023
1.ª edición en colección Maxi: enero de 2024
4.ª edición en colección Maxi: octubre de 2025

Publicado por acuerdo especial con Paolo Giordano conjuntamente con sus agentes debidamente designados MalaTesta Lit. Ag. y The Ella Sher Literary Agency

Adaptación de la cubierta: Maxi Tusquets / Área Editorial Grupo Planeta

Ilustración de la cubierta: © Nani Serrano

Fotografía del autor: © Ivan Giménez / Tusquets Editores

© de la traducción: Juan Manuel Salmerón Arjona, 2009, 2023

Diseño de la colección: FERRATERCAMPINSMORALES

ISBN: 978-84-1107-390-5
Depósito legal: B. 19.259-2023
Impreso en España

Índice

a Eleonora,
porque en silencio
te lo prometí

El vestido ricamente guarnecido de la vieja tía se amoldó perfectamente al cuerpo esbelto de Sylvie, quien me pidió que se lo atara. «Tiene las mangas lisas, ¡qué ridículo!», dijo.

GÉRARD DE NERVAL, *Sylvie*, 1853

El ángel de la nieve
(1983)

1

Alice della Rocca odiaba la escuela de esquí. Odiaba tener que despertarse a las siete y media de la mañana incluso en Navidad, y que mientras desayunaba su padre la mirase meciendo nerviosamente la pierna por debajo de la mesa, como diciéndole que se diera prisa. Odiaba ponerse los leotardos de lana, que le picaban en los muslos, y las manoplas, que le impedían mover los dedos, y el casco, que le estrujaba la cara y tenía un hierro que se le clavaba en la mandíbula, y aquellas botas, que siempre le iban pequeñas y la hacían andar como un gorila.

—Bueno, ¿qué? ¿Te bebes la leche o no? —volvió a apremiarla su padre.

Alice tragó tres dedos de leche hirviendo que le quemó sucesivamente la lengua, el esófago y el estómago.

—Bien. Y hoy demuestra quién eres, ¿vale?

¿Y quién soy?, pensó ella.

Acto seguido salieron a la calle, la niña enfundada en su traje de esquí verde lleno de banderitas y fosforescentes letreros de patrocinadores. A aquella hora estaban a diez grados bajo cero y el sol era un disco algo más gris que la niebla que todo lo envolvía. Alice sentía la leche revolvérsele en el estómago y se hundía en la nieve con los esquíes a hombros, porque has de cargarlos tú mismo hasta que logres ser tan bueno que otro los cargue por ti.

—Con las puntas por delante, y no mates a nadie —le recordó su padre.

Acabada la temporada, el club de esquí obsequiaba a los alumnos con un broche de estrellitas en relieve, uno cada año, desde que tenían cuatro años y eran lo bastante altos para meterse entre las piernas el telearrastre, hasta los nueve, en que podían agarrarlo solos; primero tres estrellas de plata y después tres de oro; cada año un broche, que significaba que uno era un poco mejor y estaba más próximo a competir, cosa que ya espantaba a Alice, que solo tenía tres estrellas.

Habían quedado en el telesilla a las ocho y media, hora en que abrían las pistas. Allí estaban ya sus compañeros, en corro, como soldaditos de plomo embozados en sus trajes de esquí, entumecidos de frío y soñolientos; habían hincado los bastones en la nieve para apoyar las axilas. Con los brazos colgando parecían espantapájaros. Nadie tenía ganas de hablar, y Alice menos que nadie.

Su padre le dio dos fuertes golpes en el casco, ¡ni que quisiera clavarla en la nieve!, y le dijo:

—A por ellos, y recuerda: echa el peso hacia delante, ¿entendido? Ha-cia de-lan-te.

El peso hacia delante, le resonó a Alice en la cabeza.

Y soplándose las manos, su padre echó a andar; pronto estaría leyendo el periódico al calorcillo de casa. Fue dar dos pasos y desaparecer en la niebla.

A salvo de la mirada de su padre, que de haberla visto le habría armado una buena delante de todo el mundo, Alice arrojó los esquíes al suelo con rabia. Quitó primero la nieve de las botas golpeándolas con el bastón y luego las encajó en las fijaciones.

Ya se le escapaba un poco. Sentía la vejiga tan llena que notaba como punzadas. Pero seguro que tampoco podía ese día.

Todas las mañanas lo mismo. Al terminar de desayunar se encerraba en el baño y trataba con todas sus fuerzas de evacuar el pipí; contraía tanto los abdominales que del esfuerzo sentía un pinchazo en la cabeza y le parecía que los ojos se le salían de las órbitas, como la pulpa de un grano de uva al aplastarlo. Abría el grifo al máximo para que su padre no la oyera. Quería expulsar hasta la última gota y apretaba los puños. Y así permanecía allí sentada, hasta que su padre aporreaba la puerta gritando: «Señorita, a ver si terminamos que llegamos tarde otra vez».

Pero nada. Ya al alcanzar el primer remonte tenía tantas ganas de orinar que debía apartarse del grupo, desengancharse los esquíes, sentarse en la nieve fresca y, fingiendo que se ajustaba las botas, hacer pipí; se lo hacía encima, amontonando un poco de nieve en torno a las piernas juntas, con el traje y los leotardos puestos, y entretanto todos los compañeros la miraban y Eric, el profesor, decía: «Como siempre, esperamos a Alice».

Pero ¡qué alivio!, pensaba al notar cómo el tibio líquido le bañaba las piernas heladas. Y más grande sería el alivio si no estuvieran todos mirándola, pensaba también.

Porque acabarían dándose cuenta.

Porque al final dejaría una mancha amarilla en la nieve.

Y todo el mundo se reiría de ella.

Uno de los padres se acercó a Eric y le preguntó si esa mañana no había demasiada niebla para subir a la cima. Alice prestó atención, esperanzada, pero Eric contestó esbozando una sonrisa perfecta:

—Niebla solo hay aquí, en lo alto luce un sol que ciega. Hala, todos arriba.

En el telesilla, a Alice le tocó de pareja a Giuliana, hija de un colega de su padre. No se hablaron en todo el trayecto. No se caían ni bien ni mal. No tenían nada en común, aparte de no querer estar allí ese día.

No se oían más ruidos que el del viento que azotaba la cumbre del Fraiteve y el que producía al deslizarse el cable de acero del que las dos pendían, embozadas en el cuello de la chaqueta y calentándose con el aliento.

Es solo el frío, no el pipí, se repetía Alice.

Pero cuanto más se acercaban a la cumbre, más punzadas sentía en la barriga; no, no era solamente pipí. Quizá esta vez era algo más serio.

No, no es más que frío; ya no se te puede escapar, si acabas de hacerlo.

De repente le subió un vómito de leche rancia hasta la epiglotis y con asco volvió a tragárselo. Se lo hacía encima, se lo hacía allí mismo.

Para el refugio quedan aún dos remontes, pensó; no aguantaré tanto.

Giuliana levantó la barra de seguridad y las dos se dispusieron a apearse adelantando un poco el trasero. Cuando tocó el suelo con los esquíes, Alice se empujó con la mano y saltó de la silla.

No se veía más allá de dos metros, ¡anda que el sol cegaba! Todo estaba blanco, por arriba, por abajo y por los lados. Le parecía estar envuelta en una sábana. Aquello era exactamente lo contrario de la oscuridad, pero infundía el mismo miedo.

Esquió hasta el borde de la pista en busca de un montón de nieve fresca donde hacer sus necesidades. Las tripas le sonaron con un ruido de lavaplatos. Miró atrás; no vio a Giuliana, luego tampoco Giuliana podía verla a ella. Subió unos metros por la pendiente con los esquíes oblicuos, como le había enseñado su padre cuando se empeñó en que aprendiera a esquiar y la obligaba a subir y bajar por la pista infantil treinta o cuarenta veces al día: subir con los esquíes en ángulo abierto, bajar con los esquíes en ángulo cerrado, porque comprar el pase para usar una sola pista era tirar el dinero, aparte de que así fortalecía las piernas.

Alice se quitó los esquíes y anduvo otro poco, hundiéndose en la nieve hasta mitad de la pantorrilla. Por fin se sentó, respiró hondo y relajó los músculos. Un agradable estremecimiento le recorrió el cuerpo y acabó alojándosele en la punta de los pies.

Seguro que fue por la leche; seguro que fue porque el trasero se le medio congeló de estar sentada en la nieve a más de dos mil metros de altura. Nunca le había pasado, al menos que ella recordara, nunca, pero el hecho es que se lo hizo encima.

Se lo hizo encima. Y no solo pipí; también se cagó, a las nueve en punto de aquella mañana de enero; se lo hizo en las bragas y ni siquiera se dio cuenta, no hasta que oyó a Eric llamarla desde algún punto impreciso en medio de la niebla.

Fue entonces, al levantarse bruscamente, cuando notó que la entrepierna del pantalón le pesaba. Instintivamente se llevó la mano al trasero, aunque con el guante no sintió nada. Tampoco hacía falta, sabía muy bien lo que era.

¿Y ahora qué?, se preguntó.

Eric la llamó de nuevo. Ella no contestó. Mientras siguiera allí arriba, la niebla la ocultaría. Podía bajarse los pantalones y limpiarse con nieve como buenamente pudiera, o decirle a Eric lo que le pasaba, o que le dolía la rodilla y debía regresar al pueblo. O también podía esquiar así, cuidando siempre de ir la última.

Pero no hizo nada de eso; se quedó allí quieta, invisible en medio de la niebla.

Eric la llamó por tercera vez, en voz más alta.

—Estará ya en el remonte, la muy despistada —dijo un compañero.

Se oyeron voces. Uno dijo «Vámonos» y otro «Aquí parado me congelo». Podían estar allí mismo, a pocos metros de distancia, o ya al pie del remonte. El eco engaña, rebota en las montañas, se ahoga en la nieve.

—¡Vaya, hombre! Vamos a ver —dijo Eric.

Conteniendo las náuseas que le producía notar aquella masa viscosa resbalarle por los muslos, Alice contó despacio hasta diez, primero una vez, luego otra, y luego hasta veinte. Para entonces ya no se oía nada.

Tomó en brazos los esquíes y se dirigió a la pista. Tardó un rato en averiguar cómo situarlos para que quedaran perpendiculares a la línea de máxima pendiente. Con aquella niebla no sabías hacia dónde estabas orientada.

Metió las botas en las fijaciones y las apretó. Se quitó las gafas empañadas y las limpió con saliva.

Podía descender sola. Poco le importaba que Eric la buscara en la cima del Fraiteve; quería quitarse cuanto antes aquellos leotardos llenos de caca. Pensó en el descenso; nunca lo había hecho sola, pero estaba en el primer remonte y aquel trecho de pista lo había recorrido muchas veces.

Empezó a descender con la punta de los esquíes

en cuña; así era más prudente. Además, como llevaba las piernas abiertas, se notaba la entrepierna menos emplastada. Recordó que el día anterior Eric le había dicho: «Si te veo tomar otra curva con los esquíes en cuña, te juro que te ato los tobillos».

A Eric no le gustaba, lo sabía. Seguro que pensaba que era una cagona. Y ciertamente los hechos le daban la razón. A Eric tampoco le gustaba su padre, porque todos los días, al acabar la clase, cuando lo acosaba a preguntas: «¿Qué, cómo va nuestra Alice? ¿A que va mejorando, a que está hecha una campeona? ¿Y cuándo empiezan las competiciones?...», Eric lo miraba como si no lo viera y contestaba: «Sí», «No», o con prolongados «Pues...».

Alice se imaginaba la escena como si la contemplara sobreimpresa en el empañado cristal de las gafas. No veía más allá de la punta de los esquíes y avanzaba muy despacio; comprendía que debía girar solamente cuando topaba con nieve fresca.

Para sentirse menos sola se puso a canturrear; a ratos se llevaba la mano a la nariz y se limpiaba los mocos con el guante.

Echa el peso hacia atrás, hinca el bastón y gira. Haz fuerza en las botas. Luego échate hacia delante, ¿entiendes? Ha-cia de-lan-te, le sugerían a la vez Eric y su padre.

Por cierto, este último se pondría hecho una fiera, y ella tendría que inventar una excusa, contarle una mentira sin puntos flacos ni contradicciones. Porque confesarle la verdad era impensable. Le diría que fue culpa de la niebla, que estaba bajando la pista grande con los demás cuando se le voló el pase que llevaba prendido de la chaqueta... Bueno, eso no, eso no le ocurre a nadie, hay que ser tonto para perder el pase. Mejor la bufanda; que se le voló la bufanda, que se detuvo a recogerla y que los demás no la esperaron. Que los llamó cien veces, pero nada, habían desaparecido en la niebla. Y por eso había bajado ella sola, a buscarlos.

¿Y por qué no has subido otra vez?, le preguntaría su padre.

Eso, ¿por qué? Mejor haber perdido el pase: no había subido otra vez porque sin pase el del telesilla no le habría permitido montarse.

Satisfecha con la excusa, Alice sonrió; no tenía pega. Incluso dejó de sentirse tan sucia. Aquello ya no resbalaba.

Se habrá congelado, pensó.

Pasaría el resto del día viendo la tele; se daría una ducha, se pondría ropa limpia, se calzaría sus mullidas pantuflas y se quedaría en casa bien calentita. Todo eso habría hecho si hubiera apartado los ojos de los esquíes y visto la cinta naranja que ponía PISTA CERRADA. La de veces que se lo decía su padre: ¡mira por dónde vas! Si hubiera recordado que cuando hay nieve fresca no hay que echar el peso hacia delante; si Eric, días antes, le hubiera ajustado bien las fijaciones y su padre hubiese insistido más en que ella pesaba veintiocho kilos y quizá estaban demasiado apretadas.

Pero el salto tampoco fue tan grande; apenas notó que volaba y cierto vacío en el estómago cuando ya se encontró tendida boca abajo en la nieve, con las piernas al aire y los esquíes clavados bien derechos, a costa del peroné.

No sintió dolor, ni ninguna otra cosa, la verdad. Solo notó la nieve que se le colaba por la bufanda y el casco y que parecía arder al contacto con su piel.

Empezó por mover los brazos. Recordó que de pequeña, cuando amanecía nevado, su padre la llevaba bien abrigada hasta el centro del patio, y allí, cogidos de la mano, contaban hasta tres y se dejaban caer de espaldas. Ahora haz el ángel, le decía su padre; ella movía los brazos arriba y abajo, y cuando se levantaba, la silueta impresa en el manto blanco parecía la de un ángel con las alas desplegadas.

Lo mismo hizo Alice en aquel momento, porque sí, porque quería demostrarse que seguía viva. Volvió la cabeza de lado y empezó a respirar hondo, aunque con la sensación de que el aire que inspiraba no llegaba todo lo profundo que debía. Tenía la extraña impresión de no saber en qué posición le habían quedado las piernas, la extrañísima impresión de no tener piernas.

Intentó moverlas, pero no pudo.

Si no hubiera niebla quizá alguien podría verla desde arriba: una mancha verde en el fondo de un barranco por donde volvería a correr un arroyuelo en primavera y con los primeros calores crecerían fresas silvestres, esas fresas que se ponen dulces como caramelo y abundan tanto que en un día llenas una cesta.

Alice pidió auxilio, pero su débil vocecita se perdió en la niebla. Intentó de nuevo levantarse, o al menos darse la vuelta, pero tampoco pudo.

Su padre le había dicho un día que los que mueren congelados, instantes antes de fallecer, sienten mucho calor y tratan de quitarse la ropa, y que por eso casi siempre los encuentran en paños menores. Y ella se lo había hecho en las bragas, para mayor escarnio.

También los dedos empezaron a quedársele insensibles. Se quitó un guante, echó dentro el aliento y volvió a ponérselo; lo mismo hizo con el de la otra mano. Repitió varias veces la ridícula operación, tratando de entrar en calor.

Son las extremidades las que fallan, le decía siempre su padre; dedos de pies y manos, nariz, orejas... El corazón procura guardarse para sí toda la sangre y deja que lo demás se congele.

Alice se imaginó cómo sus dedos, y luego, gradualmente, también sus brazos y piernas, se ponían azules; y cómo su corazón latía cada vez más fuerte tratando de conservar el calor. Se quedaría tan tiesa que, si un lobo que pasara por allí le pisaba un brazo, se lo quebraría.

Seguro que están buscándome.

¿De verdad habrá lobos?

Ya no siento los dedos.

¡Si no me hubiera tomado esa leche!

Echa el peso hacia delante.

No, los lobos hibernan.

¡Qué enfadado estará Eric!

Yo no quiero competir.

¡Qué tontería, sabes muy bien que los lobos no hibernan!

Sus pensamientos fueron volviéndose más y más ilógicos y repetitivos. Poco a poco el sol traspuso el monte Chaberton, la sombra de las montañas cubrió su cuerpo y la niebla se oscureció.

El principio de Arquímedes
(1984)

2

Cuando los dos gemelos eran pequeños y Michela hacía alguna de las suyas, por ejemplo lanzarse por la escalera con el tacatá o meterse un guisante en la nariz —que luego había que sacarle en urgencias con unas pinzas especiales—, su padre siempre se dirigía a Mattia, el primero que nació, y le decía: «Mamá tenía el útero demasiado estrecho para los dos», o: «A saber la que armasteis ahí dentro. Seguro que de tanto patear a tu hermana la desgraciaste». Y se echaba a reír, aunque la cosa no tenía ninguna gracia; y aupaba a Michela y le restregaba la barba por la carita.

En esas ocasiones, Mattia los miraba alzando la vista y riendo también, y oía las palabras de su padre como si se le filtrasen por ósmosis, sin entender bien lo que significaban. Dejaba que se depositaran en sus entrañas, donde parecían formar una capa espesa y viscosa, como de poso de vino añejo.

La risa de su padre se convirtió en sonrisa tensa cuando vio que, con veintisiete meses, Michela no decía una sola palabra, ni siquiera mamá, caca, yaya o ajo. Solo daba grititos inarticulados, grititos que parecían clamar en el desierto y que su padre no oía sin estremecerse.

Cuando tenía cinco años y medio, una logopeda de gruesas gafas le puso delante una tabla rectangular de aglomerado en la que había cuatro huecos de distinta forma —una estrella, un círculo, un cuadrado y un triángulo—, y otras tantas piezas de color que debía encajar en los huecos correspondientes.

Michela se quedó mirando aquello maravillada.

—A ver, Michela, ¿dónde va la estrella? —le preguntó la logopeda.

La pequeña bajó los ojos y observó las piezas del juego sin tocar ninguna. La doctora cogió la estrella y se la puso en la mano.

—¿Esta dónde va, Michela?

Michela miraba a todas partes y a ninguna. Se llevó la estrella a la boca y empezó a mordisquear una punta. La logopeda se la retiró y le repitió la pregunta por tercera vez.

—Michela, va, haz lo que te dice la doctora —gruñó su padre, incapaz de seguir sentado donde le habían dicho que se sentara.

—Por favor, señor Balossino —le dijo la doctora, conciliadora—, a los niños hay que darles tiempo.

Michela se tomó el suyo. Un minuto. Al término del cual, emitiendo un agudo chillido, que lo mismo podía ser de alegría que de desesperación, colocó resueltamente la estrella en el hueco cuadrado.

Si Mattia no hubiera comprendido por sí solo que a su hermana le pasaba algo, ya se habrían encargado de hacérselo ver sus compañeros de clase, por ejemplo Simona Volterra, que cuando iban a primero y la maestra le dijo: «Simona, este mes te sentarás con Michela», ella se negó cruzando los brazos y contestó: «Yo con esa no me pongo».

Aquel día Mattia dejó que la tal Simona y la maestra discutieran un rato, y al final dijo: «No se preocupe, yo me siento con mi hermana». Y todo el mundo pareció aliviado: la misma Michela, la tal Simona, la maestra... Todos menos él.

Los dos gemelos se sentaban en primera fila. Michela se pasaba todo el tiempo coloreando dibujos, lo que hacía con esmero pero saliéndose de los contornos; aplicaba los colores sin ton ni son, azul para la piel de los niños, rojo para el cielo, amarillo para los árboles; sujetaba el lápiz como si fuera una batidora, empuñándolo, y apretaba tanto que cada dos por tres rasgaba el papel.

Y mientras, a su lado, Mattia aprendía a leer y escribir y a hacer las cuatro operaciones aritméticas —fue el primero de la clase en aprender a dividir con resto—; su mente funcionaba como un engranaje perfecto, del mismo modo misterioso como la de su hermana funcionaba de manera tan defectuosa.

Había veces en que Michela empezaba a removerse en la silla y agitar desesperadamente los brazos, como una mariposa atrapada; los ojos se le ensombrecían y la maestra se quedaba mirándola asustada, aunque con la vaga esperanza de que aquella retrasada se fuera de verdad volando para siempre. En las filas de atrás alguno se reía, otro le decía chitón.

Mattia se levantaba al fin, retirando con cuidado la silla para no arrastrarla, y se colocaba detrás de su hermana, que volvía la cabeza a un lado y otro y seguía agitando los brazos, para entonces tan rápido que parecían ir a desprendérsele. Le cogía las manos, le plegaba delicadamente los brazos sobre el pecho y le susurraba al oído:

—Ea, ya no tienes alas.

Michela tardaba unos segundos en dejar de moverse; se quedaba un rato con la mirada perdida y por fin, como si tal cosa, volvía a sus pintarrajos. Mattia se sentaba de nuevo en su sitio, avergonzado, con la cabeza gacha y las orejas rojas, y la maestra reanudaba la lección.

En tercero, los gemelos seguían sin haber sido invitados nunca a un cumpleaños. Consciente de ello, su madre quiso poner remedio al asunto y un día, durante la comida, propuso organizar una fiesta para el cumpleaños de sus hijos. El señor Balossino rechazó la propuesta: «Por Dios, Adele, bastante penoso es ya así». Mattia dio un suspiro de alivio y Michela dejó caer por décima vez el tenedor. No volvió a hablarse del asunto.

Hasta que una mañana de enero Riccardo Pelotti,

el pelirrojo con labios de babuino, se acercó a la mesa de Mattia y le dijo de corrido, mirando a la pizarra:

—Que dice mi madre que te invite a mi cumpleaños, y a ella también. —Y señaló a Michela, que en ese momento pasaba la mano por la superficie de la mesa con gran aplicación, como si alisara una sábana.

Mattia sintió tal emoción que la cara empezó a hormiguearle.

—Gracias —contestó, aunque Riccardo, cumplido el encargo, ya se alejaba.

Al enterarse, su madre se puso nerviosa y se llevó a los dos a comprarles ropa a una tienda de Benetton. Fueron también a tres tiendas de juguetes, aunque le costaba decidirse.

—¿Qué le gusta a Riccardo? ¿Esto le gustará? —le preguntó a Mattia con un puzle de mil quinientas piezas en la mano.

—¡Y yo qué sé! —contestaba él.

—¿No es amigo tuyo? Tú sabrás los juegos que le gustan.

Mattia pensaba que Riccardo no era amigo suyo y que su madre no lo entendería. Y no respondía sino encogiéndose de hombros.

Al fin Adele optó por una astronave Lego, el juguete más grande y caro de la sección.

—Eso es demasiado, mamá —protestó Mattia.

—¡Qué va!... Es el regalo de los dos. ¿O es que queréis quedar mal?

Que de todos modos quedarían mal, con regalo o

sin él, Mattia lo sabía de sobra; con Michela era imposible otra cosa. Como sabía también que Riccardo los había invitado porque se lo mandaron sus padres. Y seguro que Michela se le pegaría todo el rato, se pondría perdida de naranjada y al final, cuando se cansara, empezaría a lloriquear, como hacía siempre.

Por primera vez pensó que sería mejor quedarse en casa.

O bueno, que sería mejor que Michela se quedara en casa.

—Mamá —dijo, inseguro.

Adele estaba buscando el monedero en el bolso.

—¿Qué?

Mattia tomó aliento.

—¿De verdad Michela tiene que ir a la fiesta?

Adele se quedó quieta y clavó los ojos en los de su hijo. La cajera los observaba indiferente, con la mano tendida y abierta por encima de la cinta transportadora, esperando el dinero. Michela revolvía los paquetes de caramelos del expositor.

A Mattia se le encendieron las mejillas, como preparándose a recibir una bofetada que no llegó.

—Pues claro —contestó sin más su madre, zanjando la cuestión.

A casa de Riccardo podían ir solos. A pie eran apenas diez minutos. A las tres en punto Adele plantó a los gemelos en la puerta de la calle.

—Hala, que llegáis tarde. Y acordaos de dar las gracias a sus padres. Y tú cuida de tu hermana, sabes que no puede comer porquerías.

Mattia asintió. Adele los besó en la mejilla, más a Michela, a la que arregló el pelo bajo la diadema, y les deseó que se divirtieran.

De camino a casa de Riccardo, Mattia iba pensando al compás que marcaban las piezas de Lego al rebotar, como olas de marea, dentro de la caja de cartón. Michela iba rezagada unos metros y trastabillaba para seguirle el paso, arrastrando los pies por la hojarasca pegada al asfalto. La atmósfera estaba quieta y fría.

Seguro que tira las patatas fritas, iba pensando Mattia. Y que coge la pelota y no se la pasa a nadie.

—¿Quieres darte prisa? —le dijo volviéndose; su hermana se había agachado en medio de la acera y hostigaba con el dedo a un gusano larguísimo.

Michela se quedó mirando a Mattia como si hiciera mucho que no lo veía. Luego sonrió y corrió hacia él con el gusano entre el pulgar y el índice.

—¡Qué asco, tira eso! —le ordenó el gemelo, apartándose.

Ella miró de nuevo al bicho como si se preguntara qué hacía entre sus dedos. Al cabo lo soltó y emprendió una torpe carrera para alcanzar a su hermano, que ya se había adelantado unos pasos.

Se quedará con la pelota y no querrá dársela a nadie, igual que en la escuela, pensaba Mattia.

Miró a su hermana gemela, que tenía sus mismos ojos, su misma nariz y su mismo color de pelo, y menos cerebro que un mosquito, y por primera vez sintió odio puro. La tomó de la mano para cruzar la calle, pues allí el tráfico era intenso, y mientras cruzaban tuvo una idea.

Soltó la mano de la hermana, enfundada en su guantecito de lana, pero pensó que aquello no estaría bien.

Luego, bordeando el parque, nuevamente cambió de idea y se convenció de que nunca lo descubrirían.

No serán más que unas horas, pensó; solo esta vez.

Y agarrando a Michela del brazo y dando un giro brusco, entró en el parque; la hierba estaba todavía húmeda de la helada nocturna. Michela trotaba tras él manchándose de barro las botitas de gamuza blanca recién estrenadas.

En el parque no había un alma. Con aquel frío a nadie le apetecía pasear. Llegaron a una arboleda en la que había tres mesas de madera con bancos y una barbacoa. Allí precisamente, cuando iban a primero, se habían parado a comer una mañana en que las maestras los llevaron a recoger hojas secas, con las que luego confeccionaron feos centros de mesa que regalaron a sus abuelos por Navidad.

—Michi, escúchame bien —le dijo Mattia—. ¿Me escuchas?

Siempre había que asegurarse de que el estrecho canal comunicativo de Michela estuviera abierto. Esperó el gesto de asentimiento de la gemela.

—Bien. Yo ahora tengo que irme —le explicó—, pero será solo un momento, media hora como mucho.

Tampoco había por qué decirle la verdad, al fin y al cabo para Michela lo mismo era media hora que un día. Al decir de la doctora, el desarrollo de su percepción espacio-temporal no había pasado del estadio preconsciente, y Mattia comprendió bien lo que eso significaba.

—Tú siéntate aquí y espérame.

Michela lo miraba con expresión seria y no contestó, porque nada podía contestar. Tampoco dio muestras de haber comprendido, pero sus ojos se avivaron un instante, y durante el resto de su vida Mattia pensaría que aquellos eran los ojos del miedo.

Caminando hacia atrás para poder verla y cerciorarse de que no lo seguía, empezó a alejarse. Así solo andan los cangrejos, lo había regañado una vez su madre, y siempre acaban chocando contra algo.

Cuando estuvo a unos quince metros, Michela dejó de mirarlo y se puso a arrancar un botón de su abrigo de lana.

Mattia dio entonces media vuelta y echó a correr, sujetando bien la bolsa del regalo. Más de doscientas piezas de plástico entrechocaban dentro de la caja como queriendo decirle algo.

Le abrió la madre de Riccardo Pelotti.

—Hola, Mattia. ¿Y tu hermanita?

—Es que... tenía un poco de fiebre —mintió el chico.

—¡Ah, qué lástima! —contestó la señora, aunque no pareció sentirlo en absoluto. Se hizo a un lado para dejarlo pasar y gritó hacia el pasillo—: ¡Ricky, es tu amigo Mattia, ven a recibirlo!

Apareció Riccardo Pelotti dando un resbalón y con su cara antipática. Miró un instante a Mattia y buscó luego a la retrasada. Al fin dijo hola, aliviado.

Mattia mostró la bolsa del regalo a la señora.

—¿Dónde lo dejo?

—¿Eso qué es? —preguntó, receloso, Riccardo.

—Un juguete de Lego.

—Ah.

Y cogió la bolsa y desapareció por el pasillo.

—Ve con él —instó la señora, empujando a Mattia—. La fiesta es allí.

El salón de la casa Pelotti estaba decorado con guirnaldas de globos. Sobre una mesa cubierta con un mantel de papel rojo había cuencos con palomitas y patatas fritas, una pizza seca cortada en cuadraditos y una fila de botellas de gaseosa de varios colores, aún cerradas. Ya habían llegado algunos compañeros, que estaban de pie en medio de la estancia, como custodiando la mesa.

Mattia dio unos pasos hacia ellos y se detuvo a un par de metros, como un satélite que no quiere ocupar demasiado espacio en el cielo. Nadie le hizo caso.

Cuando el salón estuvo lleno de críos, un joven

de unos veinte años, con una nariz de plástico roja y un bombín, los hizo jugar a la gallinita ciega y al rabo de burro, juego en el que, con los ojos vendados, había que pegar el rabo a un burro dibujado en un papel. Mattia ganó el primer premio, consistente en un puñado de caramelos, aunque solo porque veía por debajo de la venda; todos lo abuchearon diciendo que había hecho trampa, mientras él, muerto de vergüenza, se guardaba los confites.

Cuando se hizo de noche, el joven disfrazado de payaso apagó la luz, les mandó que se sentaran en corro y empezó a contarles una historia de miedo sosteniendo una linterna encendida debajo de la barbilla.

Mattia pensó que la historia no daba miedo pero la cara iluminada de aquel modo sí; la luz proyectada desde abajo la teñía de rojo y creaba sombras espantosas. Para no mirarla, desvió la vista hacia la ventana y se acordó de Michela. En realidad no la había olvidado, pero solo entonces se la imaginó esperándolo allí sola, en medio de los árboles, frotándose la cara con los guantes blancos para calentarse.

Se levantó. En ese momento entraba en el salón a oscuras la madre de Riccardo con una tarta llena de velitas encendidas, y todo el mundo prorrumpió en aplausos, en parte por la historia y en parte por la tarta.

—Tengo que irme —dijo Mattia, sin esperar siquiera a que la anfitriona depositara el bizcocho en la mesa.

—¿Ahora que toca la tarta?

—Sí, ahora. Tengo que irme.

La madre de Riccardo lo miraba por encima de las velas. También su cara, así iluminada, se veía cubierta de sombras amenazantes. Los demás callaron.

—Bueno —repuso en tono vacilante—. Ricky, acompaña a tu amigo.

—¡Pero si tengo que apagar las velas! —protestó el hijo.

—Haz lo que te digo —ordenó la madre, que seguía mirando a Mattia.

—¡Pelma que eres, Mattia!

Alguien se echó a reír. Mattia siguió a Riccardo al recibidor, cogió su chaqueta de debajo de un montón de chaquetas y le dijo gracias y adiós. El otro no contestó; cerró la puerta y volvió corriendo a su tarta.

En el patio del bloque, Mattia miró un momento las ventanas iluminadas de la casa de Riccardo. Las voces de sus compañeros se filtraban por ellas y llegaban a sus oídos atenuadas, como el zumbido tranquilizador de la tele del salón cuando por la noche su madre los mandaba a acostar a él y a Michela. El portal se cerró a sus espaldas con un chasquido metálico. Mattia echó a correr.

Llegó al parque y a los diez pasos dejó de distinguir el paseo de grava a la luz de las farolas de la calle. Las ramas desnudas de los árboles entre los que había dejado a Michela no eran sino rayas algo más negras contra el cielo oscuro. Ya al verlas a lo lejos tuvo la certeza, clara e inexplicable, de que su hermana no estaba allí.

Se detuvo a unos metros del banco en que unas horas antes había dejado a Michela destrozándose el abrigo. Permaneció inmóvil y a la escucha hasta que se le pasó el sofoco, como esperando a que su hermana asomara de pronto tras un árbol y, haciéndole cucú, corriera hacia él con sus andares patosos.

—¡Michi! —exclamó, y su propia voz lo asustó; lo repitió más flojo.

Se acercó al banco, palpó el sitio donde Michela se había sentado; estaba frío, como todo lo demás.

Se habrá cansado y habrá vuelto a casa, pensó. Aunque no conoce el camino, y tampoco puede cruzar sola la avenida.

El parque se extendía ante él hasta perderse en la oscuridad; Mattia no sabía ni dónde acababa. No quería seguir avanzando, pero no tenía elección.

Iba de puntillas para no hacer crujir las hojas pisadas de lleno y oteaba a los lados con la esperanza de ver a Michela acurrucada al pie de un árbol, jugueteando con un escarabajo o con lo que fuera.

Entró en la zona de juegos. Se esforzó por recordar los colores que tenía el tobogán a la luz vespertina del domingo, cuando su madre, cediendo a los chillidos de Michela, la tiraba por él un par de veces, aunque ya era mayorcita para eso.

Bordeando el seto llegó a los servicios públicos, pero no tuvo valor para entrar. Regresó al paseo, que en aquella parte del parque era una simple senda hecha por el ir y venir de los paseantes, y lo siguió durante diez minutos largos, hasta que no supo dónde estaba. Entonces rompió a llorar y toser a la vez.

—¡Qué estúpida eres, Michi! —dijo a media voz—. Una estúpida retrasada. ¿Cuántas veces te ha explicado mamá que cuando te pierdas te quedes donde estás? Pero tú nunca entiendes nada... Nada de nada.

Subió una ligera pendiente y se halló ante el río que discurría por medio del parque. Mil veces le había dicho su padre el nombre, pero él nunca lo recordaba. Una luz de origen indeterminado se reflejaba en las aguas y titilaba en sus ojos húmedos.

Se acercó a la orilla y pensó que Michela debía de estar cerca. A su hermana le gustaba el agua. Mamá solía contar que, cuando de pequeños los bañaba juntos, Michi berreaba como una loca porque no quería que la sacaran del agua, ni siquiera cuando esta se había enfriado. Mattia recordó el domingo en que su padre los llevó al río, quizá a aquel mismo punto de la orilla, y le enseñó a lanzar chinas haciéndolas rebotar en la superficie. Mientras le explicaba que todo dependía del movimiento de la muñeca, que era lo que imprimía la rotación, Michela se había deslizado al agua y cuando su padre la agarró del brazo ya le llegaba a la cintura. Él le propinó una bofetada, ella rompió a llorar y los tres se volvieron a casa en silencio y con la cara larga.

La imagen de Michela jugando a desbaratar con una ramita su reflejo en el agua y hundiéndose luego en la corriente cual saco de patatas le cruzó la mente con la violencia de una descarga eléctrica.

Se sentó a medio metro del agua, cansado. Volvió la vista atrás y solo vio oscuridad, una oscuridad que aún duraría muchas horas.

Se quedó luego mirando fijamente la superficie negra y brillante del río. Probó de nuevo a recordar el nombre de este, pero tampoco esta vez lo consiguió. Hincó las manos en la tierra fría, que la humedad de la orilla mullía. Topó con un cristal de botella, un residuo cortante de alguna fiesta nocturna. Se lo clavó en la mano pero no sintió dolor, quizá ni se dio cuenta. Luego empezó a girarlo y hundirlo más en la carne, sin apartar la mirada del agua; esperaba que Michela emergiera de pronto a la superficie y al mismo tiempo se preguntaba por qué unas cosas flotan y otras no.

En la piel y más hondo
(1991)

3

El horrible jarrón de cerámica blanco con arabescos florales dorados que ocupaba desde siempre un rincón del baño pertenecía a la familia Della Rocca hacía cinco generaciones, pero en realidad no le gustaba a nadie. Alice había tenido muchas veces el impulso de estamparlo contra el suelo y tirar luego sus inestimables añicos al contenedor de enfrente, adonde iban a parar también las cajas de puré vacías, las compresas usadas —no suyas, por cierto— y los blísteres de los ansiolíticos que tomaba su padre.

Alice pasó un dedo por el jarrón y comprobó lo frío, liso y limpio que estaba. Pensó en Soledad, la sirvienta ecuatoriana, que se volvía más y más meticulosa con el paso de los años, porque en la casa Della Rocca se cuidaban los detalles. Recordó el día en que se presentó la criada; ella apenas tenía seis años y se quedó mirándola al amparo de la falda de su madre. Soledad se inclinó y le dijo con expresión maravillada: «¡Qué pelo más bonito tienes! ¿Puedo tocarlo?». Ella quiso contestar que no, pero se mordió la lengua. Soledad tomó un mechón de su pelo castaño y lo palpó como si fuera un trozo de seda; le parecía mentira que existiera un cabello tan fino.

Alice se quitó la camiseta de tirantes con la respiración contenida y cerrando los ojos.

Cuando los abrió y se vio reflejada en el gran espejo del lavabo, se llevó una grata sorpresa. Enrolló el elástico de la braguita un par de veces, de modo que quedara solo un poco por encima de la cicatriz y lo bastante tirante para formar un puente entre los dos huesos de la pelvis. Por el hueco así creado entre la braga y el vientre aún no pasaba el dedo índice, pero el meñique sí, lo que la alegraba horrores.

Sí, debo hacérmelo aquí, se dijo.

Una rosa azul, como la de Viola.

Se puso de lado, mirándose el perfil derecho, que era, como solía decirse a sí misma, el bueno, y se echó todo el pelo hacia delante; resultó que parecía una loca. Se lo recogió entonces en una coleta, y luego en otra más alta, como lo llevaba Viola, que gustaba a todos.

Pero tampoco así le quedaba bien.

Dejó, pues, que le cayera por los hombros y con acostumbrado ademán se lo retiró tras las orejas. Apoyándose en el lavabo, adelantó la cara hasta tenerla a unos centímetros del espejo, tan rápidamente que tuvo la impresión de que los ojos se solapaban formando un único y terrible ojo ciclópeo. Con el aliento caliente formó un halo en el cristal que le tapó parte de la cara.

No se explicaba de dónde sacaban Viola y sus amigas aquellas miradas que hacían estragos en los chicos; miradas implacables y seductoras, que con un imperceptible arqueo de cejas lo mismo fulminaban que perdonaban la vida.

Alice intentó mostrarse provocativa ante el espejo, pero no consiguió sino verse torpe, menear los hombros sin gracia y moverse como bajo los efectos de un anestésico.

Estaba convencida de que su problema eran sus mofletes, siempre colorados; sepultaban sus miradas, cuando lo que ella quería era que salieran disparadas de las órbitas y se clavaran como espinas afiladas en el corazón de los chicos con los que se cruzaba; quería que su mirada no fuera indiferente a nadie, que dejara una huella imborrable en todos.

Pero nada; por mucho que perdía barriga, culo y tetas, los carrillos seguían igual de inflados.

Llamaron a la puerta.

—Ali, a cenar —resonó la odiosa voz de su padre a través del cristal esmerilado.

No contestó. Se chupó las mejillas para ver qué aspecto tenía.

—Ali, ¿estás ahí? —insistió su padre.

Ella besó su reflejo sacando los labios y tocando con la lengua la fría superficie. Cerró los ojos y, como se hace en los besos de verdad, empezó a girar la cabeza a un lado y otro, aunque demasiado mecánicamente para que resultara creíble. El beso que ella deseaba aún no lo había encontrado en la boca de nadie.

El primero que la besó con lengua había sido Davide Poirino, cuando iban a tercero, por una apuesta que perdió; el tal Davide hizo girar su lengua tres veces, en sentido horario, alrededor de la de ella, tras lo cual se volvió hacia sus amigos y les preguntó: «¿Así vale?». Todos rompieron a reír y uno de ellos le dijo que había besado a la patizamba, pero a Alice no le importó, porque acababa de recibir el primer beso de su vida de un chico que además no estaba mal.

Luego había besado a otros: a su primo Walter en el cumpleaños de la abuela, y a un amigo del tal Davide, cuyo nombre ni conocía y que le pidió en secreto que por favor le dejara probar a él también; se escondieron en un rincón del patio del colegio y allí estuvieron unos momentos con los labios pegados, sin atreverse a mover un solo músculo. Cuando al final los despegaron, él le dio las gracias y se fue todo ufano, sintiéndose un hombre hecho y derecho.

Ahora iba retrasada. Sus compañeras hablaban de posturas y chupetones y de cómo usar los dedos, y discutían si era mejor con preservativo o sin él, mientras que Alice no tenía otro bagaje que el recuerdo insípido de un morreo dado cuando iba a tercero.

—¡Ali, ¿me oyes?! —gritó más fuerte su padre.

—¡Qué pesado! Te oigo, sí —contestó ella, irritada, en voz bien alta, para que la oyera.

—A cenar —repitió él.

—¡Ya voy! —replicó, y musitó para sí—: Plasta.

Soledad sabía que Alice tiraba la comida. Al principio, cuando veía que se dejaba algo en el plato, le decía: «*Mi amorcito,* cómetelo todo que en mi país los niños se mueren de hambre».

Hasta que una noche Alice se quedó mirándola y le respondió furiosa:

—No dejarán de morirse aunque yo me atraque.

Soledad no volvió a decirle nada, pero empezó a servirle menos cantidad. Lo mismo daba: Alice sabía pesar los alimentos con la mirada, seleccionaba sus trescientas calorías de la cena y lo demás lo desechaba como fuera.

Comía con la mano derecha puesta sobre la servilleta, y delante del plato colocaba el vaso del vino, que se hacía llenar pero nunca se bebía, y el del agua, para que formaran una barrera de cristal. Y luego, durante la cena, situaba también estratégicamente el salero y la aceitera. Entonces aguardaba un momento de distracción de sus padres, absortos en la fatigosa operación de masticar, para echar dentro de la servilleta la comida previamente troceada en el plato.

En el curso de una cena solía escamotear tres servilletas llenas en los bolsillos del chándal. Luego, antes de lavarse los dientes, las vaciaba en el retrete, tiraba de la cadena y veía cómo toda aquella pitanza desaparecía por el desagüe. Se pasaba la mano por el vientre y lo sentía satisfactoriamente vacío y limpio como un jarrón de cristal.

—Sol, mujer, ya has hecho otra vez la salsa con nata —se quejó su madre a la criada—. ¿No te he dicho mil veces que me sienta mal? —Y con asco apartó el plato.

Alice se había presentado a la mesa con una toalla enrollada en la cabeza, para justificar el tiempo pasado en el baño con una ducha que en realidad no había tomado.

Había reflexionado mucho sobre si consultarlo o no, porque de todos modos se lo haría: lo deseaba con locura.

—Quiero hacerme un tatuaje en el tripa —anunció.

Su padre apartó el vaso del que estaba bebiendo.

—¿Cómo dices?

—Lo que oyes —contestó Alice, mirándolo con expresión desafiante—. Que quiero hacerme un tatuaje.

Su padre se pasó la servilleta por la boca y por los ojos, como si hubiera visto algo feo y quisiera borrarlo; luego la dobló con esmero, se la puso sobre las rodillas, tomó el tenedor y dijo, procurando no enfatizar mucho:

—¡Qué cosas se te ocurren!

—¿Y qué quieres tatuarte, a ver? —intervino su madre mudando el semblante, aunque más por la salsa con nata que por la pretensión de la hija.

—Una rosa pequeñita, como la que lleva Viola.

—¿Y esa Viola quién es, si puede saberse? —preguntó su padre en tono levemente irónico.

Alice sacudió la cabeza y miró al centro de la mesa sintiéndose insignificante.

—Una compañera de clase —le contestó Fernanda con impertinencia—. Ha hablado de ella un millón de veces... ¿Dónde tienes la cabeza?

El abogado Della Rocca fulminó a su mujer con la mirada, como diciéndole que no se metiera.

—Perdonad si no me intereso mucho por lo que las compañeras de clase de nuestra hija se tatúan en el cuerpo. Sea como sea, tú no te tatúas nada.

Alice echó en la servilleta unos espaguetis más y, mirando de nuevo al centro de la mesa, repuso con voz quebrada que delató cierta inseguridad:

—No puedes impedírmelo.

—Repite eso —dijo su padre, sin alterar el volumen ni la calma de su voz.

—Digo que no puedes impedírmelo —repitió Alice alzando la vista, pero sin poder sostener la mirada de los profundos y escalofriantes ojos de su padre más de medio segundo.

—¿Eso crees? Por lo que sé, tienes quince años, y por lo tanto dependes de tus padres durante, el cálculo es fácil de hacer, tres años más —explicó el abogado—. Concluido este periodo serás libre de, digámoslo así, embellecer tu cuerpo tatuándote flores, calaveras o lo que quieras.

El letrado sonrió, volvió la vista al plato y se llevó a la boca el tenedor lleno de espaguetis muy bien enrollados.

Hubo un largo silencio. Alice pasaba los dedos gordo e índice por el ribete de la servilleta. Su madre, no satisfecha con la cena, mordisqueaba un bastoncillo de pan paseando la mirada por el comedor. Su padre aparentaba comer con gusto, masticaba haciendo rotar las mandíbulas y daba los dos primeros mordiscos de cada bocado cerrando los ojos con delectación.

Alice decidió no callarse, porque lo detestaba de verdad, porque verlo comer de aquel modo le ponía rígida hasta la pierna sana.

—A ti te importa un comino que yo no le guste a nadie; que nunca le guste a nadie.

Su padre la miró desconcertado, y después siguió comiendo como si no hubiera oído nada.

—No te importa haber destrozado mi vida —prosiguió Alice.

El abogado Della Rocca se quedó con el tenedor en el aire, miró a su hija consternado y dijo con voz algo trémula:

—No sé de qué hablas.

—Lo sabes perfectamente —replicó ella—. Tú tienes la culpa de que me haya quedado así para siempre.

El padre apoyó el tenedor en el borde del plato y

se cubrió los ojos con la mano, como abismándose en profundas reflexiones. Al poco se levantó y salió de la estancia. Sus pesados pasos resonaron en el suelo de mármol del pasillo.

Fernanda dijo «Ay, Alice», sin compasión ni reproche, sacudiendo la cabeza resignada, y salió también tras su marido.

Alice se quedó mirando su plato casi dos minutos, mientras Soledad, silenciosa como un fantasma, quitaba la mesa. Al final se metió en el bolsillo la servilleta llena de comida y corrió a encerrarse en el baño.

4

Pietro Balossino había renunciado hacía tiempo a penetrar en el oscuro universo de su hijo. Cuando su mirada recaía por descuido en aquellos brazos cubiertos de cicatrices, pensaba en las noches que había pasado en vela registrando la casa en busca de objetos cortantes; noches en que Adele, atiborrada de sedantes, dormía con la boca abierta en el sofá porque no quería seguir compartiendo la cama con él; noches en que el futuro parecía no ir más allá del día siguiente y él contaba las horas por el toque de campanas que sonaba a lo lejos.

El convencimiento de que una mañana encontraría a su hijo boca abajo sobre una almohada ensangrentada se había incrustado tan hondo en su mente que acabó haciéndose a la idea de que su hijo no existía..., aunque en aquel momento lo llevase sentado al lado en el coche.

Lo conducía al nuevo colegio. Llovía, pero tan levemente que no hacía ruido.

Semanas antes, la directora del instituto científico

E.M. los había convocado a él y Adele a su despacho para, según escribió en la agenda de clase de Mattia, «informarles de cierta situación». Al principio se anduvo por las ramas y se explayó hablando de lo sensible y extraordinariamente inteligente que era el muchacho, que en todas las asignaturas sacaba nueve de media.

El señor Balossino, por motivos formales que sin duda solo a él le importaban, quiso que su hijo estuviera presente. Sentado junto a sus padres, Mattia se pasó todo el tiempo con la vista clavada en sus rodillas y apretando los puños, con lo que acabó haciéndose sangre en la palma izquierda: dos días antes Adele, en un momento de distracción, había olvidado revisarle las uñas de esa mano.

Mattia oía a la directora como si hablase de otra persona, y recordó el día en que, cuando iba a quinto, Rita, una profesora, después de cinco días seguidos sin decir él palabra, lo hizo sentar en medio del aula y pidió a los demás que se colocaran a su alrededor. Empezó entonces a decir que seguramente Mattia tenía un problema del que no quería hablar con nadie, que era un niño muy inteligente, quizá demasiado para su edad, y pidió a sus compañeros que lo ayudaran, le dieran confianza y se hicieran amigos suyos. Cuando le preguntó a Mattia, que se miraba los pies, si quería decir algo, él habló por fin, para pedir permiso para volver a su sitio.

Concluidos los elogios, la directora fue al grano

—aunque el señor Balossino no se hizo cargo hasta unas horas después— y comenzó a hablar de cierto malestar manifestado por todos los profesores de Mattia, una vaga sensación de inadecuación frente a aquel muchacho excepcionalmente dotado que no parecía querer relacionarse con sus compañeros.

En este punto hizo una pausa, se reclinó en su cómoda butaca, abrió una carpeta en la que no pareció consultar nada y la cerró como recordando de pronto que había personas en su despacho; insinuó entonces a los Balossino, en términos muy estudiados, que el instituto E.M. quizá no podía responder debidamente a las exigencias de su hijo.

Cuando, durante la cena, su padre le preguntó si quería cambiar de colegio, él se encogió de hombros y se quedó observando el destello del tubo fluorescente en el cuchillo de la carne.

—En realidad no llueve oblicuo —dijo Mattia mirando por la ventanilla y sacando al padre de su ensimismamiento.

—¿Qué? —preguntó Pietro, sacudiendo la cabeza.

—Viento no hace, o se moverían también las hojas de los árboles —explicó Mattia.

Su padre se esforzó por seguir el razonamiento. En verdad le importaba poco, seguramente no era más que otra excentricidad del chico.

—¿Y?

—Las gotas resbalan torcidas por el cristal, pero es porque nos desplazamos. Midiendo el ángulo que forman con la vertical se podría calcular la velocidad a la que caen.

Mattia siguió con el dedo la trayectoria de una gota. Acercó la cara al parabrisas, echó el aliento y con el índice trazó una línea en el vaho.

—No empañes el cristal que luego quedan marcas —le advirtió su padre.

Mattia no hizo caso.

—Si no viéramos nada fuera del coche, si no supiéramos que estamos moviéndonos, no habría manera de saber si es por culpa de las gotas o nuestra —dijo.

—¿Culpa de qué? —preguntó el padre, desconcertado y algo irritado.

—De que resbalen tan oblicuas.

Pietro Balossino asintió con gesto grave, aunque sin comprender. Habían llegado. Detuvo el coche y echó el freno de mano. Mattia abrió la portezuela y una bocanada de aire fresco entró en el habitáculo.

—A la una vengo a recogerte —dijo Pietro.

Mattia asintió con la cabeza. El señor Balossino se inclinó un poco para darle un beso, pero el cinturón lo detuvo. Se reclinó de nuevo en el asiento y observó a su hijo bajar y cerrar la portezuela.

El nuevo colegio estaba situado en una bonita zona residencial de la colina. El edificio databa de tiempos del fascismo y pese a las recientes reformas seguía desentonando en medio de aquellas lujosas villas; era un bloque rectangular de cemento blanco, con cuatro filas horizontales de ventanas equidistantes y dos escaleras de emergencia pintadas de verde.

Mattia subió los dos tramos de escalinata que conducían a la entrada, donde otros chicos esperaban en grupos el primer timbrazo, y se quedó aparte, fuera de la marquesina, aunque se mojaba.

Al entrar, buscó el panel en el que figuraba un plano de las aulas, para no pedir ayuda a los bedeles.

El aula de segundo F estaba al final del pasillo del primer piso. Entró dando un profundo suspiro y aguardó pegado a la pared del fondo, con los pulgares metidos en las presillas de la mochila y una expresión que decía tierra trágame.

Los nuevos compañeros que iban tomando asiento le lanzaban miradas aprensivas, sin sonreírle. Algunos cuchicheaban y Mattia estaba seguro de que hablaban de él.

Se fijaba en los sitios que quedaban libres, y cuando el que había junto al de una chica con las uñas pintadas de rojo fue ocupado, sintió alivio. Al fin la profesora entró en el aula y Mattia se escurrió hasta el único que había quedado sin ocupar, al lado de la ventana.

—¿Eres tú el nuevo? —le preguntó el compañero, que parecía tan solo como él.

Mattia asintió con la cabeza, sin mirarlo.

—Yo soy Denis —se presentó el otro, y le tendió la mano.

Mattia se la estrechó blandamente y dijo hola.

—Bienvenido —añadió Denis.

5

A Viola Bai la admiraban y temían con el mismo fervor todas sus compañeras, por ser guapa como ella sola y por conocer la vida, a sus quince años, mejor que ninguna, o al menos por aparentarlo. Los lunes por la mañana, en el recreo, las chicas formaban un corro a su alrededor y escuchaban con avidez su resumen del fin de semana, que la mayoría de las veces era una astuta versión de lo que Serena, su hermana ocho años mayor, le había contado a su vez el día anterior. Viola se apropiaba de todo, aunque aderezándolo con detalles sórdidos de su propia cosecha que a sus amigas les sonaban inquietantes y misteriosos. Hablaba, por ejemplo, de locales en los que nunca había estado, pero describiendo al detalle la iluminación psicodélica o la sonrisa maliciosa que le había dirigido el camarero al servirle un cubalibre.

En la mayoría de los casos acababa con el camarero en la cama, o en la trastienda del bar, entre barriles de cerveza y cajas de vodka, donde él le daba por detrás tapándole la boca para que no chillara.

Viola Bai sabía cómo contar una historia. Conocía lo expresivo que puede ser un detalle, y cómo dosificar el suspense para que el timbre de entrada a clase sonara cuando el camarero andaba a vueltas con la cremallera de sus vaqueros de marca: su entregado auditorio se dispersaba entonces lentamente, con las mejillas coloradas de envidia y frustración. Le hacían prometer que continuaría en el siguiente intervalo entre clases, aunque ella era demasiado inteligente para cumplir la promesa: al final despachaba el asunto haciendo una mueca con su boca perfecta, dando a entender que no tenía importancia alguna: era un lance más de su extraordinaria vida y ella lo tenía ya más que superado.

Había practicado de verdad sexo, como también había probado alguna de las drogas cuyos nombres tanto le gustaba pronunciar, aunque solamente con un chico y una sola vez. Ocurrió veraneando en la costa y él era un amigo de su hermana, que aquella noche bebió y fumó mucho y olvidó que una chiquilla de trece años es demasiado joven para ciertas cosas. Se la folló deprisa y corriendo, detrás de un contenedor. Cuando los dos volvían cabizbajos con los demás, Viola le tomó la mano, pero él se soltó con desdén. A ella le hormigueaba la cara, y el calor que sentía entre las piernas la hizo sentirse muy sola. En los días siguientes, el chico no volvió a hablarle y ella se lo contó a su hermana, que riéndose de su ingenuidad le dijo: «So tonta, ¿qué te creías?».

El devoto séquito de Viola estaba compuesto por

Giada Savarino, Federica Mazzoldi y Giulia Mirandi. Formaban un grupo compacto y despiadado al que algunos en el colegio llamaban «las cuatro pavas». Viola las había escogido una por una y de todas exigió un pequeño sacrificio, porque su amistad debía una ganársela. Era la que decidía por todas y sus decisiones eran oscuras e inequívocas.

Alice observaba a Viola a hurtadillas. Desde su sitio, dos filas más allá, se nutría de frases sueltas y fragmentos de relatos, y luego, por la noche, sola en su cuarto, se recreaba con ello.

Antes de la mañana de aquel miércoles, Viola no le había dirigido la palabra. Fue una especie de iniciación y se hizo como era debido. Ninguna de las muchachas supo nunca si Viola improvisó aquella tortura o si fue algo largamente meditado, pero todas convinieron en que estuvo genial.

Alice aborrecía los vestuarios. Sus compañeras de cuerpos perfectos se demoraban todo lo posible en bragas y sujetador para que las demás las envidiaran a sus anchas. Adoptaban posturas forzadas, metían el estómago y adelantaban los pechos, daban suspiros mirándose en el espejo agrietado que ocupaba uno de los tabiques, se decían «fíjate», y con las manos se medían unas caderas que más proporcionadas y atractivas no podían ser.

Los miércoles, Alice iba a clase con los pantalones cortos debajo de los vaqueros, para no tener que cambiarse. Las otras la miraban con malicia y recelo, imaginándose la facha que debía de tener bajo aquellas ropas. Ella se quitaba la camiseta vuelta de espaldas, para que no le vieran la barriga.

Una vez que se había puesto las zapatillas de deporte, colocaba los zapatos contra la pared uno al lado del otro y doblaba los vaqueros con cuidado. En cambio, sus compañeras dejaban la ropa de cualquier manera sobre los bancos y tiraban los zapatos por el suelo, porque se los quitaban con los pies.

—Alice, ¿tú eres golosa? —le preguntó Viola.

Alice tardó unos segundos en creerse que Viola Bai le hablaba a ella. Estaba convencida de que, para Viola, ella era transparente. Tiró de los cordones de las zapatillas, pero el nudo se deshizo.

—¿Yo? —preguntó mirando alrededor, cortada.

—Eres la única Alice que hay aquí, ¿no? —se burló Viola.

Las demás rieron.

—No, muy golosa no soy.

Viola se levantó del banco y se acercó a ella. Alice se sintió como traspasada por aquellos ojazos, que la sombra del flequillo tapaba a medias.

—Pero los caramelos te gustarán, ¿no? —prosiguió Viola en tono persuasivo.

—Sí... Bueno, más o menos. —Al punto Alice se mordió el labio y se reprochó aquella estúpida vacilación. Pegó la huesuda espalda a la pared y un temblor le recorrió la pierna sana. La otra siguió inerte, como siempre.

—¿Cómo que más o menos? A todo el mundo le gustan los caramelos, ¿a que sí? —Viola se dirigía a sus tres acólitas, aunque sin volverse.

—A todo el mundo, sí —contestaron.

Alice percibió una extraña excitación en los ojos de Federica Mazzoldi, que la miraba desde el otro extremo del vestuario.

—Sí, sí que me gustan —se corrigió. Empezaba a tener miedo, sin saber por qué.

Recordó que en primero las cuatro pavas habían cogido un día a Alessandra Mirano, que luego suspendió y acabó estudiando para esteticista; la llevaron sujeta al vestuario de chicos y la encerraron dentro, y allí un par de tíos se la enseñaron. Desde el pasillo, Alice había oído las voces de incitación y las carcajadas de las cuatro torturadoras.

—Ya lo decía yo. ¿Y no querrías ahora un caramelo? —preguntó Viola.

Alice lo pensó. Si contesto que sí, cualquiera sabe lo que me obligarán a comer. Si contesto que no, igual Viola se enfada y me llevan también al vestuario de chicos. Se quedó callada como una estúpida.

—¿Y bien? No es una pregunta tan difícil —se burló Viola, y sacó del bolsillo un puñado de caramelos—. ¿Vosotras cuál queréis?

Giulia Mirandi se acercó y examinó las golosinas. Viola no apartaba la mirada de Alice, que se encogía como una hoja de periódico en la lumbre.

—Hay de naranja, de frambuesa, de arándanos, de

fresa y de melocotón —enumeró Giulia, y echó a Alice una ojeada temerosa, sin que la viera Viola.

—Yo de frambuesa —dijo Federica.

—Yo de melocotón —dijo Giada.

Giulia les lanzó los caramelos, desenvolvió el suyo de naranja, se lo llevó a la boca y retrocedió un paso para devolver el protagonismo a Viola.

—Quedan de arándanos y de fresa. ¿Qué, lo quieres o no?

A lo mejor es que solo quiere ofrecerme un caramelo, pensó Alice. Y ver si me lo como. Es un simple caramelo.

—El de fresa —murmuró.

—Vaya, el que yo quería —repuso Viola, afcctan do contrariedad de manera muy poco convincente—. Pero te lo daré a ti.

Desenvolvió el caramelo y tiró la envoltura al suelo. Alice tendió la mano para cogerlo.

—Un momento —dijo Viola—, no seas avariciosa.

Y sosteniendo el caramelo entre el pulgar y el índice, se agachó y empezó a restregarlo por el sucio suelo del vestuario. Luego, avanzando así agachada, lo pasó también, lentamente, por el ángulo de la pared y el suelo, donde había porquería acumulada y se veían pelusas de polvo y pelos.

Giada y Federica se tronchaban de risa. Giulia se mordisqueaba el labio con ansiedad. Las demás, comprendiendo lo que pasaba, habían salido y cerrado la puerta.

Cuando hubo acabado de restregarlo por la pared, Viola fue hasta el lavabo, donde las chicas se lavaban cara y axilas al acabar la clase de gimnasia, y con el caramelo rebañó la mugre blancuzca que recubría el desagüe.

Por último se acercó a Alice y ofreciéndole aquella asquerosidad le dijo:

—Toma, de fresa como querías. —No reía. Tenía el aire serio y resuelto de quien está haciendo algo doloroso pero necesario.

Alice negó sacudiendo la cabeza y se pegó aún más a la pared.

—¿Qué pasa? ¿Ya no lo quieres?

—Nada, lo has pedido y ahora te lo comes —terció Federica.

Alice tragó saliva y osó decir:

—¿Y si no lo quiero?

—Si no lo quieres, atente a las consecuencias —contestó Viola, enigmática.

—¿Qué consecuencias?

—Las consecuencias no se saben, nunca se saben.

Pretenden encerrarme en el vestuario de tíos, pensó Alice, o desnudarme y no devolverme luego la ropa.

Temblando, aunque de manera casi imperceptible, alargó la mano y Viola dejó caer el asqueroso caramelo en la palma. Lentamente, Alice se lo llevó a la boca.

Las otras habían enmudecido y parecían preguntarse si sería capaz de comérselo. Viola permaneció impasible.

Alice depositó el caramelo en la lengua y sintió cómo la pelusa adherida se empapaba en saliva. Masticó dos veces y algo crujió entre sus dientes.

No vomites, se dijo, no debes vomitar.

Tragó un flujo de saliva y con él el caramelo, que le bajó con dificultad por el esófago, como si fuera una piedra.

El tubo fluorescente del techo zumbaba, del gimnasio llegaban confusas las voces y risas de los chicos. La atmósfera en aquellos subterráneos estaba enrarecida y por las pequeñas ventanas no circulaba el aire.

Viola se quedó mirando a Alice toda seria e inclinó la cabeza con aprobación. Luego hizo una seña como diciendo «Ya podemos irnos», dio media vuelta y, pasando junto a las otras tres sin dignarse mirarlas, salió del vestuario.

6

Había algo importante que saber sobre Denis. A decir verdad, él creía que era lo único que merecía la pena conocer de él, y por eso nunca se lo había dicho a nadie.

Su secreto tenía un nombre terrible, que se ceñía como nailon a sus pensamientos y los asfixiaba. Gravitaba en su conciencia como una condena ineluctable, con la que antes o después tendría que enfrentarse.

Tenía diez años cuando, un día, al guiarle su profesor de piano los dedos por toda la escala de *re* mayor con su cálida palma, experimentó una emoción que lo dejó sin aliento y le provocó tal erección que hubo de inclinarse un poco para tapar el bulto que le hacía en los pantalones del chándal. Desde entonces aquel momento simbolizó para él el verdadero amor, y en adelante tanteó cada rincón de su vida en busca del calor adherente de aquel contacto.

Cada vez que recuerdos como este invadían su ánimo, a tal punto que el cuello y las manos empezaban a sudarle, Denis se encerraba en el cuarto de baño y se masturbaba con furor, sentado al revés en la taza del váter. El placer no duraba más que un instante y solo se irradiaba unos centímetros en torno a su sexo. En cambio, el sentimiento de culpa caía sobre él como una ducha de agua sucia que le calaba la piel y penetraba hasta las entrañas, pudriéndolo todo poco a poco como la humedad corroe las paredes de las casas.

Estaban en clase de Biología, en el laboratorio del sótano. Denis observaba cómo Mattia seccionaba un filete separando las fibras blancas de las rojas, y sentía el impulso de acariciarle las manos. Quería comprobar si aquel molesto coágulo sensual que llevaba enquistado en la cabeza se desharía como mantequilla al contacto del compañero de quien se había enamorado.

Estaban sentados juntos, los dos con los antebrazos apoyados en la mesa. Una fila de matraces, probetas y redomas los separaba del resto de la clase y refractaba la luz deformando cuanto quedaba al otro lado.

Concentrado en la labor, Mattia llevaba al menos media hora sin levantar la vista. La biología no le gustaba, pero cumplía su deber con la misma aplicación que ponía en las demás asignaturas. La materia orgánica, vulnerable e imperfecta, le resultaba del todo ajena. El olor vital que rezumaba aquel trozo de carne cruda apenas le causaba un leve fastidio.

Con unas pinzas tomó un sutil filamento blanco y lo depositó en la platina del microscopio, aplicó el ojo y enfocó. Fue apuntándolo todo en un cuaderno cuadriculado e hizo un dibujo de la imagen.

Denis dio un profundo suspiro y, armándose de valor como si tuviera que zambullirse de espaldas, le preguntó:

—Mattia, ¿tú tienes algún secreto?

Mattia pareció hacer oídos sordos, pero el escalpelo con que estaba cortando otra sección de músculo se le escapó y cayó tintineando sobre el tablero metálico. Lo recogió con un lento ademán.

Denis aguardó unos segundos; Mattia se había quedado inmóvil con el instrumento suspendido a un par de centímetros de la carne.

—A mí puedes contármelo. —Ahora que se había lanzado, ahora que había dado un paso en la intimidad fascinante del compañero, la cara le palpitaba de emoción y no estaba dispuesto a desistir—. Yo también tengo uno.

Mattia seccionó el músculo de un tajo limpio, como si hubiera querido rematarlo, y dijo en voz baja:

—Yo no tengo ningún secreto.

—Si me dices el tuyo, yo te digo el mío —insistió Denis. Acercó el taburete y notó que Mattia se ponía tenso.

—Hay que terminar el experimento —dijo este con voz átona, mirando inexpresivo el trozo de carne—, o no podremos completar la ficha.

—A mí la ficha me da lo mismo —repuso Denis—. Dime qué te has hecho en las manos.

Mattia inspiró tres veces. En el aire flotaban levísimas moléculas de etanol y algunas le penetraron en la nariz; notó con grato picor cómo ascendían por el tabique nasal y le llegaban a los ojos.

—¿De verdad quieres saber lo que me he hecho en las manos? —preguntó, volviendo la cara hacia Denis pero mirando los frascos de formol alineados tras él, en los que se conservaban fetos y miembros de animales. El otro asintió temblando—. Pues mira.

Empuñó el escalpelo, introdujo la punta entre los dedos índice y medio y la deslizó hasta la muñeca.

7

El jueves, Viola la esperó en la puerta del colegio. Cruzaba la verja cuando la paró tirándole de la manga y llamándola por su nombre; sobresaltada, Alice pensó al punto en lo del caramelo y sintió náuseas y mareo. Cuando las cuatro pavas la tomaban con una, le hacían la vida imposible.

—La de mates va a preguntarme, no sé nada y no quiero entrar —le dijo Viola.

Alice se quedó mirándola sin comprender; la otra no parecía hostil, pero no se fiaba. Intentó soltarse.

—¿Damos una vuelta tú y yo solas? —propuso Viola—. Sí, tú y yo solas.

Alice miró a un lado y otro aterrada.

—Venga, vamos, que no nos vean aquí —la apremió Viola.

—Es que... —empezó a decir, pero Viola, sin escucharla, le tiró con más fuerza de la manga.

Tuvo que seguirla, corriendo a trompicones, hasta la parada del autobús.

Se sentaron juntas. Alice se arrimó todo lo que

pudo a la ventanilla para dejar sitio a Viola y quedó a la espera de que algo, algo terrible, ocurriera de un momento a otro. Viola, por su parte, estaba radiante. Sacó un pintalabios del bolso y empezó a aplicárselo, luego se lo ofreció a ella, que rehusó moviendo la cabeza. Dejaron el colegio atrás.

—Mi padre me va a matar —murmuró; le temblaban las piernas.

Viola dio un suspiro y dijo:

—¡Va! Trae tu hoja de ausencias. —Estudió la firma de su padre y añadió—: Chupado; yo te firmo.

Le mostró su propia hoja y fue indicándole todas las firmas que había falsificado los días en que hacía novillos.

—Además —concluyó—, mañana a primera hora toca doña Follini, y no ve.

Y comenzó a hablarle de las clases, de que las matemáticas no le interesaban porque pensaba estudiar Derecho. A Alice le costaba prestar atención. Pensaba en lo que le había hecho el día anterior en el vestuario y no se explicaba aquella repentina confianza.

Se apearon en la plaza y echaron a caminar por los pórticos. De pronto Viola entró en una tienda de ropa con escaparates fluorescentes en la que Alice nunca había estado. Se comportaba como si fueran amigas de toda la vida. Quiso que se probaran prendas y ella las elegía. Cuando Viola le preguntó la talla, ella contestó avergonzada la treinta y ocho. Las dependientas las miraban recelosas, pero Viola no hacía caso. Se cambiaban en el mismo probador y Alice pudo comparar ambos cuerpos. Al final no compraron nada.

Luego fueron a un bar y Viola pidió dos cafés, sin preguntarle qué quería tomar. Alice estaba aturdida y no entendía nada, pero una dicha nueva e inesperada empezaba a abrirse paso en su interior. Acabó olvidándose de su padre y de las clases. Estaba sentada en un bar con Viola Bai, y aquel momento les pertenecía solo a ellas.

Viola fumó tres cigarrillos y quiso que ella también fumara. Cada vez que su nueva amiga se ponía a toser, Viola reía mostrando unos dientes perfectos. La sometió a un breve interrogatorio acerca de los novios que no había tenido y los besos que no había dado. Alice contestaba humillando la mirada. «¡No me digas que nunca has tenido novio! ¿De verdad?» Alice asentía moviendo la cabeza. «¡Increíble! ¡Qué desgracia!», exclamaba Viola. «Hay que hacer algo, no querrás morir virgen, ¿verdad?»

Así que al día siguiente, en el recreo de las diez, se dieron una vuelta por el colegio en busca de un novio para Alice. Viola se deshizo de Giada y de las otras diciéndoles que tenían cosas que hacer, y las dos salieron del aula cogidas de la mano.

Ya lo había planeado todo. Sería en su fiesta de cumpleaños, al sábado siguiente. Solo faltaba encontrar al tío adecuado. Mientras cruzaban el pasillo le iba señalando chicos y decía «Mira qué culo», «No está mal», «Ese sabe hacerlo».

Alice sonreía nerviosa y no se decidía por ninguno. Muy inquieta, se imaginaba el momento en que un chico le metería las manos por debajo de la camiseta y descubriría que, bajo aquella ropa que tan bien le sentaba, no había más que molla y carne fofa.

Estaban acodadas en la barandilla de la escalera de emergencia, en la segunda planta, viendo cómo los chicos jugaban al fútbol en el patio con un balón amarillo medio desinflado.

—¿Y Trivero? —le preguntó Viola.

—No sé quién es.

—¿No sabes quién es? Va a quinto. Iba a remo con mi hermana. Se dicen cosas interesantes de él.

—¿Qué cosas?

Viola hizo un ademán ambiguo y se echó a reír sonoramente, complacida del desconcierto que provocaban sus alusiones. Alice se ruborizó y al mismo tiempo tuvo la maravillosa certeza de que su soledad había por fin concluido.

Fueron a la planta baja y pasaron por el sitio de las máquinas expendedoras de bebidas y tentempiés. Los estudiantes formaban colas caóticas y hacían tintinear monedas en los bolsillos de los vaqueros.

—Va, tienes que decidirte —dijo Viola.

Apurada, Alice miró alrededor girando sobre sí misma, y al final, señalando a dos chicos que había aparte, cerca de la ventana, juntos pero sin hablarse ni mirarse, dijo:

—Aquel no me parece mal.

—¿Cuál? ¿El de la venda o el otro?

—El de la venda.

Viola se quedó mirándola con unos ojos abiertos que parecían océanos.

—No seas loca, ¿tú sabes lo que ha hecho ese?

Alice negó con la cabeza.

—Se clavó un cuchillo en la mano, adrede, aquí en el colegio.

Alice se encogió de hombros.

—Pues a mí me parece interesante.

—¿Interesante? Es un psicópata. Ese es capaz de descuartizarte y meterte en el congelador.

Alice sonrió, pero sin dejar de mirar al chico del corte en la mano: tenía la cabeza gacha en una actitud que le daban ganas de acercarse, levantarle la cara y decirle: «Mírame, que estoy aquí».

—¿De verdad te gusta? —insistió Viola.

—Sí —confirmó Alice.

La otra se encogió de hombros.

—Pues a por él.

Y tomando a Alice de la mano la llevó hasta los dos chicos.

8

Mattia miraba hacia fuera por los cristales opacos de la ventana. Era un día luminoso, un anticipo de primavera a principios de marzo. El fuerte viento, que por la noche había limpiado la atmósfera, parecía llevarse también el tiempo, haciendo que pasara más rápido. Contando los tejados que lograba ver desde allí, Mattia trataba de calcular a qué distancia se hallaba el horizonte.

A su lado, Denis lo observaba de soslayo intentando adivinar sus pensamientos. No habían comentado lo ocurrido en el laboratorio de biología. Hablaban poco, pero pasaban mucho tiempo juntos, sumido cada cual en su propio abismo, aunque sintiéndose sostenidos y salvados por el otro, sin necesidad de muchas palabras.

—Hola —oyó Mattia a sus espaldas. En el cristal vio reflejadas a dos chicas cogidas de la mano. Se volvió.

Denis lo miró con aire inquisitivo. Las chicas parecían esperar algo.

—Hola —contestó Mattia en voz baja, y agachó la cabeza para evitar la mirada penetrante de una de ellas.

—Yo soy Viola, y ella Alice —dijo la que lo miraba así—. Vamos a segundo B.

Mattia asintió. Denis estaba boquiabierto. Ninguno de los dos dijo nada.

—Qué —prosiguió Viola—, ¿no os presentáis?

Mattia pronunció su nombre en voz baja, como si más bien se lo recordara a sí mismo, y tendió blandamente la mano sin vendar a Viola, que la estrechó con fuerza; la amiga lo hizo rozándola apenas, y sonrió mirando a otra parte.

Denis se presentó también, y con no menos torpeza.

—Queríamos invitaros a mi fiesta de cumpleaños, que es el sábado —dijo Viola.

Denis buscó de nuevo los ojos del amigo, en vano. Mattia miraba a Alice, que seguía esbozando una media sonrisa tímida, y pensó que aquella boca, de labios pálidos y finos, parecía obra de un afilado bisturí.

—¿Y por qué? —preguntó.

Viola lo miró con gesto torvo y se volvió hacia Alice con una expresión que significaba ya te decía que estaba loco.

—¿Cómo que por qué? Pues porque nos da la gana.

—Gracias, pero no puedo —contestó Mattia.

Aliviado, Denis se apresuró a decir que él tampoco.

Viola no le hizo caso. A ella le interesaba el de la mano vendada.

—¿Ah, no? —repuso provocadora—. Será que tienes muchos compromisos para el sábado por la noche. ¿Has quedado con tu amiguito para jugar a los videojuegos? ¿O piensas cortarte otra vez las venas?

Al decir esto, Viola sintió un escalofrío a la vez de terror y excitación. Alice le dio un apretón en la mano indicándole que se callara.

Mattia solo pensó que había olvidado el número de tejados y no tendría tiempo de contarlos de nuevo antes de que sonara el timbre.

—No me gustan las fiestas —adujo.

Viola se esforzó por reír y emitió una serie de jijíes agudos.

—Qué raro, si a todos les gustan las fiestas. —Y se dio con el dedo dos golpecitos en la sien derecha.

Alice le había soltado la mano y tenía la suya, sin darse cuenta, en el vientre.

—Pues a mí no —replicó Mattia en tono severo.

Viola lo miró con desafío y él le sostuvo la mirada con semblante inexpresivo. Alice había dado un paso atrás. Viola abrió la boca para replicar algo, pero en ese momento sonó el timbre. Mattia echó a caminar resuelto hacia la escalera, dando por terminada la conversación. Denis lo siguió como arrastrado por su estela.

9

Desde que entró al servicio de los Della Rocca, Soledad Galienas solo había tenido un desliz. Había ocurrido cuatro años atrás, una noche lluviosa en que los señores habían ido a cenar a casa de unos amigos.

En el armario, Soledad solo tenía ropa negra, incluyendo la íntima. De esa manera se le hacía tan presente la muerte de su marido en un accidente laboral que a veces acababa hasta por creerla. Se lo imaginaba de pie en un andamio, a veinte metros del suelo, con el cigarrillo entre los dientes, nivelando una capa de cemento para poner encima otra hilera de ladrillos. Lo veía tropezar en una herramienta, o en una soga enrollada, la soga con que tendría que haberse sujetado y que rechazó por considerarlo cosa de novatos; lo veía tambalearse sobre los tablones y precipitarse al vacío dando un grito. El plano se ampliaba entonces para representar al marido cayendo como un puntito oscuro que agitaba los brazos en el vacío. Aquel recuerdo artificial concluía con una vista desde arriba: el cuerpo aplastado contra el suelo polvoriento del edificio en obras; exánime y bidimensional, con los ojos aún abiertos, boca arriba en medio de una mancha de sangre que se expandía poco a poco.

Figurarse esto le producía un grato temblor de angustia entre la nariz y la garganta y, si lo pensaba un rato, hasta se le saltaban algunas lágrimas solo de autocompasión.

Porque lo cierto era que su marido la había abandonado, que un buen día se había ido, probablemente para rehacer su vida con otra, y desde entonces no había sabido nada de él. Cuando emigró a Italia se hizo pasar por viuda con un pasado digno de contar, ya que del verdadero no había nada que decir. Vestir de negro y pensar que los demás podían ver en su mirada la huella de un drama, de un dolor inconsolable, le proporcionaba seguridad. Llevaba el luto con dignidad y hasta aquella noche nunca había traicionado la memoria del difunto.

El sábado iba a la misa de las seis para estar de vuelta a la hora de la cena. Ernesto llevaba semanas pretendiéndola. Al acabar la misa la esperaba fuera y, siempre con gran ceremonia, se ofrecía a acompañarla a casa. Soledad se recataba en su vestido negro pero al final consentía. Él le hablaba de cuando trabajaba en correos y de lo larga que se le hacía la tarde solo en casa, con tantos años a cuestas y tantos fantasmas con los que lidiar. Era mayor que ella y su mujer había muerto de cáncer de páncreas.

Caminaban cogidos del brazo y muy formales.

Aquella tarde Ernesto la acogió bajo su paraguas y, por guarecerla mejor, él se mojó la cabeza y el abrigo. La felicitó por su italiano, que mejoraba de semana en semana, y ella soltó una risita afectando embarazo.

Por un gesto torpe, por una falta de sincronía, al llegar a casa de los Della Rocca, en vez de despedirse como amigos, con dos castos besos en las mejillas, se rozaron los labios. Ernesto se excusó, pero acto seguido se inclinó de nuevo y la besó en la boca; Soledad sintió que el polvo que en todos aquellos años se le había depositado en el corazón se levantaba en torbellino y se le metía en los ojos.

Fue ella quien lo invitó a entrar. Tenía que permanecer escondido en su habitación un par de horas, mientras ella daba de cenar a Alice y la acostaba. Los señores no tardarían en salir y volverían tarde.

Ernesto dio gracias a Dios de que ciertas cosas aún pudieran ocurrir a su edad. Entraron sigilosamente. Soledad llevó a su amante a su habitación cogido de la mano, como a un adolescente, intimándolo al silencio con un dedo en los labios. Luego, a toda prisa, le preparó la cena a Alice, se quedó mirándola mientras se la comía lentamente, y al final le dijo que parecía cansada y que sería mejor que se acostase. Alice contestó que quería ver la tele, y Soledad, con tal de librarse de ella, se lo permitió a condición de que la viera en la buhardilla. Alice se fue al piso de arriba, y aprovechó que su padre no estaba para andar arrastrando los pies.

Soledad se reunió con su amante. Estuvieron largo rato besándose, sentados el uno junto al otro, sin saber qué hacer con las manos, azorados, faltos de práctica. Al final Ernesto se atrevió a abrazarla.

Mientras él bregaba con el endiablado cierre del sujetador y susurraba excusas por su poca maña, ella se sintió joven, bella y desenvuelta. Cerró los ojos y cuando los abrió vio a Alice en el umbral.

—Coño —se le escapó—, ¿qué haces aquí?

Se apartó de Ernesto y se cubrió los pechos con el brazo. Alice los observaba con la cabeza ladeada, sin sorpresa, como a animales en el zoo.

—No puedo dormir —dijo.

Por una misteriosa coincidencia, Soledad se acordó de aquello cuando, al girarse en un momento dado, vio a Alice en la puerta del despacho. Estaba quitando el polvo de la librería. Sacaba de tres en tres los pesados volúmenes de una de las enciclopedias del abogado, encuadernada en verde oscuro con lomo dorado, y los sostenía con el brazo izquierdo, que ya empezaba a cansársele, mientras con la mano derecha pasaba el trapo por los anaqueles de caoba, hasta los rincones más recónditos, pues una vez el señor se había quejado de que solo limpiaba lo que se veía.

Hacía años que Alice no entraba en el despacho de su padre. Un invisible muro de hostilidad le impedía franquear el umbral. Estaba segura de que apenas pisara el parquet, de hipnótico dibujo geométrico, la madera cedería bajo su peso y ella se precipitaría en un oscuro abismo.

Toda la estancia estaba impregnada del intenso olor de su padre, los folios ordenadamente apilados en la mesa, los cortinones color crema. De pequeña, cuando iba a llamarlo para la cena, Alice entraba de puntillas y siempre dudaba antes de hablar, por el respeto que le imponía la figura de su padre inclinado sobre la mesa, estudiando sus complicados papeles con gafas de montura de plata. Cuando advertía la presencia de su hija, el abogado alzaba despacio la cabeza y fruncía el ceño como preguntándose qué hacía allí. Por fin asentía, esbozaba un amago de sonrisa y decía: «Voy».

Alice tenía la impresión de seguir oyendo resonar aquella única palabra en el despacho, como si hubiera quedado atrapada entre aquellas cuatro paredes empapeladas y dentro de su cabeza.

—*Hola, mi amorcito* —le dijo Soledad. Seguía llamándola así pese a que la joven que tenía delante hecha un palillo se parecía poco a la adormilada criatura que en otro tiempo vestía y llevaba al colegio todas las mañanas.

—Hola —contestó Alice.

Soledad la miró unos segundos esperando que dijera algo, pero Alice, nerviosa, desvió la mirada. La criada siguió con lo suyo.

—Sol —dijo al fin Alice.

—¿Qué?

—Tengo que pedirte una cosa.

Soledad dejó los volúmenes en la mesa y se le acercó.

—Dime, *mi amorcito.*

—Necesito que me hagas un favor.

—¿Un favor? Claro, dime.

Alice se enrolló en el dedo el elástico de los pantalones.

—El sábado voy al cumpleaños de mi amiga Viola.

—Ay, pues qué bien —sonrió Soledad.

—Quiero llevar un postre y me gustaría prepararlo yo. ¿Tú me ayudarías?

—Pues claro, mi vida. ¿Qué postre?

—No lo sé, una tarta, o un tiramisú..., o esa tarta que haces tú con canela.

—La tarta de mi madre —dijo Soledad no sin orgullo—. Yo te enseño cómo se prepara.

Alice la miró suplicante.

—Entonces, ¿vamos el sábado a hacer la compra, aunque libres?

—Pues claro, mi vida.

Por un momento, Soledad se sintió importante y en aquella joven insegura reconoció a la niña que había criado.

—¿Y podrías llevarme a otro sitio? —preguntó Alice.

—¿A qué sitio?

La muchacha vaciló un instante y luego contestó decidida:

—A hacerme un tatuaje.

—Oh, *mi amorcito* —objetó Soledad con pena—. Ya sabes que tu padre no quiere.

—No tiene por qué saberlo. Y no me lo verá —insistió Alice, gimoteando.

Soledad sacudió la cabeza.

—Va, Sol, por favor —le suplicó Alice—. Si voy sola no me lo harán, se necesita el permiso de los padres.

—¿Y entonces yo qué puedo hacer?

—Hacerte pasar por mi madre. Solo tienes que firmar un papel y no te preguntarán nada.

—Da igual, no puede ser. Tu padre me despediría.

Alice se puso de pronto más seria y la miró fijamente.

—Será nuestro secreto, Sol. —Hizo una pausa—. Al fin y al cabo ya tenemos uno, ¿o no?

Soledad la miró desconcertada, sin comprender al pronto.

—Yo sé guardar un secreto —prosiguió Alice con calma. Se sentía fuerte y despiadada como Viola—. Si no, hace tiempo que te habrían despedido.

La criada sintió una opresión en la garganta y balbució:

—Pero...

—¿Sí o no? —la apremió Alice.

Soledad humilló los ojos y murmuró:

—Vale.

Se dio media vuelta y empezó a ordenar los libros de la estantería, mientras se le saltaban dos lagrimones.

10

Mattia era deliberadamente muy silencioso en todos sus movimientos. Aunque sabía que el desorden del mundo no puede sino aumentar, que el ruido de fondo crecerá hasta cubrir toda señal coherente, creía que si ejecutaba con cuidado todos sus actos tendría menos culpa en esta lenta desintegración.

Caminaba apoyando primero la punta del pie y luego el talón, descansando el peso en ambos extremos, con lo que reducía al mínimo la superficie de contacto con el suelo. Había aprendido esta técnica hacía años, cuando se levantaba por las noches y registraba en secreto la casa, porque las manos se le secaban tanto que para seguir sintiéndolas suyas nada le parecía mejor que pasar por ellas algún objeto con filo. Con el tiempo, aquel andar raro y sigiloso había acabado siendo su caminar natural.

No era infrecuente que sus padres se lo encontraran repentinamente de frente, cual holograma proyectado desde el suelo, con su mirada ceñuda y la boca siempre cerrada. Un día, a su madre se le cayó un plato del susto; Mattia se agachó a recoger los trozos y le costó bastante resistir la atracción de aquellos bordes afilados. Su madre le dio las gracias con embarazo y cuando él desapareció se sentó en el suelo y allí se quedó un buen rato, derrotada.

Mattia giró la llave en la puerta de la casa. Había aprendido que, si tiraba del pomo y tapaba con la mano el ojo de la cerradura, podía ahogar casi por completo el chasquido del pestillo. Y aún más con la mano vendada.

Se deslizó en el vestíbulo, introdujo la llave por dentro y repitió la operación; no parecía sino que allanara su propia morada.

Su padre ya estaba en casa, había vuelto antes de lo habitual. Cuando oyó que alzaba la voz se detuvo, sin saber si pasar por el salón e interrumpir la discusión de sus padres, o salir de nuevo y no entrar hasta que desde el patio viera que apagaban la luz.

—... que no me parece justo —decía su padre en tono de reproche.

—Claro —replicó Adele—, tú prefieres mirar hacia otro lado, como si no pasara nada.

—¿Y qué es lo que pasa?

Hubo una pausa. Mattia pudo imaginarse con claridad a su madre abatir la cabeza y apretar los labios, como diciendo contigo es imposible.

—¿Que qué pasa? —contestó su madre—. Pasa que...

Mattia se detuvo a un paso de la franja de luz que

proyectaba la puerta del salón sobre el vestíbulo. Observó la línea de sombra que iba del suelo a las paredes y el techo. Formaba un trapecio, aunque se dijo que era por engaño de la perspectiva.

Su madre dejaba con frecuencia las frases a medias, como si mientras las pronunciaba se olvidara del final. Aquellas interrupciones dejaban en sus ojos y en el aire como burbujas de vacío que Mattia se imaginaba haciendo explotar con el dedo.

—Pasa que, delante de todos sus compañeros, se ha clavado un cuchillo en la mano. Pasa que creíamos que eso se había terminado y hemos vuelto a equivocarnos —contestó su madre.

Mattia comprendió que hablaban de él, pero no se inmutó. Solo se sintió algo culpable de estar allí escuchando una conversación que no debía.

—Pero esa no es razón para hablar con los profesores a sus espaldas —replicó el padre, si bien en tono más humilde—. Ya es mayorcito y tiene derecho a estar presente.

—Por Dios, Pietro —replicó la madre, que nunca lo llamaba por su nombre—, la cuestión no es esa, ¿no lo ves? Y deja de tratarlo como si fuera... —Se interrumpió.

El silencio se expandió por el ambiente como carga electrostática. Mattia tuvo un estremecimiento.

—¿Como si fuera qué?

—Como si fuera normal —reconoció la madre.

Mattia notó que la voz le temblaba un poco y se

preguntó si estaría llorando. Desde aquella tarde era algo que le sucedía a menudo, casi siempre sin motivo, o porque la carne le había quedado gomosa o las plantas del balcón se habían llenado de parásitos. Pero, fuera por lo que fuese, siempre lloraba con la misma desesperación, como si todo fuera irremediable.

—Sus profesores dicen que no tiene amigos, que solo habla con el compañero de al lado, y siempre está con él. A su edad los chicos salen por la noche, ligan...

—¿No creerás que es... —la interrumpió el padre—, que es...?

Mattia quiso completar la frase, aunque no supo cómo.

—No, no lo creo —contestó la madre—, aunque casi prefiero que solo sea eso. A veces pienso que algo de Michela se ha reencarnado en él.

El padre soltó un profundo resoplido y dijo con cierta irritación:

—Prometiste que no volverías a hablar del tema.

Mattia pensó un instante en Michela, que había desaparecido en la nada, pero enseguida distrajo su atención la imagen empequeñecida y distorsionada de sus padres reflejada en la superficie curva y pulida de un paragüero. Empezó a rascarse el codo con la llave, cuyos dientes notaba pasar por el hueso.

—¿Sabes lo que más miedo me da? —dijo Adele—. Las buenas notas que saca, nueves, dieces, siempre las más altas... Hay algo espantoso en eso.

Mattia oyó que su madre se sorbía la nariz, primero una vez y luego otra, esta última como si la tuviera oprimida contra algo. Supuso que su padre la había abrazado.

—Tiene quince años, una edad cruel —dijo Pietro.

La madre no contestó. Mattia oyó que aquellos sollozos rítmicos aumentaban hasta un punto álgido y luego disminuían poco a poco hasta cesar.

Aprovechando aquel silencio entró en el salón. Heridos por la luz, los ojos se le cerraron levemente. Se detuvo a dos pasos de sus padres, que, abrazados, lo miraron con pasmo, como dos chiquillos sorprendidos haciendo manitas. Sus semblantes estupefactos parecían preguntar cuánto tiempo llevaba ahí.

Mattia miró hacia un punto intermedio entre ambos y dijo:

—El sábado voy a la fiesta de unos amigos.

Luego continuó hacia el pasillo y se metió en su cuarto.

11

El de los tatuajes miró receloso primero a Alice y luego a aquella mujer de piel oscura y expresión temerosa a la que la cría había presentado como su madre. No se lo creyó ni por un segundo, pero no era asunto suyo. A mentiras como aquella y a adolescentes caprichosas estaba acostumbrado. Y cada vez son más jóvenes, pensó, esta no tendrá ni diecisiete. Aunque tampoco iba a rechazar un trabajo por una cuestión de principios. Hizo sentarse a la mujer, que estuvo el resto del tiempo quieta y en silencio, con el bolso entre las manos, como si de un momento a otro fuera a marcharse, y mirando a todos lados menos a la aguja.

La cría no se quejó. Él le preguntaba si le dolía, pues era una pregunta que no podía dejar de hacer, y ella contestaba que no apretando los dientes.

Al final le aconsejó que llevara la gasa al menos tres días y se limpiara la herida mañana y noche durante una semana, le regaló un frasco de vaselina y se guardó la pasta.

En el baño de su casa, Alice despegó el esparadrapo que sujetaba la venda. El tatuaje tenía unas cuantas horas de vida y ya se lo había mirado por lo menos diez veces. Y siempre que lo hacía su entusiasmo se evaporaba un poco como agua de charco al sol de agosto. Esta vez se fijó en lo roja que se había puesto la piel alrededor del dibujo, y con un nudo en la garganta se preguntó si recuperaría su color natural. Pero pronto desechó ese temor. Odiaba que todo lo que hacía se le antojara irremediable, definitivo. Lo llamaba «el peso de las consecuencias» y estaba convencida de que era otro de los fastidiosos rasgos paternos que con los años arraigaban más y más en su ser. Envidiaba rabiosamente la despreocupación de las chicas de su edad, su frívolo sentido de inmortalidad. Deseaba poseer la ligereza que correspondía a sus quince años, pero cuando trataba de alcanzarla no sentía sino la furia con que volaba el tiempo. Y el peso de las consecuencias se volvía insoportable y sus pensamientos empezaban a dar vueltas cada vez más rápido, en círculos más y más estrechos.

En el último momento había cambiado de idea, y así se lo dijo al tío que había encendido aquella zumbante máquina y aproximaba a su vientre la punta de la aguja. ¿Ya no quieres hacértelo?, le preguntó el otro sin sorpresa. Ella contestó que sí quería, pero no una rosa, sino una violeta.

El de los tatuajes se quedó mirándola desconcertado y le dijo que no sabía muy bien cómo eran las violetas. Pues parecidas a las margaritas, le explicó Alice, pero con tres pétalos arriba y dos abajo, y de color lila. Vale, dijo el otro, y puso manos a la obra.

Alice se miró la florecilla que le adornaba el ombligo y se preguntó si Viola entendería que se lo había hecho por ella, por su amistad. Decidió que no se lo enseñaría hasta el lunes. Quería mostrárselo sin costras y en todo el esplendor de su piel clara. Se reprochó no haber despertado antes, porque habría podido tenerlo listo para la noche. Se figuró qué pasaría cuando se lo enseñara en secreto al chico al que había invitado a la fiesta. Dos días antes, Mattia se había presentado ante ella y Viola con su aire ensimismado y les había dicho que él y Denis irían a la fiesta. Viola no tuvo tiempo de hacer ningún comentario desagradable, porque al instante el chico dio media vuelta y se alejó pasillo adelante, cabizbajo.

No estaba segura de querer besarlo, pero la suerte ya estaba echada, y si se acobardaba quedaría fatal ante Viola.

Calculó la altura exacta a la que debía quedar el ribete de la braga para que se viera el tatuaje pero no la cicatriz que había justo debajo. Se puso unos vaqueros, una camiseta y un jersey holgado que le tapara todo, tatuaje, cicatriz y caderas huesudas. Salió del baño y fue a la cocina, donde Soledad estaba preparando para ella su tarta con canela.

12

Con hondas y prolongadas inspiraciones, Denis trataba de llenar sus pulmones del olor del coche de Pietro Balossino, olor a sudor levemente acre que no parecían rezumar tanto las personas como las fundas ignífugas de los asientos, y a algo húmedo que debía de llevar allí muchos días, oculto quizá bajo las alfombrillas. Aquellos olores se mezclaban formando una especie de venda cálida que le envolvía la cara.

Con gusto se habría quedado toda la noche en aquel coche, recorriendo una y otra vez las carreteras medio oscuras de la colina, viendo cómo los faros de los coches que venían en sentido contrario iluminaban la cara de su amigo y la dejaban nuevamente en la sombra, para no consumirla.

Mattia iba sentado delante, con su padre. Denis, que espiaba sus rostros inexpresivos, tenía la impresión de que se hubieran puesto de acuerdo para no pronunciar palabra en todo el trayecto, y para evitar que ni por casualidad se cruzasen sus miradas.

Observó que tenían el mismo modo de coger los objetos, rozándolos con los dedos estirados más que apretándolos, como si temieran deformarlos. Así maniobraba el señor Balossino el volante. Mattia pasaba sus lastimadas manos por las aristas de la caja del regalo que su madre le había comprado a Viola y que él llevaba sobre sus piernas juntas.

—¿Así que vas al colegio con Matti? —dijo el señor Balossino en tono voluntarioso.

—Sí —contestó Denis con una vocecita aguda que parecía habérsele atragantado mucho tiempo—. Nos sentamos juntos.

El padre de Mattia asintió gravemente y, descargada la conciencia, volvió a sumirse en sus pensamientos. Mattia no pareció ni darse cuenta de este conato de conversación y, sin apartar los ojos del parabrisas, siguió preguntándose si la causa de que la raya discontinua de la mediana se percibiera como una línea continua era el retraso del ojo en responder o algún otro mecanismo más complejo.

Pietro Balossino detuvo el coche a un metro de la gran verja de entrada de la propiedad de los Bai y echó el freno de mano, porque la calle estaba en una cuesta ligera. Inclinándose hacia delante para atisbar entre la verja, comentó:

—No vive mal vuestra amiga.

Ni Denis ni Mattia confesaron que de aquella chica apenas conocían más que el nombre.

—Entonces os recojo a medianoche, ¿os parece?

—A las once —se apresuró a precisar Mattia—, mejor a las once.

—¿A las once? Pero si ya son las nueve. ¿Qué podéis hacer en un par de horas?

—A las once —insistió Mattia.

Pietro Balossino inclinó la cabeza y dijo vale.

Mattia se apeó. Denis también lo hizo, de mal grado: temía que en la fiesta Mattia hiciera nuevos amigos, chicos enrollados que se lo quitarían para siempre; temía no volver a montar en aquel coche.

Se despidió educadamente del padre de Mattia, tendiéndole la mano como hacen los adultos, y Pietro Balossino, por no desabrocharse el cinturón de seguridad, tuvo que ejecutar una ridícula contorsión para estrechársela.

Los dos amigos se quedaron parados ante la verja y esperaron a que el coche se alejara para tocar el timbre.

Alice estaba sentada en un extremo del blanco sofá. En la mano tenía un vaso de Sprite y de reojo miraba los voluminosos muslos de Sara Turletti, embutidos en medias oscuras. Aplastados contra el sofá aún parecían más gordos, casi el doble. Alice comparó el espacio que ella ocupaba con el que ocupaba su compañera. Pensar que podía ser tan delgada que resultase invisible le produjo un agradable cosquilleo en el estómago.

Cuando vio aparecer a Mattia y Denis, se irguió de golpe y buscó desesperadamente a Viola con la mirada. Advirtió que Mattia no llevaba ya la mano vendada y quiso ver si le había quedado cicatriz. Por instinto se palpó la suya propia con el dedo. Sabía encontrársela debajo de la ropa, era como tener una lombriz en la piel.

Los recién llegados miraron a un sitio y otro como animales acorralados, aunque ninguno de los aproximadamente treinta chicos que había en la sala reparó en ellos. Alice sí.

Denis hacía todo lo que hacía Mattia, iba a donde él iba y miraba a donde él miraba. Mattia se acercó a Viola, que estaba contándoles sus apócrifas aventuras a un corro de chicas, y sin preguntarse siquiera si conocía a estas del colegio, se colocó detrás de ella sosteniendo el regalo con rigidez a la altura del pecho. Cuando Viola vio que sus amigas apartaban los ojos de su irresistible boca y miraban más allá de su persona, se volvió y murmuró:

—Ah, sois vosotros.

—Toma —repuso Mattia. Depositó el regalo en los brazos de la anfitriona y mascullando le felicitó el cumpleaños. Y ya daba media vuelta cuando oyó que Viola gritaba con voz excitada:

—¡Ali, Ali, ven, que ha llegado tu amigo!

Denis tragó saliva, que se le antojó llena de pinchos. Una de las amigas de Viola susurró a otra algo al oído y se rio.

Alice se levantó del sofá y dio los cuatro pasos que la separaban del grupo de modo que apenas se notara su cojera, aunque estaba segura de que todos la miraban.

Saludó a Denis con una sonrisa y luego a Mattia inclinando la cabeza y diciendo hola con un hilo de voz. Mattia le contestó lo mismo y enarcó las cejas con sobresalto, lo que lo hizo parecer aún más raro a ojos de Viola.

Hubo un largo silencio que solo Viola fue capaz de romper, diciendo, radiante:

—He descubierto dónde guarda mi hermana las pastillas.

Las otras dijeron «¡Uau!», excitadas.

—¿Qué, queréis unas cuantas?

Dirigió la pregunta a Mattia, segura de que no sabría a qué se refería. Y no se equivocaba, en efecto.

—Chicas, vamos —dijo luego—. Tú también, Ali.

Cogió a Alice de un brazo y las cinco, casi empujándose unas a otras, desaparecieron por el pasillo.

Denis se encontró de nuevo solo con Mattia y su corazón volvió a latir normalmente. Se acercaron a la mesa de las bebidas.

—Hay whisky —observó Denis, entre impresionado y alarmado—. Y vodka.

Mattia no contestó. Tomó un vaso de plástico de una pila de vasos, lo llenó de Coca-Cola hasta el borde, procurando no pasar del límite en que la tensión superficial del líquido impedía que se desbordara, y lo posó en la mesa. Denis se sirvió whisky, mirando a su alrededor con disimulo y confiando secretamente en impresionar a su amigo, que ni siquiera se percató.

Dos paredes más allá, en el dormitorio de la hermana de Viola, las chicas habían sentado a Alice en la cama y la instruían sobre lo que debía hacer.

—No se la chupes aunque te lo pida, ¿de acuerdo? —la instó Giada Savarino—. La primera vez como mucho hazle una paja.

Alice se echó a reír azorada, sin saber si Giada hablaba en serio.

—Tú ahora vas y te pones a hablar con él —le ordenó Viola, que ya tenía un plan clarísimo—. Luego te inventas una excusa y te lo llevas a mi cuarto.

—¿Y qué excusa digo?

—La que sea, tú verás. Que te molesta la música y quieres un poco de silencio.

—¿Y su amigo, que va siempre pegado a él?

—Ya nos encargamos nosotras —contestó Viola con su sonrisa cruel. Se subió con zapatos y todo a la cama de su hermana, cubierta con una colcha verde claro.

Alice pensó que a ella su padre le tenía prohibido pisar calzada las alfombras, y se preguntó qué diría si la viera allí, aunque pronto desechó aquel pensamiento.

Viola abrió un cajoncito del mueble que colgaba sobre la cama, buscó dentro a tientas, pues no alcanzaba a ver, y sacó al fin una cajita forrada de tela roja con ideogramas dorados.

Tendió a Alice la mano abierta y le dijo:

—Toma. —En la palma se veía una pastillita azul claro y brillante, cuadrada y de ángulos redondeados, en cuyo centro había grabada en forma esquemática una mariposa. Alice se acordó del caramelo sucio que aquella misma mano la había obligado a tragar y sintió que se atragantaba.

—¿Qué es?

—Tú tómatela, verás lo bien que te lo pasas.

Y le guiñó el ojo. Alice se lo pensó un momento. Todas la miraban. Supuso que era otra prueba. Cogió la pastilla y se la puso en la lengua.

—Lista. Vamos —dijo Viola.

Y en fila india fueron saliendo de la habitación, todas con los ojos bajos y una sonrisa maliciosa. Federica suplicó a Viola que le diera otra a ella y Viola le contestó groseramente que lo haría cuando le tocara.

Alice se esperó a salir la última, y cuando vio que todas le daban la espalda escupió la pastilla en la mano, se la guardó y apagó la luz.

13

Como aves rapaces, Viola, Giada, Federica y Giulia cercaron a Denis, y Viola le preguntó:

—¿Te vienes allí con nosotras?

—¿A qué?

—Luego te lo explicamos —contestó riendo Viola.

Denis se puso tenso y buscó amparo en Mattia, pero vio que su amigo seguía observando absorto cómo temblaba la Coca-Cola en el borde del vaso. La música atronaba y con cada golpe de bombo la superficie del líquido se agitaba. Mattia aguardaba con extraña expectación el instante en que se desbordara. Denis contestó:

—Prefiero quedarme aquí.

Viola se impacientó:

—¡Qué coñazo eres, madre mía! Vente y calla.

Y le tiró del brazo. Denis intentó resistirse, pero Giada empezó a tirar también y el chico se rindió. Dejándose arrastrar hacia la cocina, miró por última vez a su amigo: no se había movido.

Mattia advirtió la presencia de Alice cuando ella

puso la mano en la mesa y rompió el equilibrio del vaso, cuyo colmo rebosó y formó en torno al fondo un cerco oscuro.

Instintivamente alzó los ojos y sus miradas se cruzaron.

—¿Qué tal? —le preguntó ella.

Mattia inclinó la cabeza y respondió:

—Bien.

—¿Te gusta la fiesta?

—Mmm.

—A mí la música tan alta me marea.

Alice esperó a que él dijera algo; lo miraba y le parecía que no respiraba. La expresión de sus ojos era de mansedumbre y sufrimiento. Como la primera vez, tuvo el impulso de pedirle que la mirara, cogerle la cabeza entre las manos y decirle que todo iría bien. Al fin se atrevió a preguntarle:

—¿Me acompañas al otro cuarto?

Mattia inclinó la cabeza, como si hubiera esperado la pregunta, y contestó:

—Bueno.

Alice echó a andar hacia el pasillo y él la siguió a dos pasos de distancia, mirando, como siempre, al suelo. Notó que, mientras que la pierna derecha de Alice, como todas las piernas del mundo, se doblaba con garbo por la rodilla y el pie se apoyaba en el suelo sin hacer ruido, la izquierda, rígida, describía a cada paso un giro hacia fuera, con lo que por un momento la cadera quedaba desequilibrada y daba la impresión de que Alice fuera a caer de lado, y cuando por fin tocaba tierra, lo hacía pesadamente, como si fuera una muleta.

Se concentró en aquel ritmo giroscópico y, sin darse cuenta, acompasó su paso al de ella.

Cuando llegaron a la habitación de Viola, Alice, con una audacia que a ella misma sorprendió, deslizándose a su lado cerró la puerta. Y allí quedaron ambos de pie, él sobre la alfombra, ella justo fuera.

¿Por qué no dice nada?, se preguntó Alice. A punto estuvo de desistir, abrir la puerta y escapar. Pero entonces ¿qué le digo a Viola?

—¿A que se está mejor aquí?

—Sí —contestó Mattia. Tenía los brazos colgando, como un muñeco de ventrílocuo, y con el índice derecho se levantaba un padrastro que tenía en el pulgar; la sensación era muy parecida a la de un pinchazo y le permitió sustraerse un momento a la tensión reinante.

Alice se sentó en la cama, justo en el borde —el colchón no se hundió bajo su peso—, miró a los lados como buscando algo, y al final preguntó:

—¿No te sientas?

Él lo hizo; con cautela, a tres palmos de ella. La música retumbaba como si las paredes respiraran con sofoco. Alice observó las manos de Mattia, que él tenía cerradas.

—¿Se te ha curado la mano?

—Casi.

—¿Cómo te lo hiciste?

—Me corté en el laboratorio de biología, sin querer.

—¿Puedo ver la herida?

Mattia apretó los puños con fuerza, pero luego, lentamente, abrió la mano izquierda. Una cicatriz morada y perfectamente recta la surcaba en diagonal, en medio de otras más cortas y claras, casi blancas, entrecruzadas a lo largo y ancho de toda la palma, como las ramas peladas de un árbol vistas a contraluz.

—Yo también tengo una —dijo Alice.

Mattia cerró la mano y se la metió entre las piernas, como escondiéndola. Ella se puso en pie, se alzó un poco el jersey y se desabotonó los vaqueros. Él fue presa del pavor. Bajó la vista todo lo que pudo, pero aun así vio cómo las manos de Alice doblaban un poco los pantalones y dejaban al descubierto una gasa prendida con esparadrapo y, bajo ella, el ribete de unas bragas gris claro.

Y al ver que también bajaba este ribete unos centímetros, contuvo el aliento.

—Mira —dijo Alice.

Paralela al hueso iliaco se veía una cicatriz larga, de bastante relieve y más ancha que la de Mattia; las señales de los puntos de sutura, que la cruzaban perpendicularmente a intervalos regulares, la asemejaban a las que se pintan los niños en la cara cuando se disfrazan de piratas.

A él no se le ocurrió nada que decir. Ella se abotonó los vaqueros, se remetió la camiseta y volvió a sentarse, esta vez un poco más cerca del muchacho.

A continuación sobrevino un silencio casi insoportable. La distancia que mediaba entre sus caras palpitaba de expectación y azoramiento. Al cabo, por decir algo, Alice preguntó:

—¿Te gusta la nueva escuela?

—Sí.

—Dicen que eres un genio.

Mattia se mordió las mejillas hasta sentir el sabor metálico de la sangre.

—¿Y de veras te gusta estudiar?

Él asintió.

—¿Por qué?

—Es lo único que sé hacer —contestó con voz queda. Deseó decirle que también le gustaba porque era algo que podía hacer solo, porque lo que uno estudia son cosas sabidas, muertas, frías; porque las páginas de los libros de clase tienen todas la misma temperatura, lo dejan elegir a uno, nunca hacen daño ni uno puede hacerles daño a ellas... Pero se abstuvo.

—¿Y yo? ¿Te gusto? —se aventuró a preguntar Alice; la voz le salió un tanto chillona y se sonrojó.

—No lo sé —contestó Mattia mirando al suelo.

—¿No lo sabes?

—No, no lo he pensado.

—Esas cosas no se piensan.

—Yo si no pienso no comprendo.

—Tú a mí sí me gustas —dijo ella—, un poco, creo.

Él inclinó la cabeza. Jugó a enfocar y desenfocar los arabescos geométricos de la alfombra contrayendo y relajando el cristalino.

—¿No quieres besarme? —le preguntó Alice; no sintió vergüenza, pero sí un vuelco en el corazón por miedo a que le dijera que no.

Mattia permaneció quieto unos segundos, hasta que negó lentamente con la cabeza, sin dejar de mirar la alfombra.

Alice, en un arranque nervioso, se llevó las manos a la cintura y se la abarcó. Con otra voz dijo atropelladamente:

—Da igual..., pero, por favor, no se lo digas a nadie. —Y pensó: ¡Qué boba soy! Peor que un crío de párvulos.

Se levantó. Aquella habitación le pareció de pronto un lugar extraño, hostil. Las paredes llenas de mil colores, el escritorio cubierto de cosméticos, las zapatillas de baile colgando de una hoja del armario como los pies de un ahorcado, la foto de gran formato de una guapísima Viola tumbada en la playa, los casetes amontonados en desorden junto al equipo de música, la ropa tirada en la butaca, todo eso empezó a marearla.

—Volvamos al salón —pidió.

Mattia se puso en pie y se quedó mirándola. Ella tuvo la impresión de que le pedía perdón. Abrió la puerta —la música irrumpió potente en el cuarto—, recorrió un trecho de pasillo, pensó en la cara que pondría Viola, dio media vuelta, lo cogió sin más de la rígida mano y así cogidos regresaron al ruidoso salón de los Bai.

14

Jugando, las chicas habían arrinconado a Denis contra el frigorífico, y formaban ante él, una junto a otra, una muralla de ojos excitados y cabellos sueltos, a través de la cual Denis no atinaba a ver a Mattia en el otro cuarto.

—¿Verdad o prenda? —le preguntó Viola.

Denis sacudió la cabeza tímidamente, dando a entender que no le apetecía jugar. Viola hizo un gesto de impaciencia y abrió el frigorífico, lo que obligó a Denis a ladear el tronco para dejar espacio a la puerta, sacó una botella de vodka de melocotón y bebió un trago a morro. Luego se la ofreció a Denis con una sonrisa cómplice.

Él estaba ya mareado y sentía náuseas, y el whisky le había dejado un regusto amargo en la nariz y la boca; pero había algo en la actitud de Viola que le impedía negarse. Tomó la botella, dio un trago y se la pasó a Giada Savarino, que la cogió con avidez y empezó a beber como si fuera naranjada.

—Bueno, ¿qué, verdad o prenda? —repitió Viola—. O elegimos nosotras.

—Este juego no me gusta —replicó Denis sin convicción.

—¡Qué pelmas sois tú y tu amigo! Yo elijo. Verdad. Veamos... —Se llevó el dedo a la barbilla y, aparentando reflexionar, paseó en círculo la mirada por el techo—. ¡Ya lo tengo! Has de decirnos cuál te gusta más de las cuatro.

Intimidado, Denis se encogió de hombros y contestó:

—Pues...

—¿Pues qué? Alguna te gustará, ¿o no?

Denis pensó que no, que no le gustaba ninguna; que lo que quería era que se fueran y lo dejaran volver con Mattia; que solo le quedaba una hora para estar con él, para ver cómo era también de noche, a unas horas en que por lo general no podía hacer otra cosa que imaginárselo durmiendo en su cuarto, entre sábanas cuyo color no conocía. Pero pensó también que si escogía una, la que fuera, lo dejarían en paz.

—Ella. —Y señaló a Giulia Mirandi, que le parecía la más inofensiva.

Giulia se llevó una mano a la boca como si la hubieran elegido reina de algo. Viola torció el gesto. Las otras rompieron a reír escandalosamente.

—Vale —dijo Viola—. Ahora toca prenda.

—No, ahora nada —protestó Denis.

—No seas pesado. ¿Es que no te apetece jugar un poco con nosotras? Seguro que no todos los días te ves con cuatro chicas.

—Pero ahora jugad con otro.

—Ahora jugamos contigo. Toca prenda. ¿Estáis de acuerdo?

Las otras asintieron ansiosas. La botella estaba de nuevo en manos de Giada, que echando atrás la cabeza bebía sin parar, como si quisiera acabársela antes de que las demás se la pidieran.

—¿Lo ves? —añadió Viola.

Denis dio un suspiro y preguntó resignado:

—¿Qué tengo que hacer?

—Pues como soy una chica buena te mandaré una misión agradable —contestó Viola con aire misterioso. Las amigas, deseosas de saber qué nueva tortura se le había ocurrido, estaban pendientes de sus labios—: darle un beso a Giulia.

Giulia se puso encarnada. Denis notó un pinchazo en las costillas.

—¡Calla, loca! —exclamó Giulia con escándalo, acaso fingido.

Viola encogió los hombros con expresión de niña caprichosa. Denis negó con la cabeza dos o tres veces.

—Tú mismo has dicho que te gusta.

—¿Y si me niego?

Viola se puso seria y le clavó los ojos:

—Si te niegas, te tocará de nuevo verdad y tendrás, por ejemplo, que hablarnos de tu amiguito...

Y en su mirada aguda y chispeante Denis vio todo lo que él había siempre creído invisible, y el cuello se le tensó.

Se volvió hacia Giulia Mirandi y con los brazos inertes adelantó la cara, cerró los ojos y le dio un beso. Cuando quiso retirarse, Giulia le echó la mano a la nuca y, sujetándole la cabeza, metió la lengua a la fuerza entre sus contraídos labios.

Denis sintió en la boca sabor de saliva ajena y le dio asco. Era su primer beso, y cuando abrió los ojos vio a Mattia y la patizamba entrando en la cocina cogidos de la mano.

15

Fueron los otros quienes primero supieron lo que Alice y Mattia no comprenderían hasta muchos años más tarde. Entraron en el salón cogidos de la mano, sin sonreír, sin mirarse ni mirar al mismo sitio, pero era como si sus cuerpos fluyeran uno en el otro a través del contacto de las manos.

El fuerte contraste que hacía el cabello claro de Alice, que rodeaba su cara de tez muy pálida, y el pelo moreno de Mattia, que le caía revuelto por la frente y le cubría los ojos negros, desaparecía por obra de aquella corriente sutil que los unía. Entre ellos había un espacio compartido de confines imprecisos en el que nada parecía faltar, en el que flotaba un aire puro y sereno.

Alice iba un paso por delante y tiraba débilmente de Mattia, lo que equilibraba su paso y corregía las imperfecciones de su pierna lisiada. Él se dejaba llevar; sus pies no resonaban en el suelo, sus cicatrices quedaban ocultas y seguras dentro de la mano de ella.

Se detuvieron en el umbral de la cocina, a cierta

distancia del grupo que formaban las chicas y Denis; daban la impresión de no saber dónde estaban, tenían un aire ausente, como si llegaran de un lugar lejano que solo ellos conocieran.

Denis rechazó a Giulia con brusquedad y sus bocas se despegaron con un chasquido. Miró al amigo buscando en su expresión la huella de aquello que lo horrorizaba; pensó que él y Alice se habían dicho cosas que él nunca conocería y notó que la sangre le subía a la cabeza.

Salió presuroso de la cocina y adrede golpeó con el hombro al amigo para destruir aquel odioso equilibrio. Mattia le vio un instante los ojos, enrojecidos y extraviados, que por alguna razón le recordaron la mirada indefensa de Michela aquella tarde en el parque. Con los años, aquellas dos miradas habían de fundirse en su memoria como expresión de un único, indeleble miedo.

Soltó la mano de Alice. Como si sus terminaciones nerviosas se hubieran concentrado en aquel punto, cuando lo hizo tuvo la sensación de que su brazo desprendía chispas, como el cabo de un cable eléctrico. Se excusó con ella y corrió tras Denis.

Alice se acercó a Viola, que la miraba con ojos pétreos, y balbució:

—Resulta que...

—No digas nada —la interrumpió la otra. Al verla con Mattia había recordado al chico de la playa, aquel que rechazó su mano cuando lo que más deseaba ella era que los demás la vieran así. Viola era envidiosa, y su envidia era dolorosa y violenta, y en aquel momento estaba furiosa porque acababa de regalarle a otra la felicidad que ella quería; se sentía como si Alice le hubiera robado su parte.

Esta quiso decirle algo al oído, pero ella volvió la cara y le preguntó:

—¿Qué quieres ahora?

—Nada —contestó Alice, apartándose asustada.

En ese momento Giada se dobló como si un hombre invisible le hubiera dado un puñetazo en el estómago, y con una mano se asió al borde de la encimera y se llevó la otra al vientre.

—¿Qué te pasa? —le preguntó Viola.

—Voy a vomitar...

—¡Qué asco! Al baño, corre.

Pero fue demasiado tarde. Con una arcada, Giada devolvió en el suelo una masa rojiza y alcohólica que parecía batido de tarta de Soledad.

Las demás se apartaron espantadas, pero Alice la cogió por las caderas para sostenerla. Un olor rancio se difundió al instante por el ambiente.

Rechinando los dientes, Viola dijo:

—¡Tonta! Menuda fiesta de mierda.

Y con las manos en jarras, como para no emplearlas en romper algo, salió de la cocina. Alice se quedó mirándola preocupada, pero luego siguió atendiendo a Giada, que lloraba con sollozos entrecortados.

16

Los demás invitados estaban repartidos en grupitos por el salón. La mayoría de los chicos balanceaban rítmicamente la cabeza adelante y atrás, y las chicas dejaban vagar la mirada. Algunos tenían un vaso en la mano. Unos seis o siete bailaban al son de *A Question of Time*. Mattia se preguntó cómo no les daba vergüenza moverse de aquel modo delante de todos, aunque luego pensó que era lo más natural del mundo, y por eso precisamente él era incapaz de hacerlo.

Denis había desaparecido. Mattia cruzó el salón y lo buscó en la habitación de Viola, luego en la de la hermana y en la de los padres. Miró por último en los dos cuartos de baño, y en uno de ellos encontró a un chico y una chica de la escuela, sentada ella en la tapa del váter, él enfrente, en el suelo, con las piernas cruzadas; los dos lo miraron con expresión triste e inquisitiva. Mattia cerró deprisa la puerta.

Volvió al salón, salió al balcón. Se veía la colina descender oscura y allá abajo la ciudad, puntitos blancos y redondos que se extendían homogéneamente hasta el horizonte. Se asomó por la baranda y escrutó entre los árboles del jardín de los Bai, pero no vio a nadie. Volvió adentro. La angustia empezaba a invadirlo.

En el salón había una escalera de caracol que conducía a una buhardilla oscura. Subió los primeros escalones, se detuvo, pensó si habría podido esconderse allí.

Siguió subiendo, llegó arriba. A la claridad que se filtraba del salón pudo distinguir una figura en medio de la estancia: Denis.

Lo llamó. En todo el tiempo que llevaban siendo amigos no había pronunciado su nombre más de tres veces. Nunca hacía falta, Denis estaba siempre a su lado, como una extensión natural de sus miembros.

—Vete —le contestó su amigo.

Mattia buscó el interruptor y encendió la luz. Era una estancia enorme. Una alta estantería recorría las paredes. Aparte de ella, no había más muebles que un gran escritorio de madera, vacío. Mattia tuvo la impresión de que hacía mucho que nadie subía allí.

—Son casi las once —dijo—. Tenemos que irnos.

Denis no contestó. Estaba vuelto de espaldas, de pie, en medio de una gran alfombra. Mattia se acercó. Cuando estuvo junto a él comprendió que había llorado; respiraba con jadeos, miraba fijamente al frente y los labios, entreabiertos, le temblaban.

Reparó entonces en la lámpara de mesa hecha pedazos que había a sus pies.

—¿Qué has hecho?

—Quería... —contestó Denis, y se calló.

—Querías qué.

Denis abrió la mano izquierda, que pareció absorber la poca luz que había, y mostró a Mattia un trozo de cristal verde de la lámpara, empañado en sudor.

—Quería saber lo que sientes —murmuró.

Mattia no comprendió. Dio un paso atrás, desconcertado. Sintió un ardor en el vientre que le irradió por brazos y piernas.

—Pero al final no me he atrevido. —Denis tenía las palmas vueltas hacia arriba, como si esperase que le dieran algo.

Mattia quiso preguntarle por qué, pero siguió callado. La música llegaba atenuada de abajo; las bajas frecuencias atravesaban el suelo, las altas quedaban ahogadas en él.

Denis se sorbió la nariz y dijo:

—Vámonos.

Mattia hizo un gesto de asentimiento, pero ninguno de los dos se movió. Al rato, Denis arrancó en dirección a la escalera. Mattia lo siguió. Cruzaron el salón y salieron al aire libre de la noche, donde pudieron respirar de nuevo.

17

Viola decidía quién era amiga suya y quién no. El padre de Giada Savarino telefoneó al suyo el domingo por la mañana, despertando a toda la familia Bai. La llamada fue larga. Viola, en pijama, fue hasta la habitación de sus padres y pegó el oído a la puerta, pero no captó una sola palabra de la conversación.

Cuando oyó chirriar la cama, volvió corriendo a su cuarto, se metió en la cama y se hizo la dormida. Su padre la despertó y le dijo:

—Ya me explicarás. De momento, que sepas que se acabaron las fiestas en esta casa, y donde sea.

Durante la comida, su madre le pidió explicaciones por la lámpara rota de la buhardilla, y su hermana no salió en su defensa, pues sabía que Viola había metido mano a sus cosas.

Se quedó encerrada en su cuarto todo el día, humillada y con la prohibición terminante de telefonear. No se quitaba de la cabeza a Alice y Mattia cogidos de la mano. Y más tarde, cuando con las uñas ya se quitaba los últimos restos de esmalte, decidió que Alice había dejado de ser su amiga.

El lunes por la mañana, Alice se encerró con llave en el cuarto de baño y se quitó definitivamente la gasa del tatuaje, hizo una pelota con ella y la tiró al váter junto con las galletas desmigajadas que no se había comido en el desayuno.

Se miró la violeta en el espejo y pensó, con un agradable estremecimiento de emoción y pesar a un tiempo, que por segunda vez había cambiado su cuerpo para siempre; que su cuerpo era solo suyo y podía destruirlo si quería, o cubrirlo de marcas indelebles, o dejar que se ajara como una flor que una niña arrancase por capricho y arrojara luego al suelo.

Decidió que aquella mañana les enseñaría el tatuaje a Viola y a las otras en los lavabos de las chicas, y les contaría cómo ella y Mattia se habían besado largo rato. No había por qué inventar nada más. Si luego le pedían detalles, ya sabría ella seguirles la corriente.

Al llegar a clase, dejó la mochila en su sitio y se dirigió a la mesa de Viola, donde ya se habían reunido las otras. De camino oyó a Giulia Mirandi decir: «Que viene». Las saludó con efusión, pero ninguna le contestó. Se inclinó sobre Viola para darle un par de besos, como ella misma le había enseñado a hacer, pero la otra no se movió.

De nuevo erguida, miró a las cuatro una tras otra: todas estaban serias.

—¡Ayer casi nos morimos! —dijo Viola.

—¿Y eso? —repuso Alice con sincera preocupación—. ¿Qué os pasó?

—Nos entró un dolor de tripa horrible —explicó Giada con acritud.

Alice la recordó vomitando y a punto estuvo de decirles: «Ya imagino, con lo que bebisteis».

—Pues a mí no me pasó nada.

—Ya —dijo Viola con ironía, mirando a las otras—, claro.

Giada y Federica rieron, Giulia bajó los ojos.

—¿Por qué lo dices? —preguntó Alice sin comprender.

—De sobra sabes por qué lo digo —contestó Viola, en otro tono y clavando en ella sus penetrantes ojazos.

—No, no lo sé —se defendió Alice.

—Nos envenenaste —la acusó Giada.

—¿Qué? ¿Que os envenené?

—Va, chicas —intervino Giulia con timidez—, no es verdad.

—Sí lo es —le replicó Giada—, a saber qué porquerías metió en esa tarta. —Y dirigiéndose a Alice, añadió—: Querías jodernos, ¿eh? Pues lo conseguiste.

Alice oyó aquella sucesión de palabras y tardó unos segundos en comprender su significado. Miró entonces a Giulia, que con sus ojazos azules estaba diciéndole que la perdonara, que nada podía hacer, y buscó luego amparo en los de Viola, que le devolvieron una mirada vacía.

Giada tenía una mano en el estómago, como si aún sintiera arcadas.

—Pero si la tarta la preparamos Soledad y yo, y lo compramos todo en el supermercado.

No le contestaron. Cada una miraba en una dirección, como esperando a que la asesina se marchara.

—No fue la tarta de Sol. Yo también comí —mintió— y no me pasó nada.

—Mentirosa —le espetó Federica Mazzoldi, que hasta ese momento había permanecido callada—. Tú ni la probaste, todo el mundo sabe que... —Se interrumpió.

—Vamos, dejadla —rogó Giulia, que parecía a punto de llorar.

Alice se llevó la mano al liso vientre y sintió palpitar el corazón bajo la piel. Con voz tranquila preguntó:

—¿Qué sabe todo el mundo?

Y miró a Viola Bai —que empezó a mover lentamente la cabeza— esperando palabras que no llegaron, que flotaron en el aire como lenguas de humo transparente. Sonó el timbre y ella siguió inmóvil. Tubaldo, la profesora de Ciencias, tuvo que llamarla dos veces para que fuera a sentarse a su sitio.

18

Denis no asistió a clase. El sábado, cuando lo llevaron a su casa, no cruzó con Mattia la mirada ni una sola vez, contestó con monosílabos a las preguntas del padre de su amigo y no se despidió al bajar del coche.

Mattia puso la mano en la silla vacía de al lado. Pensó que por momentos lo que Denis decía en aquella buhardilla oscura le entraba por un oído y le salía por el otro, tan rápido que no lograba penetrar su significado exacto. Aunque tampoco le importaba entenderlo. Lo único que quería es que Denis estuviera allí, como un reparo contra todo lo que quedaba más allá de la mesa.

El día anterior, sus padres lo habían sentado en un sofá del salón, tomaron ellos mismos asiento en el de enfrente y le pidieron que les contara qué tal había ido la fiesta. Al pronto, Mattia apretó los puños con fuerza, aunque luego puso las manos bien abiertas sobre las rodillas, para que sus padres se las vieran, se encogió de hombros y, en su tono de mansedumbre habitual, contestó que no había nada que contar. Su madre, nerviosa, se puso en pie y fue a la cocina. Su padre se acercó y le dio dos palmaditas en la espalda, como creyéndose en el deber de consolarlo. Mattia recordó que, cuando era pequeño y el calor del verano apretaba, su padre, para refrescarlos, les soplaba en la cara a ambos hermanos. Recordó la leve sensación del sudor evaporándose y sintió una nostalgia desgarradora de la parte del mundo que se había hundido con Michela en el río.

Ahora se preguntaba si sus compañeros lo sabrían, si lo sabrían también los profesores. Tenía la impresión de que sus miradas furtivas formaban como una red sobre su cabeza.

Abrió el libro de historia por una página al azar y se puso a memorizar todas las cifras que encontró en ella y en las siguientes. Aquella serie de cifras, que sin sentido lógico acumulaba una tras otra en la mente, le permitió conjurar poco a poco la imagen de Denis en medio de la penumbra y olvidar la silla vacía que tendría que haber ocupado el amigo.

19

En el recreo, Alice se introdujo a escondidas en la enfermería del primer piso, una habitación blanca y angosta con una camilla y un botiquín con espejo por todo mobiliario. Solo en otra ocasión había estado allí, un día en que medio se desmayó en clase de Educación Física porque en las cuarenta y ocho horas anteriores no había comido otra cosa que dos galletas integrales y una barrita hipocalórica. Aquel día el profesor de gimnasia, en su chándal Diadora verde y al cuello un silbato que nunca usaba, le dijo que lo pensara, que pensara bien lo que estaba haciendo, tras lo cual se fue dejándola allí sola bajo el tubo fluorescente, sin nada que hacer ni mirar en el resto de la hora.

El botiquín estaba abierto; cogió un trozo de algodón del tamaño de una ciruela y el frasco de alcohol desnaturalizado; cerró el botiquín. Buscó un objeto contundente. El cubo de la basura era de plástico duro, de un color entre rojo y marrón. Rogó a Dios que nadie oyera el ruido y con el fondo del cubo rompió el espejo del botiquín.

Con cuidado de no cortarse extrajo un trozo de cristal grande y triangular. Por un instante vio en él reflejado su ojo derecho y se sintió orgullosa de no haber llorado. Se guardó todo en el bolsillo delantero de la sudadera holgada y volvió a clase.

El resto de la mañana lo pasó sintiéndose aturdida. En ningún momento se volvió hacia Viola y compañía ni escuchó una sola palabra de la lección sobre el teatro de Esquilo.

Cuando salía la última del aula, Giulia Mirandi le cogió la mano en secreto y le dijo al oído:

—Lo siento. —Y tras darle un beso en la mejilla echó a correr hacia las otras, que habían salido ya al pasillo.

Alice esperó a Mattia en el vestíbulo del colegio, al pie de la escalera forrada de linóleo por la cual descendía un torrente de estudiantes en dirección a la salida. Tenía una mano en el pasamanos metálico, cuya frialdad la sosegaba.

Mattia bajó la escalera en mitad de ese vacío de medio metro que todos, a excepción de Denis, le hacían. Llevaba el negro pelo revuelto y por la frente le caían grandes tirabuzones que casi le tapaban los ojos. Bajaba mirando al suelo y con el cuerpo ligeramente echado hacia atrás. Alice lo llamó una vez, pero él no pareció oírla; lo llamó de nuevo, más fuerte, y él alzó la cabeza. Al verla la saludó inhibido y siguió su camino hacia la salida.

Ella se abrió paso entre los estudiantes y lo alcanzó, lo retuvo por el brazo —Mattia se asustó— y le dijo:

—Ven.

—¿Adónde?

—Quiero que me ayudes con una cosa.

Mattia miró a los lados nervioso, como si temiera algo, y replicó:

—Mi padre me espera fuera.

—Que espere. Tienes que ayudarme, ahora.

Él soltó un resoplido y accedió, aunque sin saber por qué.

—Por aquí —le indicó Alice, y como en la fiesta de Viola le cogió la mano, aunque esta vez también él, con gesto espontáneo, estrechó la suya.

Se alejaron de la multitud. Alice caminaba rápido, como si escapara de algo. Enfilaron el pasillo del primer piso, desierto; las puertas abiertas y las aulas vacías transmitían una sensación de abandono.

Se dirigieron al baño de chicas. Mattia vaciló, quiso decir que allí no podía entrar, pero se dejó arrastrar. Alice lo introdujo en un retrete, cerró la puerta, echó el pestillo y se hallaron tan juntos que las piernas empezaron a temblarle. Era un inodoro a la turca que ocupaba toda la superficie, a excepción de una estrecha franja de ladrillos en la que apenas cabían sus pies. Había trozos de papel higiénico tirados por el suelo, en parte adheridos.

Ahora me besa, se dijo. Y pensó: Pues bésala tú también, es fácil, todo el mundo lo hace.

Alice se bajó la cremallera de la chaqueta e hizo como en casa de Viola: se sacó la camiseta de los vaqueros, los mismos que llevaba aquel día, y se los bajó hasta la mitad del trasero. No miraba a Mattia, era como si estuviera sola.

En lugar de la gasa blanca que llevaba el sábado se veía una flor tatuada. Mattia fue a decir algo, pero calló y apartó la mirada. Notó que algo se movía entre sus piernas y, procurando distraerse, leyó, sin entender lo que significaban, algunas de las frases escritas en las paredes. Observó que ninguna quedaba paralela a la línea de ladrillos y casi todas formaban con el suelo el mismo ángulo, que calculó de entre treinta y cuarenta y cinco grados.

—Toma —le dijo Alice.

Y le entregó un trozo de cristal, negro por un lado, espejo por el otro, y afilado como un puñal. Mattia no entendió. Ella le levantó la cara por la barbilla, como había imaginado que haría la primera vez que lo vio.

—Bórralo, yo sola no puedo.

Mattia miró el trozo de espejo, miró la mano derecha de Alice que señalaba el tatuaje del vientre.

—Sé que sabes hacerlo —añadió ella, adelantándose a sus protestas—. No quiero volver a verlo, házlo por mí, por favor.

Él dio vueltas al cristal en la mano y sintió un escalofrío en el brazo.

—Pero...

—Hazlo por mí —insistió Alice, y le tapó un momento la boca con la mano.

Hazlo por mí, se repitió Mattia; estas tres palabras le perforaron el oído y lo hincaron de rodillas ante Alice.

Tocaba la pared con los talones, no sabía cómo colocarse. Para tensar la piel tatuada tuvo que tocarla, con gesto inseguro. Nunca había tenido la cara tan próxima al cuerpo de una chica y aspiró para ver cómo olía.

Acercó el cristal a la piel. Con mano firme hizo un pequeño corte, como de un dedo de largo. Alice se estremeció y lanzó un grito.

Mattia retiró el cristal en el acto y se llevó la mano a la espalda, como ocultando que había sido él.

—No puedo hacerlo —dijo. Alzó los ojos.

Alice estaba llorando en silencio, con los ojos fuertemente cerrados en una expresión de dolor.

—Pero no quiero verlo más —gimió.

Él supo que ella no tendría valor para hacérselo sola y eso lo tranquilizó. Se puso en pie y se dijo que mejor sería salir de allí.

Alice limpió una gota de sangre que le resbalaba por el vientre y se abotonó los vaqueros. Mattia pensó qué decirle para confortarla.

—Te acostumbrarás, al final ni lo verás.

—¿Y cómo, si lo tendré siempre a la vista?

—Por eso, por eso mismo dejarás de verlo.

El otro cuarto
(1995)

20

Mattia tenía razón: uno tras otro, los días se habían deslizado sobre la piel como un disolvente, llevándose cada uno una finísima capa de pigmento del tatuaje de Alice y de los recuerdos de ambos. Los contornos, igual que las circunstancias, seguían allí, negros y bien perfilados, pero los colores se habían mezclado y desvaído hasta acabar fundidos en un tono mate y uniforme, en una neutral ausencia de significado.

Los años del instituto fueron para ambos como una herida abierta, tan profunda que no creían que fuera a cicatrizar jamás. Los pasaron como de puntillas, él rechazando el mundo, ella sintiéndose rechazada por el mundo, lo que a fin de cuentas acabó pareciéndoles lo mismo. Habían trabado una amistad precaria y asimétrica, hecha de largas ausencias y muchos silencios, como un ámbito puro y desierto en el que podían volver a respirar cuando se ahogaban entre las paredes del instituto.

Con el tiempo, la herida de la adolescencia cicatrizó; sus labios fueron cerrándose de manera imperceptible pero continua. Y aunque a cada roce se abría un poco, enseguida volvía a hacerse costra, más gruesa y dura. Al final se había formado una capa de piel nueva, lisa y elástica, y la cicatriz, de ser roja, había pasado a ser blanca y confundirse con las demás.

Estaban tumbados en la cama de Alice, ella con la cabeza hacia un lado, él hacia el otro, ambos con las piernas dobladas de manera forzada, para no tocarse con ningún miembro. Alice pensó en girarse, meter la punta del pie entre las piernas de Mattia y fingir que no se daba cuenta. Pero estaba segura de que él se retiraría en el acto y prefirió ahorrarse esa pequeña decepción.

Ninguno de los dos había propuesto poner música. No tenían pensado hacer nada especial; simplemente estar allí, dejando que la tarde de domingo pasara y llegara de nuevo la hora de hacer algo necesario, como cenar, dormir y empezar la semana. Por la ventana abierta entraban la luz amarillenta de septiembre y el rumor intermitente de la calle.

Alice se puso en pie, lo que apenas agitó el colchón junto a la cabeza de Mattia, y con los puños en jarras y el pelo cayéndole por la cara y ocultando su severa expresión, le dijo:

—No te muevas.

Le pasó por encima y con la pierna buena, arrastrando la otra como si fuera postiza, saltó de la cama. Mattia pegó la barbilla al pecho y la observó moverse por el cuarto; vio que abría una caja cuadrada que había sobre el escritorio y en la que no había reparado.

Y cuando se volvió, Alice tenía un ojo cerrado y el otro en la mirilla de una vieja cámara fotográfica. Mattia intentó incorporarse pero ella le ordenó:

—Quieto ahí, te he dicho que no te muevas.

Y disparó. La Polaroid sacó una lengua blanca y fina que Alice agitó para que se fijaran los colores.

—¿De quién es? —le preguntó Mattia.

—De mi padre. Estaba en el sótano. La compró hace mucho, pero nunca la ha usado.

Él se sentó en la cama. Alice dejó caer la foto en la alfombra y le tomó otra.

—Para, para —protestó él—, que en las fotos parezco tonto.

—Tú siempre pareces tonto. —Y le sacó otra—. Creo que quiero ser fotógrafa; sí, decidido.

—¿Y la universidad?

Ella se encogió de hombros.

—La universidad le interesa a mi padre. Que vaya él.

—¿Vas a dejarla?

—A lo mejor.

—No puedes despertarte un día, decidir que quieres ser fotógrafa y echar por la borda un año de estudios. Así no se hacen las cosas —sermoneó Mattia.

—Ah, claro, olvidaba que eres como mi padre —ironizó Alice—. Siempre sabéis lo que hay que hacer. A los cinco años ya sabías que querías ser matemático. Qué aburridos sois, viejos y aburridos.

Se volvió hacia la ventana y tomó una foto al azar. La dejó caer también en la alfombra, junto a las otras dos, y empezó a pisarlas como si fueran uvas.

Mattia quiso disculparse pero no se le ocurrió nada que decir. Bajó de la cama y, agachándose, cogió la primera foto entre los pies de Alice. Vio cómo la forma de sus brazos cruzados tras la nuca iba emergiendo poco a poco de lo blanco; se preguntó qué extraordinaria reacción estaba produciéndose en aquella superficie brillante y se propuso consultarlo en la enciclopedia en cuanto estuviera en su casa.

—Quiero enseñarte una cosa —dijo Alice.

Arrojó la cámara de fotos a la cama, como una niña que se deshace de un juguete por otro más tentador, y salió del cuarto.

Estuvo fuera diez minutos largos. Sobre el escritorio había un estante con libros mal colocados y Mattia se entretuvo leyendo los títulos. Eran los mismos de siempre. Juntó las iniciales de todos pero no resultó ninguna palabra sensata. Le habría gustado descubrir un orden lógico en aquella sucesión de objetos; él, por ejemplo, seguramente los habría colocado según el color del lomo, siguiendo el espectro electromagnético, del rojo al violeta, o bien según la altura, de mayor a menor.

—¡Ta-chán! —oyó de pronto.

Se dio media vuelta y vio a su amiga en el umbral, asida al marco de la puerta con ambas manos, como si temiera caerse, y enfundada en un traje de novia.

Probablemente había sido de una blancura deslumbrante, pero sus bordes ya amarilleaban, como consumidos por una lenta enfermedad. Los años pasados en una caja habían secado y atiesado el tejido. La parte de arriba quedaba holgada sobre los diminutos pechos de Alice. Aunque el escote no era muy pronunciado, un tirante se había deslizado unos centímetros por el hombro. En aquella postura se le marcaban más las clavículas, que interrumpían la suave línea del cuello formando una concavidad profunda, como el lecho de un lago seco; Mattia se preguntó qué sensación produciría pasarle la yema del dedo con los ojos cerrados. Los puños de encaje se veían arrugados y el izquierdo estaba algo levantado. La larga cola se perdía en el pasillo, donde Mattia no llegaba a ver. Alice calzaba las mismas pantuflas rojas, que asomaban por los bajos de la amplia falda y creaban un extraño contraste.

—¿Qué? ¿No dices nada? —le preguntó sin mirarlo, alisando la primera capa de tul de la falda, que le pareció pobre, sintética.

—¿De quién es?

—Mío.

—Ja. ¿De quién?

—¿De quién quieres que sea? De mi madre.

Mattia se imaginó a Fernanda dentro de aquel vestido; se la imaginó con la cara que siempre le veía cuando, antes de marcharse a su casa, se asomaba al salón, donde ella solía estar viendo la tele: cara de ternura y honda lástima, como la que se pone cuando se visita a un enfermo en el hospital. Cosa ridícula, por cierto, ya que la enferma era ella, que padecía de un mal que iba extendiéndosele lentamente por todo el cuerpo.

—No te quedes ahí como un pasmarote. Hazme una foto.

Mattia cogió la Polaroid y la miró y remiró para ver dónde debía apretar. Alice se contoneaba en el dintel como mecida por una brisa imaginaria. Cuando él se llevó el aparato a la cara, ella adoptó una postura seria y casi provocativa.

—Hecho —dijo Mattia.

—Ahora una juntos.

Él negó con la cabeza.

—Va, no seas aguafiestas. Pero por una vez te quiero vestido como Dios manda, no con ese jersey viejo que llevas desde hace un mes.

Mattia se lo miró: los puños se veían desgastados, como roídos por la polilla. Había cogido la costumbre de rascárselos con la uña del dedo gordo, porque así tenía ocupados los dedos y dejaba de arañarse la concavidad entre el índice y el medio.

—No querrás arruinarme la boda —añadió Alice frunciendo el ceño.

Era solo un juego, lo sabía bien; un simple pasatiempo, una broma tonta como tantas otras. Pero cuando, al abrir la puerta del armario, se vio en el espejo con aquel vestido de novia blanco y junto a Mattia, le dio un vuelco el corazón y dijo:

—Aquí no hay nada. Ven.

Mattia la siguió resignado. Cuando Alice se ponía así, notaba como un cosquilleo en las piernas y le entraban ganas de largarse. Había algo en su actitud, en el ansia con que se entregaba a aquellos juegos pueriles, que a él le resultaba insoportable. Se sentía como si lo atara a una silla para exhibirlo ante la gente como una especie de mascota. Él prefería no decir nada, manifestar por gestos su descontento, hasta que Alice se cansaba de su pasividad y desistía, refunfuñando y diciendo que la hacía parecer una estúpida.

Detrás de la cola, Mattia siguió a su amiga a la habitación de los padres. Allí nunca había entrado. Las persianas estaban bajadas casi del todo y la luz se proyectaba sobre el parquet con rayas paralelas tan nítidas que parecían dibujadas. El aire se percibía más enrarecido que en el resto de la casa. Contra una pared había una cama de matrimonio mucho más alta que la de los padres de Mattia, y dos mesillas idénticas.

Alice abrió el armario y con el dedo pasó revista a los trajes de su padre, colgados en orden y protegidos todos por una funda de plástico. Tomó uno negro, lo dejó en la cama y ordenó a Mattia:

—Ponte este.

—Tú estás loca. Como se entere tu padre...

—Mi padre no se entera de nada. —De pronto se quedó callada, como reflexionando en lo que acababa de decir, u observando algo más allá de aquel muro de trajes oscuros, y al cabo agregó—: Voy a buscarte una camisa y una corbata.

Mattia se quedó sin saber qué hacer; ella notó su indecisión.

—¿Qué, no te cambias? No te dará vergüenza delante de mí, ¿verdad? —Y al decirlo notó que se le revolvía el vacío estómago. Por un instante se sintió indecente. Aquellas palabras eran un sutil chantaje.

Mattia soltó un resoplido, se sentó en la cama y empezó a descalzarse.

Alice le daba la espalda fingiendo elegir una camisa que ya tenía elegida. Cuando oyó tintinear el cinturón, contó hasta tres y se volvió. Mattia estaba quitándose los vaqueros; llevaba unos bóxers grises, no de los que se ciñen como ella había supuesto.

Lo había visto muchas veces con pantalones cortos y pensó que verlo en calzoncillos era más o menos lo mismo; sin embargo, temblaba levemente bajo las cuatro capas blancas del vestido de novia. Él tiró del jersey para cubrirse y comenzó a ponerse deprisa los pantalones del traje; el tejido era suave y ligero, y al pasar por los pelos de las piernas los electrizaba, erizándolos como pelaje de gato.

Alice se acercó y le tendió la camisa. Él la cogió sin levantar la vista. Ya empezaba a cansarse de aquella farsa estúpida. Le daba vergüenza enseñar sus brazos delgados, los cuatro pelos que tenía en el pecho y en torno al ombligo. Ella pensó que, como siempre, él hacía lo posible para que se sintieran violentos.

Aunque luego se dijo que él creería que la culpa era suya y se le hizo un nudo en la garganta; y aunque de mala gana, prefirió volverse cuando Mattia se quitó el jersey.

—¿Y ahora? —preguntó él.

Ella se dio la vuelta y se quedó sin habla, tanta impresión le produjo verlo vestido con el traje de su padre. Cierto que la chaqueta le iba un poco ancha, sobrada de hombros, pero estaba guapísimo. Al cabo dijo:

—Falta la corbata.

Y le dio una de color burdeos. Mattia la tomó e instintivamente pasó la yema del pulgar por el brillante tejido: un estremecimiento le recorrió el brazo y le bajó por la espalda. Notó seca como la arena la palma de la mano y, para humedecerla, se la llevó a la boca y le echó el aliento. No resistió la tentación de morderse una falange, y así lo hizo procurando que no lo viera Alice, que desde luego lo vio.

—No sé hacer el nudo —dijo con voz cansina.

—Trae acá, torpe.

Alice ya sabía que él no podría hacérselo, y estaba deseando mostrarle que ella sí. Su padre le había enseñado cuando era niña. Por las mañanas, él le llevaba la corbata a la cama y antes de irse pasaba por su habitación para ver si estaba lista. Ella salía corriendo a su encuentro con el nudo ya hecho. Entonces su padre se inclinaba con las manos a la espalda, como si hiciera una reverencia ante una reina, ella le introducía la corbata por la cabeza, él se la ajustaba al cuello y se la arreglaba, y decía: «*Parfait*». Hasta que una mañana, después del accidente, su padre halló la corbata en la cama tal como la había dejado. Desde entonces tuvo que hacerse el nudo él mismo, y así aquel pequeño rito se extinguió, como tantas otras cosas.

Moviendo sus dedos esqueléticos más de lo necesario, Alice hizo el nudo. A Mattia le pareció complicado, y dejó que se la pusiera también.

—Uau, casi pareces un señor respetable. ¿Quieres verte?

—No —contestó Mattia; lo que quería era irse, y vestido con su propia ropa.

—Foto —anunció Alice dando una palmada.

Él la siguió de nuevo a su habitación. Ella cogió la cámara y dijo:

—No tiene disparador automático. La haré estirando el brazo.

Tomó a Mattia por la cintura, lo atrajo hacia sí —él se puso tenso— y disparó; la fotografía empezó a salir con un zumbido.

Alice se arrojó sobre la cama, igual que una novia cansada de tanta fiesta, y empezó a abanicarse con la foto.

Él se quedó donde estaba, experimentando la grata sensación de desaparecer dentro de aquellas ropas ajenas. De pronto cambió la luz del cuarto: dejó de ser amarillenta y se hizo uniformemente azulada; la última uña de sol se había ocultado tras el edificio de enfrente.

—¿Puedo cambiarme ya?

Lo preguntó con intención, para que ella entendiera que estaba harto del jueguecito. Pero Alice, que parecía profundamente absorta, enarcó un poco las cejas y dijo:

—Una última cosa. —Y se levantó—. El novio cruza el umbral con la novia en brazos.

—Menuda tontería.

—Tienes que cogerme en brazos y llevarme ahí. —Señaló el pasillo—. Y quedas libre.

Mattia sacudió la cabeza, resignado. Ella se acercó extendiendo los brazos como una niña, y le dijo burlona:

—Ánimo, mi héroe.

Él hundió los hombros en señal de derrota y se inclinó desmañado para tomarla en brazos; nunca había llevado así a nadie. Le pasó un brazo por las corvas y el otro por la espalda. Cuando la levantó en vilo, lo sorprendió cuán ligera era.

A trompicones, se dirigió al pasillo. A través de la finísima tela de la camisa notaba cerca, muy cerca, la respiración de Alice, y oía el frufrú de la cola arrastrando por el suelo. Cuando franqueaban el umbral, el sonido de un desgarrón seco y prolongado lo detuvo bruscamente.

—¡Hostias!

Dejó a Alice en el suelo. La falda se había enganchado en la puerta: el roto medía un palmo y parecía una grotesca boca abierta. Los dos se quedaron mirando como alelados.

Mattia supuso que Alice diría algo, se maldeciría, se enfadaría con él. Pensó que debía excusarse, aunque la culpa era de ella, ella se lo había buscado.

Pero Alice miraba el desgarrón sin inmutarse y al final dijo:

—Bah, para lo que servía ya a nadie.

Dentro y fuera del agua
(1998)

21

Los números primos solo son exactamente divisibles por 1 y por sí mismos. Ocupan su lugar en la infinita serie de los números naturales y están, como todos los demás, emparedados entre otros dos números, aunque ellos más separados entre sí. Son números solitarios, sospechosos, y por eso le encantaban a Mattia, que unas veces pensaba que en esa serie figuraban por error, como perlas ensartadas en un collar, y otras veces que también ellos querrían ser como los demás, números normales y corrientes, y que por alguna razón no podían. Esto último lo pensaba sobre todo por la noche, en ese estado previo al sueño en que la mente produce mil imágenes caóticas y es demasiado débil para engañarse a sí misma.

En primer curso de la universidad había estudiado ciertos números primos más especiales que el resto, y a los que los matemáticos llaman primos gemelos: son parejas de primos sucesivos, o mejor, casi sucesivos, ya que entre ellos siempre hay un número par que les impide ir realmente unidos, como el 11 y el 13, el 17 y el 19, el 41 y el 43. Si se tiene paciencia y se sigue contando, se descubre que dichas parejas aparecen cada vez con menos frecuencia. Lo que encontramos son números primos aislados, como perdidos en ese espacio silencioso y rítmico hecho de cifras, y uno tiene la angustiosa sensación de que las parejas halladas anteriormente no son sino hechos fortuitos, y que el verdadero destino de los números primos es quedarse solos. Pero cuando, ya cansados de contar, nos disponemos a dejarlo, topamos de pronto con otros dos gemelos estrechamente unidos. Es convencimiento general entre los matemáticos que, por muy atrás que quede la última pareja, siempre acabará apareciendo otra, aunque hasta ese momento nadie pueda predecir dónde.

Mattia pensaba que él y Alice eran eso, dos primos gemelos solos y perdidos, próximos pero nunca juntos. A ella no se lo había dicho. Cuando se imaginaba confiándole cosas así, la fina capa de sudor que cubría sus manos se evaporaba y durante los siguientes diez minutos era incapaz de tocar nada.

Cierto día de invierno hizo una cosa. Había pasado la tarde en casa de Alice, que estuvo todo el tiempo zapeando delante del televisor. Mattia no atendió ni a las palabras ni a las imágenes del aparato. El pie derecho de ella, que tenía apoyado en la mesa, invadía por la izquierda, como la cabeza de una serpiente, su campo visual. Alice movía y doblaba los dedos con una regularidad hipnótica. Aquel movimiento repetido había hecho nacer en él algo sólido e inquietante, y se esforzó por mantener la mirada fija el mayor tiempo posible, a fin de que nada cambiara en aquella imagen.

Al llegar a su casa cogió un mazo de folios del cuaderno de anillas, lo bastante grueso para que el bolígrafo corriera fluidamente, sin rascar la rígida superficie de la mesa. Igualó los bordes, primero los de arriba y abajo y luego los lados. Eligió el bolígrafo con más tinta de los que tenía en el escritorio, le quitó la capucha, que insertó en la punta opuesta para que no se perdiera, y en el centro exacto del folio, que calculó sin tener que contar los recuadros, comenzó a escribir.

2760889966649. Puso de nuevo la capucha al bolígrafo, lo dejó junto a los folios y leyó en voz alta: Dosbillonessetecientosesentamilmillonesochocientos-ochentaynuevemillonesnovecientossesentayseismil-seiscientoscuarentaynueve. Lo leyó de nuevo, esta vez en voz queda, como para aprenderse el trabalenguas. Y decidió que aquel número era el suyo. Estaba seguro de que ninguna otra persona en el mundo, ninguna otra persona en toda la historia del mundo, había pensado nunca en aquel número. Hasta ese momento, probablemente tampoco nadie lo había escrito y menos aún pronunciado en voz alta.

Tras un momento de vacilación, dos renglones más abajo escribió: 2760889966651. Y este es el suyo, pensó. En su imaginación, aquellas cifras se habían teñido del color morado del pie de Alice recortado contra el resplandor azulado del televisor.

Bien podrían ser dos primos gemelos, pensó Mattia. Y si lo fueran...

Consideró con detenimiento la posibilidad y buscó divisores de aquellos dos números; con el 3 era fácil: bastaba con sumar las cifras y ver si el resultado era un múltiplo de 3. El 5 quedaba descartado de antemano. Quizá había una regla también para el 7, pero como no la recordaba hizo la división en columna. Siguió con el 11, el 13, etc., en cálculos cada vez más complicados. Cuando estaba con el 37 el sueño se apoderó momentáneamente de él y el bolígrafo le resbaló por la página. Al llegar al 47 abandonó. Aquello sólido que había sentido nacerle dentro estando con Alice se había disipado como el olor en el aire y ya no lo notaba. Se hallaba solo en su cuarto, en medio de un montón de folios cuajados de inútiles divisiones. El reloj marcaba las tres y cuarto de la mañana.

Cogió entonces el primer folio, aquel en cuyo centro había escrito los dos números, y se sintió imbécil. Lo rasgó por la mitad, una y otra vez, hasta que los bordes superpuestos resultaron tan duros que pudo pasarlos como una cuchilla bajo la uña del anular izquierdo.

En los cuatro años de universidad, las matemáticas lo llevaron a los rincones más apartados y fascinantes de la razón humana. Copiaba con un afán meticuloso todas las demostraciones de teoremas que encontraba. Incluso en las tardes de verano bajaba las persianas y trabajaba con luz artificial. Retiraba del escritorio todo cuanto pudiera distraer su mirada, para sentirse realmente a solas con el folio. Y escribía de corrido. Si una ecuación se le resistía o se equivocaba al alinear una expresión tras el signo de igual, arrojaba el folio al suelo y volvía a empezar. Cuando había llenado por completo una página de símbolos, letras y números, escribía al final Q.E.D. y por un instante tenía la impresión de haber puesto un poco de orden en el mundo. Entonces se reclinaba en la silla y podía entrelazar las manos sin frotárselas.

Pero pronto empezaba a distanciarse de la página; los símbolos que hasta un instante antes fluían como al conjuro de su muñeca se le antojaban ajenos, como perdidos en un lugar cuyo acceso le estaba vedado. En la oscuridad del cuarto, su mente volvía a poblarse de pensamientos sombríos y casi siempre acababa cogiendo un libro, lo abría al azar y seguía estudiando.

El análisis complejo, la geometría proyectiva y el cálculo diferencial no lo alejaron de su pasión primera, los números. A Mattia le gustaba contar, arrancar del 1 y seguir contando según progresiones complejas que a menudo inventaba sobre la marcha. Se dejaba arrastrar por los números con la impresión de conocerlos uno por uno. Por eso acudió al profesor Niccoli, catedrático de Cálculo Discreto, aunque no había hecho un solo examen con él ni lo conocía más que de nombre, para que le dirigiera la tesis doctoral.

El despacho de Francesco Niccoli estaba en la tercera planta del decimonónico edificio en el que tenía su sede el departamento de Matemáticas. Era una estancia reducida, ordenada e inodora, llena del color blanco de las paredes, las estanterías, la mesa de plástico y el aparatoso ordenador que en esta había. Mattia llamó con tanta suavidad a la puerta que Niccoli no supo si estaban llamando a la suya o a la del despacho contiguo, y por si acaso dijo adelante.

Mattia abrió la puerta y dio un paso.

—Buenos días.

—Buenos días —contestó Niccoli.

Al joven le llamó la atención una foto colgada detrás del profesor, en la que se lo veía mucho más joven y sin barba, con una placa de plata, estrechando la mano a un desconocido de aire importante. Aguzó la vista pero no atinó a leer lo que ponía en la placa.

—¿Y bien? —le dijo Niccoli, mirándolo con ceño.

—Quiero hacer la tesis sobre los ceros de la zeta de Riemann —contestó Mattia, y dirigió la mirada al hombro derecho del profesor, donde un espolvoreo de caspa formaba un diminuto cielo estrellado.

Niccoli hizo una mueca semejante a una risa sardónica y, llevándose las manos a la nuca como si se dispusiera a disfrutar de un rato de asueto, le preguntó:

—Y dígame, ¿usted quién es?

—Me llamo Mattia Balossino, he terminado la carrera y quisiera doctorarme este año.

—¿Tiene ahí su expediente?

Mattia afirmó con la cabeza. Se quitó la mochila, la dejó en el suelo, se agachó y buscó el expediente. Niccoli extendió la mano para recibirlo, pero Mattia prefirió dejarlo en la mesa.

De unos meses a esa parte, el profesor necesitaba alejar las cosas para verlas bien. Y de esa guisa echó un vistazo a la serie de sobresalientes y matrículas de honor; ni un fallo, ni un suspenso acaso por algún amor contrariado; nada.

Cerró el expediente y miró a Mattia con más atención: viendo que vestía como cualquier persona común y corriente, y que permanecía en pie como si no supiera qué postura adoptar, pensó que era de esos que triunfan en los estudios porque en la vida real son tontos y que en cuanto se salen del camino que les marca la universidad resultan unos inútiles. Con voz reposada le preguntó:

—¿No cree que soy yo quien debe proponerle el tema?

Mattia se encogió de hombros. Paseaba los ojos de un lado al otro del canto de la mesa.

—A mí me interesan los números primos. Quiero trabajar en la zeta de Riemann.

Niccoli dio un suspiro; se levantó y se acercó al armario blanco. Dando rítmicos resoplidos, empezó a recorrer con el dedo el lomo de los libros, hasta que cogió unos folios mecanografiados y grapados y se los tendió.

—Tenga este artículo; vuelva cuando haya resuelto todas las ecuaciones.

Mattia lo cogió y, sin siquiera leer el título, lo guardó en la mochila, que tenía apoyada, abierta y vacía, sobre su pierna. Murmuró gracias, salió del despacho y cerró la puerta.

Niccoli volvió a tomar asiento y pensó que en la cena se quejaría ante su mujer por este nuevo e inesperado fastidio.

22

El padre de Alice se tomó el interés de esta por la fotografía como un capricho de niña aburrida, pero aun así le regaló por su vigésimo tercer cumpleaños una réflex Canon con funda y trípode, lo que ella agradeció dedicándole una sonrisa bonita e inasible como una racha de viento helado. También le pagó un curso del ayuntamiento de seis meses, al que Alice no faltó un solo día. El pacto, aunque tácito, estaba claro: lo primero era la carrera.

Pero de pronto la enfermedad de Fernanda se agravó abruptamente como el paso de la luz a la sombra, los acontecimientos se precipitaron y los tres se vieron envueltos en una espiral de desánimo e indiferencia recíproca. Alice no volvió a la universidad y su padre fingió no darse cuenta; remordimientos que se remontaban ya a otra época le impedían imponerse a ella y casi hablarle. A veces pensaba que no tenía más que entrar una noche en su cuarto y decirle..., decirle... ¿qué? La vida de su mujer se evaporaba como la humedad de una camiseta mojada y, con ella, el lazo que lo unía a su hija se aflojaba, ya casi estaba suelto, dejándola libre de elegir por sí misma.

De la fotografía, a Alice le gustaba más el gesto que el resultado; le gustaba abrir la recámara, insertar un nuevo carrete, desenrollar la película unos centímetros e introducirla en los dientes de la guía, pensar que aquella cinta virgen se llenaría pronto de cosas y no saber cuáles, tomar las primeras fotos al tuntún, encuadrar, enfocar, inclinarse adelante o atrás, incluir o excluir a su antojo partes de realidad, ampliar, deformar las imágenes...

Cada vez que apretaba el disparador y oía el clic y el leve rumor que lo seguía, se acordaba de cuando era niña y cazaba saltamontes en el jardín de la casa de montaña. Con las fotos hacía lo mismo, pensaba: atrapar el tiempo en su salto de un instante al siguiente y fijarlo en el celuloide.

En el cursillo le enseñaron a llevar la cámara con la correa enrollada a la muñeca, de modo que no pudieran robársela sin arrancarle también el brazo. Por los pasillos del hospital María Auxiliadora, donde estaba ingresada su madre, no corría ese riesgo, pero ya se había acostumbrado y de ese modo llevaba la Canon.

Iba arrimada a la pared bicolor, rozándola a trechos con el hombro derecho, para no chocar con nadie: acababan de empezar las visitas de la tarde y los pasillos estaban llenos de gente que iba y venía.

Las puertas de aluminio y aglomerado de las habitaciones estaban abiertas. Cada unidad tenía un olor peculiar. Oncología olía a desinfectante y gasa empapada en alcohol.

La habitación de su madre era la penúltima y en ella entró. Fernanda dormía con sueño inducido y los aparatos a los que estaba conectada eran silenciosos. La luz era escasa y soñolienta. En el alféizar había un jarrón con flores rojas: las había traído Soledad la víspera.

Alice puso las manos y la cámara en el borde de la cama, donde las sábanas, en el centro abombabas por el cuerpo de su madre, estaban de nuevo lisas.

Iba todos los días pero no hacía nada. Ya se encargaban de todo las enfermeras. Suponía que debía hablar con su madre. Eso hacen muchas personas: se comportan como si el enfermo pudiera escucharlas, como si pudiera saber lo que piensan, adivinar quién hay junto al lecho y hablarle mentalmente, como si la enfermedad creara nuevos canales de comunicación.

Alice no lo creía, y en aquella habitación se sentía sola. Por lo general se quedaba media hora sentada y luego se iba. Si se cruzaba con algún médico le preguntaba por su madre, y la respuesta siempre era la misma; palabras y enarcar las cejas significaban que solo cabía esperar que las cosas empeoraran.

Esa mañana se había traído un cepillo y, con cuidado de no arañarle la cara, peinó a la enferma, al menos el cabello que sobresalía de la almohada; dócil e inerte, era como una muñeca.

Le sacó los brazos de debajo de la sábana y los colocó cómodamente extendidos. Otra gota de solución salina fluyó por el tubo del gotero y penetró en la vena de Fernanda.

Alice se situó a los pies de la cama y apoyó la Canon en la barra de aluminio, cerró el ojo izquierdo y aplicó el otro a la mirilla. Nunca había fotografiado a su madre. Disparó una vez y luego, sin cambiar de encuadre, se inclinó un poco más hacia delante.

En eso la sobresaltó un ruido y al punto la habitación se llenó de luz. Una voz de hombre a sus espaldas dijo:

—¿Mejor?

Alice se volvió. Junto a la ventana había un médico accionando el cordón de la persiana veneciana; un médico joven.

—Sí, gracias —contestó, algo intimidada.

El médico se metió las manos en los bolsillos de la bata blanca y se quedó mirándola, como esperando a que siguiera. Ella se agachó e hizo otra foto, sin pensar mucho, casi por darle gusto.

Pensará que estoy loca, se dijo.

Sin embargo, el doctor se acercó a la cama con toda naturalidad, tomó el historial clínico y lo leyó entornando los párpados. Después, con el pulgar reguló una ruedecilla del gotero y observó satisfecho cómo las gotas fluían más rápido. Alice pensó que sus movimientos resultaban tranquilizadores.

Después se acercó, se acodó en la cama y dijo como para sí:

—¡Qué manías tienen las enfermeras! Siempre lo tienen todo a oscuras. Como si no fuera ya bastante difícil distinguir aquí el día de la noche. —Se volvió hacia ella y sonrió—. ¿Eres hija suya?

—Sí.

Él asintió sin compadecerla.

—Yo soy el doctor Rovelli... —Y como si lo hubiera pensado mejor, añadió—: Fabio.

Ella le estrechó la mano y se presentó a su vez. Se quedaron un momento mirando a la enferma sin decir nada.

Al cabo, él dio dos golpecitos en la barra de la cama, que sonaron a hueco, y se incorporó. Antes de salir se inclinó y le susurró al oído, guiñándole el ojo y señalando las luminosas ventanas:

—Y no le digas a nadie que he sido yo.

Concluida la hora de la visita, Alice bajó dos pisos por la escalera, cruzó el vestíbulo, franqueó las puertas de cristal que se abrieron automáticamente a su paso y salió al aire libre.

Atravesó el patio y se detuvo en el quiosco de la entrada, que atendía un anciano sudado. Pidió una botella de agua con gas. Tenía hambre, pero estaba acostumbrada a aguantarse hasta que la sensación desaparecía. Beber algo con gas era uno de los trucos, porque le llenaba el estómago, al menos el tiempo suficiente para superar el momento crítico.

Buscó el monedero en el bolso que llevaba al hombro, para lo que le estorbaba no poco la cámara que colgaba de la muñeca. De pronto oyó que decían:

—Deja.

Era Fabio, el médico al que había conocido no hacía ni media hora, que tendía un billete al quiosquero y le sonreía a ella con tal expresión que no se atrevió a protestar. Ya no llevaba la bata, sino una camiseta azul claro de manga corta, y se había puesto un perfume intenso.

—Y una Coca-Cola —le dijo al del quiosco.

Alice le dio las gracias. Quiso destapar su botellín, pero el tapón le resbalaba entre los dedos.

—¿Puedo? —se ofreció Fabio.

Le tomó la botella de las manos y la abrió con el índice y el pulgar. La cosa, pensó Alice, no tenía nada de especial; ella misma la habría destapado de no tener las manos tan sudadas; pero le pareció un gesto caballeroso, casi una proeza realizada para ella.

Fabio le pasó la botella, ella le dio otra vez las gracias y cada cual bebió de su botella, mirándose de reojo y como preguntándose qué decirse a continuación. Fabio tenía el pelo corto y ensortijado, castaño, pero allí donde el sol incidía directamente se veía rojizo. Alice tuvo la impresión de que él era consciente de aquellos juegos de luz, y también, de algún modo, de él mismo y su entorno.

Y juntos, como de común acuerdo, se alejaron unos pasos del quiosco. Alice no sabía cómo despedirse; se sentía en deuda con él, no solo porque le había pagado el agua, sino también por haberle abierto la botella. De hecho, tampoco sabía si quería despedirse tan pronto.

Fabio así lo intuyó y le preguntó, sin cortarse:

—¿Puedo acompañarte a donde vayas?

Alice se sonrojó.

—Voy al coche.

—Pues al coche.

Ella no dijo ni sí ni no, sino que miró a otra parte y sonrió. Fabio hizo un ademán cortés como diciendo después de ti.

Cruzaron la avenida y tomaron una calle sin árboles.

Por la sombra que proyectaban en la acera, el médico advirtió el andar asimétrico de Alice. El hombro derecho, inclinándose bajo el peso de la cámara fotográfica, era el contrapunto de la pierna izquierda, tiesa como un palo. La sombra alargada aumentaba la impresión de escualidez inquietante de la chica, a tal punto que parecía hecha de rayas, rayas oscuras correspondientes a dos extremidades proporcionadas y a otras tantas prótesis mecánicas.

—¿Te ha pasado algo en la pierna? —le preguntó.

—¿Cómo? —replicó ella con alarma.

—Que si te ha pasado algo en la pierna —repitió él—. Como veo que cojeas...

Alice tuvo la sensación de que hasta la pierna buena se le encogía. Quiso rectificar sus andares y dobló cuanto pudo la pierna coja, de modo que le dolió de verdad.

—Tuve un accidente. —Y como para excusarse, agregó—: Hace mucho.

—¿De coche?

—No; esquiando.

—A mí me encanta esquiar —dijo Fabio con entusiasmo, creyendo haber encontrado un tema de conversación.

—Yo lo odio —replicó secamente Alice.

—Lástima.

—Sí, lástima.

Caminaron un rato en silencio. Una aureola de paz y seguridad en sí mismo, sólida y transparente, circundaba al joven médico. Incluso cuando no sonreía a propósito sus labios esbozaban una sonrisa. Y parecía encontrarse muy cómodo, como si para él fuera de lo más normal conocer a chicas en las habitaciones del hospital y acompañarlas luego al coche charlando un rato. Alice, en cambio, se sentía violentísima; notaba los tendones tirantes, le crujían las articulaciones, los músculos se le tensaban y pegaban a los huesos.

Por último, señaló un Seiscientos azul, como diciendo es este, y Fabio abrió los brazos. A su espalda pasó un coche por la calle; oyeron el ruido aumentar de volumen y luego disminuir hasta extinguirse.

—Conque fotógrafa, ¿eh? —dijo él para ganar tiempo.

—Sí —contestó Alice sin pensarlo, y enseguida se arrepintió: de momento no era más que una joven que había abandonado la universidad e iba por ahí haciendo fotos. Se preguntó si eso bastaba para ser fotógrafa, dónde estaba el límite entre el ser y el no ser algo. Y mordiéndose el fino labio añadió—: Más o menos.

El médico extendió la mano y dijo, refiriéndose a la cámara:

—¿Puedo?

—Claro.

Se la desenrolló de la muñeca y se la pasó. Él la observó un momento, le quitó la tapa y dirigió el objetivo al frente y después al cielo.

—¡Uau! Parece profesional.

Ella se ruborizó. Fabio fue a devolvérsela.

—Si quieres puedes hacer una —le dijo Alice.

—De ninguna manera, no sabría cómo. Hazla tú.

—¿A qué?

Él miró a un lado y a otro, dubitativo. Se encogió de hombros y contestó:

—A mí.

Alice se quedó mirándolo extrañada, y con cierta malicia involuntaria le preguntó:

—¿Y por qué a ti?

—Porque así tendrás que volver a verme para enseñármela.

Ella titubeó un momento. Por primera vez lo miró fijamente a los ojos, aunque no logró sostener su mirada más de un segundo. Eran unos ojos azules, sin velos, límpidos como el cielo, ante los que se sintió como extraviada, como desnuda en un enorme cuarto vacío.

Pensó que era guapo, guapo como debe serlo un joven.

Enfocó su cara. Él sonrió sin embarazo alguno, sin alzar la cabeza como hacen muchos ante el objetivo. Apretó el disparador, sonó un clic.

23

Mattia volvió al despacho de Niccoli a la semana de la primera entrevista. El profesor lo reconoció por el modo de llamar a la puerta y ya eso lo irritó sobremanera. Al verlo aparecer dio un profundo resoplido, dispuesto a montar en cólera en cuanto le dijera que había cosas que no entendía o pidiera que le explicara esta o aquella ecuación. Si me muestro lo bastante severo, se dijo, lo mismo me lo quito de encima.

Mattia pidió permiso y, sin mirarlo a la cara, dejó sobre la mesa los folios del artículo que le había encargado que estudiara. Cuando Niccoli los cogió, cayeron unas hojas sueltas, numeradas y escritas con buena letra, que el muchacho adjuntaba a las grapadas. Las reunió y las hojeó un momento: allí estaban las ecuaciones del artículo, cabalmente desarrolladas y con sendas referencias al texto. No tuvo necesidad de examinarlas a fondo para comprender que eran correctas: ya el orden de las páginas lo demostraba.

Sintió cierta frustración al no poder desahogar la cólera que incubaba, como cuando uno quiere estornudar y no puede. Estudió con mayor detenimiento el trabajo, cabeceando con aprobación. No pudo evitar un acceso de envidia, pues aquel muchacho que tan poco apto parecía para la vida, estaba sin duda más dotado para aquella materia que él mismo. Al final dijo, aunque más para sí mismo y sin intención real de felicitarlo:

—Muy bien. —Y añadió en tono enfáticamente tedioso—: En los últimos párrafos se plantea cierto problema sobre los momentos de la zeta que...

—Sí —lo interrumpió Mattia—, y creo que lo he resuelto.

Niccoli lo miró primero con incredulidad y luego con franco desdén.

—¿Ah, sí?

—Vea la última página que adjunto.

El profesor se humedeció el índice, pasó las páginas hasta llegar a la última y leyó ceñudo la demostración de Mattia, sin entenderla muy bien ni hallar tampoco nada que objetar. Con más calma, la leyó una segunda vez, y ahora sí le pareció clara, incluso rigurosa y hasta salpicada de ciertas pedanterías diletantes. A medida que seguía el desarrollo fue distendiendo la frente y sin darse cuenta empezó a acariciarse el labio inferior, olvidado de Mattia, que había permanecido todo el tiempo en la misma postura, mirándose los pies y rogando a Dios que fuera correcto, correcto, como si el resto de su vida dependiera de aquel profesor. No imaginaba que, en efecto, así había de ser.

Niccoli dejó con cuidado los folios en la mesa y se reclinó en la silla con las manos cruzadas en la nuca, postura que debía de ser su preferida.

—Bien, enhorabuena.

La lectura de la tesis doctoral se fijó para finales de mayo y Mattia pidió a sus padres que no asistieran. «¿Por qué?», preguntó su madre, y no llegó a decir nada más. Él negaba con la cabeza mirando por la ventana; fuera estaba oscuro y en el cristal se reflejaban los tres sentados a la mesa; así vio cómo su padre asía a su madre del brazo y con la otra mano le indicaba que lo dejara estar, y cómo su madre se levantaba de la mesa con la mano en la boca y, aunque no habían terminado de cenar, abría el grifo del fregadero para lavar los platos.

El día de la tesis, que llegó como llegan todos los días, Mattia se levantó antes de que sonara el despertador. Los fantasmas que por la noche se le habían aparecido como hojas emborronadas tardaron unos segundos en desvanecerse. En el salón no encontró a nadie; solo había un elegante traje azul oscuro, nuevo, y una camisa rosa claro perfectamente planchada. Sobre la camisa había una nota que rezaba «Para nuestro doctor», firmada por su padre y su madre, aunque con la letra del primero. Mattia se puso el traje y salió sin mirarse en el espejo.

Presentó la tesis con voz firme y mirando por igual

a todos los miembros del tribunal. Niccoli, sentado en primera fila, aprobaba ceñudo con la cabeza y lanzaba ojeadas a sus cada vez más asombrados colegas.

Cuando llegó el momento de la concesión de títulos, Mattia se puso en la fila con los demás doctorandos; eran los únicos que estaban de pie en el inmenso ámbito del aula magna. Mattia sentía las miradas del público como un hormigueo en la espalda y procuró distraerse calculando el volumen de la sala a partir de la estatura del presidente, pero el hormigueo se le extendió por el cuello y las sienes; imaginó miles de pequeños insectos penetrando por sus oídos, miles de polillas hambrientas cavando túneles en su cerebro.

La fórmula que para todos los candidatos repetía idéntica el presidente le pareció cada vez más larga, y acabó ahogándola el ruido que crecía en su cabeza, de modo que cuando le tocó a él no oyó su nombre. Sintió que se atragantaba con algo duro como un cubito de hielo. Estrechó la mano del presidente y la notó tan seca que instintivamente buscó la hebilla metálica del cinturón que no llevaba. El público se puso en pie con rumor de marea. Niccoli se acercó y le dio dos palmaditas en el hombro y la enhorabuena. No habían cesado los aplausos cuando ya Mattia salía del aula y por el pasillo se dirigía deprisa hacia la salida, olvidando pisar primero con las puntas para que sus pasos no resonaran.

Lo he conseguido, lo he conseguido, se repetía. Pero cuanto más se acercaba a la calle, más se le revolvía el estómago. En la puerta lo embistió la luz, el calor, el fragor del tráfico, y se detuvo vacilando, como temeroso de caer por los escalones de cemento. En la acera había un grupo de personas, dieciséis, según contó al primer vistazo. Muchas llevaban flores y esperaban sin duda a sus parientes. Por un instante también él deseó que lo esperase alguien. Sentía la necesidad de descansar su peso en otro cuerpo, como si de repente sus piernas no pudieran seguir soportando el contenido de su cabeza. Buscó a sus padres, a Alice, a Denis, pero solo veía desconocidos que miraban nerviosos sus relojes, se abanicaban con folios, fumaban, hablaban en voz alta y no se daban cuenta de nada.

Miró el rollo de papiro que llevaba en la mano, en el que con bella letra cursiva se acreditaba que Mattia Balossino era doctor, profesional, adulto; que ya era hora de que se enfrentara a la vida real; que allí acababa la vía que lo había llevado ciega y sordamente desde párvulos hasta el doctorado. Sintió que se ahogaba, como si no tuviera fuerzas para inspirar hasta el fondo de los pulmones.

¿Y ahora qué?, se preguntó.

Una señora baja que llegaba acalorada le pidió paso. Él la siguió dentro, como si la mujer pudiera conducirlo a la respuesta; volvió a recorrer el pasillo en sentido contrario, subió al primer piso, entró en la biblioteca, se sentó en su sitio de siempre, junto a una ventana, dejó el documento en la silla de al lado, apoyó las manos sobre la mesa, bien abiertas, y se concentró en la respiración, que seguía faltándole. Le había ocurrido otras veces, pero nunca tanto tiempo seguido.

No puedes haber olvidado cómo se respira, se dijo; eso no se olvida.

Expulsó todo el aire y evitó respirar unos segundos. Al cabo abrió la boca e inspiró lo más hondo que pudo, hasta que el pecho le dolió. Esta vez sí introdujo el aire hasta el fondo de los pulmones, y se figuró las moléculas de oxígeno, blancas y redondas, esparciéndose por las arterias y remolineando en el corazón.

En aquella postura permaneció inmóvil por un tiempo indefinido, en un estado de abstracción profunda e inquieta, sin pensar ni darse cuenta de que los estudiantes entraban y salían.

Hasta que de repente apareció algo delante de sus ojos, una mancha roja que lo sobresaltó; fijó la vista y vio que era una rosa, una rosa envuelta en celofán que alguien había puesto sobre la mesa; con la mirada siguió el tallo y reconoció la mano de Alice, de uñas redondas y muy recortadas.

—Mira que eres tonto.

Mattia la miró como si fuera una alucinación. Tuvo la impresión de que volvía a la realidad desde algún lugar remoto que solo recordaba borrosamente, y mirándola vio en su semblante una tristeza nueva, profunda.

—¿Por qué no me lo dijiste? —prosiguió ella—. Tendrías que haberme avisado. —Y, agotada, se sentó en la silla de enfrente y miró a la calle moviendo la cabeza.

—¿Cómo lo has...? —dijo Mattia.

—Por tus padres, por tus padres lo he sabido. —Se volvió de pronto para mirarlo con sus ojos azul claro echando chispas—. ¿Te parece justo?

Mattia lo pensó, luego negó con la cabeza, y en el arrugado celofán vio cómo su reflejo, abrumado y deforme, cabeceaba también.

—Siempre he pensado que significaba algo para ti, siempre... Pero tú... —No pudo continuar, tenía un nudo en la garganta.

Mattia seguía preguntándose cómo aquel momento podía haberse vuelto repentinamente tan real. Se esforzó por recordar donde se hallaba segundos antes, sin conseguirlo.

—Tú nada... —concluyó Alice—. Nunca.

Mattia tuvo la impresión de que la cabeza se le hundía entre los hombros, de que las polillas volvían a agitarse en su cerebro.

—No tenía importancia, no quería que... —susurró.

—¡Cállate! —lo interrumpió ella. Alguien hizo chitón y en el silencio subsiguiente quedó vibrando el eco de ese sonido. Alice se fijó mejor en Mattia y se alarmó—. Pero estás pálido... ¿Te ocurre algo?

—No lo sé, me siento mareado.

Ella se puso en pie, se retiró el pelo de la frente, como si conjurase malos pensamientos, e inclinándose sobre él le dio un beso en la mejilla, leve y silencioso, que al instante espantó a los insectos.

—Seguro que lo has hecho muy bien, lo sé —le dijo al oído.

Mattia notó su pelo cosquillearle en el cuello, y cómo el corto espacio que los separaba se llenaba con su calor y le oprimía la piel con suavidad de algodón. Tuvo el impulso de estrecharla contra sí, pero sus manos permanecieron quietas, como dormidas.

Alice se irguió y se estiró para coger de la silla el título de doctor. Lo desenrolló y lo leyó a media voz, sonriendo.

—¡Uau! —exclamó al final—. Esto hay que celebrarlo. ¡Venga, en pie, doctor!

Y le tendió la mano. Él se la tomó, no sin vacilar. Dejó que lo sacara de la biblioteca con la misma confianza desarmada con que años antes se había dejado arrastrar al baño de chicas. Con el tiempo la proporción entre sus manos había cambiado, y ahora la suya abarcaba por entero la de Alice, como la áspera valva de una concha.

—¿Adónde vamos?

—A dar una vuelta, a que te dé el sol, que falta te hace.

Salieron a la calle y esta vez él no tuvo miedo de la luz, del tráfico ni de la gente que esperaba a la puerta.

Subieron al coche y bajaron las ventanillas. Alice conducía con las dos manos y cantaba *Pictures of You* imitando el sonido de palabras que no conocía. Mattia sintió que sus músculos se relajaban poco a poco y se amoldaban a la forma del asiento. Tenía la sensación de que el automóvil iba dejando una estela negra y viscosa, que era su pasado y sus preocupaciones. Se sentía cada vez más ligero, como un recipiente que se vacía. Cerró los ojos y por unos segundos flotó con la brisa que le daba en la cara y con la voz de Alice.

Cuando los abrió estaban en su calle. Se preguntó si no le habrían organizado una fiesta sorpresa y rogó a Dios que no.

—Di, ¿adónde vamos?

—Hum —murmuró Alice—. Tú no te preocupes. El día en que conduzcas tú, podrás llevarme a donde quieras.

Por primera vez se avergonzó de no tener carnet de conducir a sus veintidós años. Esa era otra de las cosas que se había saltado, otro de los consabidos pasos de la vida de un joven que él había preferido no dar, a fin de seguir al margen del engranaje de la vida; como comer palomitas en el cine, sentarse en el respaldo de los bancos, no respetar la hora de volver a casa impuesta por los padres, jugar al fútbol con pelotas de papel de aluminio o quedarse desnudo ante una chica. Y pensó que aquello cambiaría. Sí, obtendría el carnet cuanto antes. Y lo haría por ella, para llevarla de paseo en coche. Porque —miedo le daba admitirlo— cuando estaba con ella sentía que merecía la pena hacer todas esas cosas normales que hacen las personas normales.

Ya cerca de casa de Mattia, Alice dobló una esquina y enfiló la avenida principal; a los cien metros aparcó enfrente del parque.

—*Voilà.* —Se quitó el cinturón y se apeó. Mattia, en cambio, no se movió y se quedó mirando el parque—. ¿Qué, no bajas? —añadió ella.

—Aquí no.

—Va, baja.

Él negó con la cabeza.

—Vamos a otro sitio.

Alice miró a los lados.

—¿Qué problema hay? Vamos a dar un paseo.

Se acercó a la ventanilla de su amigo. Mattia estaba rígido como si alguien le hubiera puesto un puñal a la espalda, y se agarraba al asidero de la portezuela con los dedos crispados como patas de araña; miraba con fijeza los árboles cien metros más allá, cuyos anchos follajes cubrían los troncos nudosos, la espesa maraña del enramado, el terrible secreto.

No había vuelto allí desde el día en que fue con la policía, el día en que su padre le dijo que diera la mano a su madre y ella se metió la suya en el bolsillo. Aquel día aún llevaba los brazos vendados hasta los codos, con una venda gruesa que le daba varias vueltas y que solo con una sierra habría podido atravesar. Indicó a los policías dónde se había quedado sentada Michela —querían saber el punto exacto— y tomaron fotos, de lejos y de cerca.

Cuando volvían a casa vieron desde el coche cómo unas excavadoras hundían sus brazos mecánicos en el río y extraían grandes masas de cieno negro que dejaban caer pesadamente en la orilla. Su madre contenía el aliento cada vez que eso ocurría, hasta que el cúmulo de cieno se deshacía en el suelo: Michela tenía que estar en aquel fango, y sin embargo no apareció.

—Vámonos, por favor —repitió Mattia, con tono absorto y contrariado más que suplicante.

Alice subió al coche.

—A veces no sé si...

—Ahí abandoné a mi hermana gemela —la interrumpió él con voz neutra, casi inhumana. Alzando el brazo, que dejó suspendido como si se hubiera olvidado de bajarlo, señaló los árboles.

—¿Tu hermana gemela? ¿Tienes una hermana gemela?

Mattia asintió lentamente con la cabeza, sin dejar de mirar la arboleda.

—Era igual que yo.

Y sin esperar a que Alice le preguntase nada, se lo contó todo, torrencialmente, como un dique roto: lo del gusano, lo de la fiesta, lo del juego de Lego, lo del río, lo de los cristales, lo de la sala del hospital, lo del juez Berardino, lo del anuncio en televisión, lo del psicólogo, todo, lo que nunca le había contado a nadie. Y lo hizo sin mirarla y sin emocionarse. Cuando acabó se quedó callado. Con la mano derecha tentó debajo del asiento, pero solo encontró formas redondeadas. Se había calmado. Se sentía de nuevo lejos, ajeno a su cuerpo.

Alice le tomó delicadamente la barbilla y le volvió la cabeza. Mattia no vio sino un bulto que se le acercaba. Cerró los ojos y en los labios sintió sus labios calientes, y en las mejillas sus lágrimas, que quizá no eran suyas, y en la cabeza sus manos ligeras, sujetándosela y conteniendo los pensamientos, confinándolos en el espacio que ya no existía entre ellos.

24

En el último mes se habían visto a menudo, sin citarse nunca expresamente pero tampoco sin encontrarse por casualidad. Al término de las horas de visita, Alice se daba siempre una vuelta por la unidad de Fabio, donde él se hacía el encontradizo. Daban un paseo por el patio, siempre el mismo recorrido, que habían decidido de manera tácita. Su amor tenía por escenario ese recinto cerrado, región aparte en la que no había necesidad de nombrar aquella cosa misteriosa y limpia que vibraba entre ellos.

Fabio parecía conocer muy bien la dinámica del cortejo, sabía avanzar poco a poco y controlar las palabras, como si siguiera un protocolo. Intuía el profundo sufrimiento de Alice y lo respetaba sin inmiscuirse. Los desórdenes del mundo, del tipo que fueran, no lo afectaban, no tenían cabida en su mente equilibrada y racional, para la cual simplemente no existían. Cuando un obstáculo se interponía en su camino, él lo sorteaba sin variar el paso y seguía como si tal cosa. No dudaba de nada casi nunca.

Sabía cómo alcanzar un objetivo y por eso estaba muy pendiente de Alice, de sus estados de ánimo y su humor, de una manera respetuosa y también un tanto pedante. Cuando la veía callada, le preguntaba si le pasaba algo, pero nunca insistía. Mostraba interés por la fotografía y por el estado de su madre, llenaba los silencios con divertidas anécdotas de su trabajo y sus colegas.

Alice se dejaba cautivar por su confianza en sí mismo y poco a poco se abandonaba a ella, como de niña se abandonaba al agua cuando en la piscina hacía el ahogado.

Vivían la lenta e invisible compenetración de sus respectivos universos, eran como dos astros que gravitasen alrededor del mismo eje en órbitas cada vez más próximas y cuyo destino era colisionar en algún punto del espacio y el tiempo.

A la madre de Alice le habían suspendido el tratamiento. Inclinando la cabeza, su padre dio el consentimiento para dejar que por fin se sumiera en un sueño indoloro, bajo la pesada manta de la morfina. Alice esperaba que todo acabara cuanto antes y no se sentía culpable. Su madre ya vivía en ella en forma de recuerdo, como un grano de polen que se hubiera posado en algún rincón de su memoria, donde permanecería el resto de su vida convertida en unas cuantas imágenes sin sonido.

Fabio no había pensado proponérselo y tampoco era una persona impulsiva, pero aquella tarde encontró a

Alice distinta, como presa de una ansiedad que manifestaba entrelazando los dedos, moviendo los ojos demasiado, evitando cruzar su mirada; por primera vez obró precipitada, incautamente:

—Este fin de semana mis padres van a la playa.

Alice no pareció oírlo, o al menos no se dio por enterada. Hacía días que no sabía qué pensar: Mattia llevaba sin llamarla desde el día en que se doctoró, hacía más de una semana. Pero estaba claro que le tocaba a él.

—Te invito a cenar en casa el sábado, si te parece —prosiguió Fabio. Se sintió menos seguro mientras lo decía, pero al instante recuperó el aplomo. Se metió las manos en los bolsillos de la bata y esperó la respuesta con toda tranquilidad, fuera cual fuese.

Alice esbozó una sonrisa teñida de cierta aflicción y murmuró:

—No sé... Mejor que no.

—Sí, tienes razón —se apresuró a decir Fabio—, no tenía que habértelo propuesto, perdona.

Siguieron paseando en silencio y al llegar de nuevo a la unidad de Fabio este se dijo: ¿Y ahora qué? Ninguno de los dos se movía. Cambiaron una rápida mirada y bajaron los ojos. Fabio soltó una risita.

—Tú y yo nunca sabemos cómo despedirnos.

—Ya —contestó Alice sonriendo. Se llevó la mano al pelo, se enrolló un mechón al dedo y tiró de él levemente.

Fabio dio un paso decidido hacia ella —la gravilla

rechinó bajo su pie—, le dio un beso en la mejilla izquierda, con una autoridad afectuosa, y retrocedió de nuevo.

—Al menos piénsalo —le dijo.

Y le sonrió de oreja a oreja, con labios, ojos y mejillas, dio media vuelta y se dirigió muy erguido hacia la puerta de cristal.

Cuando lo vio franquearla, Alice se dijo: Ahora se girará.

Pero Fabio dobló por el pasillo y desapareció.

25

La carta iba dirigida al doctor Mattia Balossino y era tan fina y ligera que parecía imposible que encerrase todo el futuro de Mattia. Su madre no se la entregó hasta la cena, quizá por la vergüenza de haberla abierto ella, aunque tampoco lo hizo a sabiendas, ni siquiera miró el destinatario: Mattia nunca recibía correo. Le tendió la carta por encima de los platos:

—Ha llegado esto.

Mattia echó una mirada extrañada a su padre, que asintió con la cabeza vagamente, y tomó la carta, no sin antes pasarse la servilleta de papel por el labio superior, que tenía limpio. Junto a las señas se veía una complicada impronta circular azul que no le dijo nada. Abrió el sobre y sacó la hoja que contenía; la desdobló y, aún impresionado de ser él, el doctor Balossino, el destinatario de la misma, empezó a leerla.

Mientras tanto, notó que sus padres hacían más ruido del normal con los cubiertos y su padre carraspeaba varias veces. Cuando acabó, dobló la hoja con los mismos gestos con que la había desdoblado, solo que en sentido inverso, y en su forma original la introdujo de nuevo en el sobre y la dejó en la silla de Michela.

Tomó de nuevo el tenedor, aunque ver ahora las rodajas de calabacín en su plato le produjo cierto desconcierto, como si las hubieran hecho aparecer por sorpresa.

—Parece una buena oportunidad —dijo Adele.

—Sí.

—¿Piensas aceptar? —Y al decirlo, la madre notó que se le encendían las mejillas. No era por miedo a perderlo, sino todo lo contrario: deseaba fervientemente que su hijo aceptase y desapareciera de aquella casa, de la silla que todas las noches ocupaba frente a ella en la cena, con su cabeza negra gravitando sobre el plato y aquel contagioso halo trágico que lo rodeaba.

—No lo sé —contestó Mattia sin alzar la vista del plato.

—Pues parece una buena oportunidad —insistió su madre.

—Sí.

Siguió un silencio que el padre rompió para perorar sobre lo eficiente que era la gente del norte de Europa y lo limpias que tenían sus ciudades, méritos que él atribuyó al clima severo y la falta de luz natural durante buena parte del año, circunstancias que sin duda reducían las ocasiones de distracción. Cierto que él nunca había estado en ningún país del norte, pero eso se decía.

Cuando, terminada la cena, Mattia empezó a recoger los platos en el mismo orden que todas las noches, su padre le puso la mano en el hombro y le dijo en voz baja que podía irse, que él lo haría. Mattia cogió la carta de la silla y se fue a su cuarto.

Se sentó en la cama, miró y remiró el sobre, lo dobló hacia un lado y hacia otro, haciendo crujir el papel. Examinó luego más atentamente la impronta: inscrita en un círculo que por un error de impresión se veía algo ovalado, representaba un ave rapaz, un águila seguramente, con las alas abiertas y la cabeza ladeada, de modo que el afilado pico se veía de perfil. En otro círculo, más grande y concéntrico al anterior, venía el nombre de la universidad que le ofrecía trabajo. Viendo los caracteres góticos, las muchas *k* y *h* del nombre y las *o* barradas diagonalmente, símbolo que en matemáticas significaba conjunto vacío, se imaginó un edificio alto y oscuro, de pasillos resonantes y altísimos techos, todo rodeado de césped, silencioso y desierto como una catedral del fin del mundo.

En aquel lugar lejano e ignoto estaba su futuro de matemático, había una promesa de salvación, un espacio incontaminado donde todo era aún posible. Mientras que aquí no tenía más que a Alice, y el resto era desolación.

Empezó a faltarle el aire, a sentir que se ahogaba como el día en que presentó la tesis; de pronto la atmósfera parecía haberse vuelto líquida. Los días se habían alargado ya bastante y el crepúsculo era azul y extenuante. Hasta que se extinguió la última claridad del día estuvo paseándose mentalmente por aquellos pasillos que aún no conocía y por los que a veces se cruzaba con Alice, que lo miraba sin decirle nada ni sonreírle.

Has de decidirte, pensó. O vas o no vas, 1 o 0, como los códigos binarios.

Pero cuanto más quería simplificar, más se le complicaba todo. Era como un insecto atrapado en una telaraña pegajosa: cuanto más se debate, más se enreda.

Llamaron a la puerta. Tuvo la impresión de que los golpes resonaban en un pozo.

—¿Sí?

La puerta se abrió despacio y su padre asomó la cabeza.

—¿Se puede?

—Hum.

—¿Por qué estás a oscuras?

Sin esperar respuesta, Pietro pulsó el interruptor y los cien vatios de la bombilla estallaron en las dilatadas pupilas de Mattia, que se contrajeron produciéndole un agradable dolor.

Su padre se sentó a su lado en la cama. Tenían el mismo modo de cruzar los pies, poniendo el tobillo del izquierdo sobre el talón del derecho, aunque ninguno de los dos lo había notado.

—¿Cómo se llama eso que has estudiado? —le preguntó Pietro.

—¿Qué?

—Lo de tu tesis. Nunca me acuerdo.

—La zeta de Riemann.

—Eso, sí, la zeta de Riemann.

Mattia se rascó con la uña del pulgar debajo de la uña del meñique, pero allí ya tenía la piel tan encallecida que no sintió nada, solo oyó el rumor de las uñas al frotarse.

—Ya quisiera yo tener esa cabeza que tienes —suspiró Pietro—. Pero a mí las matemáticas no me entraban, no eran lo mío. Para ciertas cosas hay que tener una mente especial.

Mattia pensó que nada bueno había en tener una cabeza como la suya, que con ganas se la habría arrancado y sustituido por otra, incluso por una caja de galletas siempre que estuviera vacía y fuera ligera. Quiso contestar que sentirse especial era una jaula, lo peor que podía pasarle a uno, pero se abstuvo. Recordó el día en que la profesora lo había colocado en el centro de la clase y todos lo miraron como a un bicho raro, y se dijo que era como si en todos aquellos años no se hubiera movido de allí.

—¿Has venido porque te lo ha pedido mamá? —preguntó a su padre.

A Pietro se le tensó el cuello. Se chupó los labios, asintió con la cabeza y dijo con cierto embarazo:

—Tu futuro es lo que importa. Es justo que ahora pienses en ti. Si decides aceptar, te apoyaremos. Dinero no tenemos mucho, pero sí algo, para cuando lo necesites.

Se produjo otro silencio prolongado, durante el cual Mattia pensó en Alice y en el dinero que robaba a Michela.

—Papá...

—¿Sí?

—¿Podrías salir un momento? Tengo que hacer una llamada.

Pietro dio un largo suspiro, no sin alivio.

—Claro.

Se puso de pie, pero antes de irse quiso hacer una caricia a su hijo y alargó la mano, pero cuando ya casi le tocaba la cara, sombreada por una barbita desaliñada, detuvo la mano y la llevó al pelo, que apenas acarició tampoco. De aquellas cosas hacía tiempo que habían perdido la costumbre.

26

El amor que Denis sentía por Mattia se extinguió por sí solo, como una vela que arde olvidada en un cuarto oscuro, dejando paso a un hambre insatisfecha. A los diecinueve años, en la última página de un periódico local vio el anuncio de un local gay, lo recortó y se lo guardó en la cartera. Allí lo llevó dos meses, y a veces lo sacaba y releía la dirección, que ya se sabía de memoria.

Los chicos de su edad salían con chicas, practicaban sexo regularmente y no hablaban de otra cosa. Denis veía que la única solución era aquel recorte de periódico, aquella dirección que el sudor de sus dedos había ya medio borrado.

Así que una noche lluviosa, sin realmente proponérselo, fue. Se vistió con lo primero que encontró en el armario y a sus padres, que estaban en el cuarto de al lado, les voceó que se iba al cine.

Pasó primero dos o tres veces por delante del local, dando cada vez la vuelta a la manzana, y al final entró, con las manos en los bolsillos y haciendo al guarda jurado un gesto confidencial. Se sentó a la barra y pidió una clara, que se bebió a sorbos, mirando las botellas alineadas, esperando.

Al poco se le acercó un tío y Denis, sin verle siquiera la cara, decidió que sería ese. El otro empezó a hablarle de sí mismo, o quizá de alguna película que él no había visto, gritándole al oído. Él no lo escuchaba. Al poco lo interrumpió y Denis le dijo que fueran al baño. El desconocido enmudeció y acto seguido sonrió enseñando unos dientes horribles. Denis se dijo que era feo, casi cejijunto y viejo, muy viejo, pero que no importaba.

En el baño, el tío le levantó la camiseta y quiso besarlo, pero él lo rechazó. Se arrodilló y le desabotonó la bragueta. Hostias, qué rápido, dijo el otro, pero no se opuso. Denis cerró los ojos y procuró acabar pronto.

Como con la boca no conseguía nada y se sentía un inútil, usó las manos, las dos a la vez. Mientras el otro se corría él también se corrió, en los calzoncillos. Escapó del baño dejando al desconocido a medio vestir, y nada más salir, como si le hubieran arrojado un cubo de agua helada, lo asaltó el sentimiento de culpa, el mismo de siempre.

En la calle estuvo media hora buscando una fuente para quitarse el olor.

Volvió otras noches. Siempre hablaba con un tío distinto y siempre inventaba una excusa para no decir su nombre. No volvió a estar con nadie. Coleccionaba historias de otros como él, que solía escuchar en silencio, y descubrió que se parecían: había un camino que recorrer, a lo largo del cual era preciso sumergirse hasta el fondo para luego poder salir a la superficie y tomar aire.

Todos tenían un amor del alma contrariado, como él tenía a Mattia. Todos tuvieron miedo y muchos aún lo tenían, menos cuando estaban allí, entre personas que podían entenderlos, protegidos por el «ambiente», como ellos decían. Conversando con aquellos desconocidos, Denis se sentía menos solo y se preguntaba cuándo llegaría su hora, el día en que tocaría fondo y podría por fin emerger y respirar también él.

Una noche, uno le habló de lo que en aquel mundillo llamaban «los candiles», una callejuela detrás del cementerio sin otra iluminación que la débil y temblorosa luz que arrojaban las lámparas de las lápidas a través de la gran verja. Por allí te paseabas a tientas, era donde mejor podías desahogar el deseo, como quien se libra de una carga, sin ver ni ser visto, dejando el cuerpo a merced de la oscuridad.

En aquella calleja, Denis tocó su fondo, o más bien chocó con él de bruces, como quien se zambulle en aguas poco profundas. Desde aquel día no volvió al local y se encerró con mayor obstinación en la negación de su ser.

Cuando cursaba el tercer año de universidad hizo un viaje de estudios a España. Allí, lejos del mirar inquisitivo de la familia, los amigos, la gente que lo conocía por la calle, halló el amor. Se llamaba Valerio y como él era italiano, y como él era joven y estaba asustadísimo. Los meses que pasaron juntos en un pisito cercano a las Ramblas de Barcelona, rápidos e intensos, terminaron por hacerle olvidar todo aquel sufrimiento, como una noche despejada hace olvidar los días de lluvia torrencial que la han precedido.

De regreso en Italia no volvieron a verse, pero Denis no sufrió. Con una confianza que ya nunca lo abandonaría, se embarcó en nuevas aventuras que parecían haberlo esperado todo el tiempo en ordenada fila al doblar cada esquina. De los viejos amigos no conservó más que a Mattia. Seguían en contacto, sobre todo por teléfono, y eran capaces de estarse en silencio minutos enteros, absorto cada cual en sus pensamientos, oyendo al otro lado de la línea el respirar rítmico y tranquilizador del amigo.

Cuando aquel día sonó el teléfono, Denis estaba cepillándose los dientes. En su casa no solía sonar más de dos veces, lo que tardaban en llegar al aparato más cercano desde cualquier punto de la casa.

Su madre le gritó que era para él. Denis no se apresuró a responder; se enjuagó bien la boca, se secó con la toalla, se miró un momento los incisivos superiores, que últimamente tenía la impresión de que se estaban montando, debido sin duda a las pujantes muelas del juicio.

—¿Sí?

—Hola. —Mattia casi nunca se identificaba; sabía

que su amigo conocía perfectamente su voz y le molestaba pronunciar su nombre.

—Hombre, doctor, ¿qué tal? —dijo Denis con efusión. No se había tomado a mal lo de la tesis. Había aprendido a respetar el abismo que Mattia se había excavado alrededor. Años atrás quiso saltarlo y se había despeñado. Ahora se conformaba con sentarse en el borde y dejar colgar las piernas. La voz de Mattia no le producía ya vuelcos de corazón, aunque lo tenía y lo tendría siempre presente como el único punto de comparación con todo lo que había venido después.

—¿Te molesto? —preguntó Mattia.

—No. ¿Y yo a ti? —replicó Denis con burla.

—El que llama soy yo.

—Por eso, dime; por tu voz diría que pasa algo.

Mattia guardó silencio. Lo tenía en la punta de la lengua.

—Bueno, ¿qué? ¿Me lo dices o no?

Denis lo oyó dar un fuerte suspiro y tuvo la impresión de que le costaba respirar. Cogió un bolígrafo que había junto al teléfono y empezó a juguetear con él, hasta que se le cayó; no se agachó a recogerlo. Mattia seguía callado.

—¿Tendré que preguntarte? Pues veamos...

—Me ofrecen trabajo en el extranjero —dijo por fin Mattia—, en una universidad importante.

—¡¿Qué me dices?! —repuso Denis, aunque nada sorprendido—. Caramba, suena muy bien. ¿Y piensas aceptar?

—No lo sé. ¿Tú qué dices?

Denis simuló una carcajada.

—¿Y me lo preguntas a mí, que ni siquiera acabé la carrera? Yo aceptaría sin vacilar. Cambiar de aires está muy bien. —Además, quiso añadir, ¿aquí qué te retiene?, pero se abstuvo.

—Es que el otro día ocurrió algo..., el día en que me doctoré...

—¿Algo?

—Con Alice...

—¿Qué fue?

Mattia dudó un momento y al cabo se oyó decir:

—En fin, que nos besamos.

Denis oprimió el aparato con una reacción que lo sorprendió. No eran celos, sería absurdo tenerlos a esas alturas, pero aquello le trajo ciertos recuerdos que creía sepultados en el olvido: Mattia y Alice entrando en la cocina de Viola cogidos de la mano, Giulia Mirandi metiéndole la lengua en la boca como si le introdujera un estropajo. Afectando alegría exclamó:

—¡Sí señor, ya era hora!

—Ya.

Hubo un silencio durante el cual ambos tuvieron ganas de colgar. No sin esfuerzo, Denis dijo:

—Y por eso estás que no sabes qué hacer.

—Pues sí.

—Pero ahora ella y tú sois..., ¿cómo decirlo...?

—Nada, no hemos vuelto a vernos...

—Ah.

Denis pasó la uña del dedo por el cable enrollado del teléfono. Mattia hizo lo mismo y pensó como siempre en una hélice de ADN a la que le faltara la pareja.

—Piensa que a lo tuyo puedes dedicarte en cualquier sitio —dijo Denis—, ¿o no?

—Sí.

—En cambio, Alice solo está aquí.

—Sí.

—Pues ya lo tienes claro. —Denis notó que su amigo empezaba a respirar de manera más ligera y regular.

—Gracias.

—De nada.

Mattia colgó. Denis se quedó unos segundos con el auricular al oído, como escuchando el silencio. Sintió que algo acababa de apagarse en su interior, como al final se apaga un ascua cubierta de ceniza.

He dicho lo que debía, pensó.

Por fin empezó a sonar el tono de ocupado. Denis colgó y volvió al baño, a mirarse aquellas malditas muelas del juicio.

27

—*¿Qué pasa, mi amorcito?* —preguntó Soledad a Alice, ladeando un poco la cabeza para cruzar su mirada. Desde que Fernanda estaba ingresada comía con ellos, porque estar solos los dos, padre e hija, frente a frente, les resultaba insoportable.

El padre había tomado la costumbre de no cambiarse de ropa al volver del trabajo, y cenaba con chaqueta y corbata, que se aflojaba un poco, como si estuviera de paso. Mientras cenaba leía un periódico y solo a ratos levantaba la vista, para ver si la hija tomaba al menos algún bocado.

Comer en silencio era ya norma y solo molestaba a Sol, que se acordaba siempre de los bulliciosos almuerzos de su casa, cuando era una niña y no se imaginaba que le esperaba aquel futuro.

Alice, que ni siquiera había mirado la chuleta y la ensalada que tenía en el plato y solo bebía agua, a pequeños sorbos y mirando el vaso con los ojos bizcos, seria como si tomara un medicamento, se encogió de hombros y dirigió a Sol una fugaz sonrisa.

—Nada, que no tengo hambre —contestó por fin.

Su padre volvió la página nerviosamente, y antes de posar de nuevo el periódico en la mesa lo sacudió con ímpetu y echó un vistazo al plato intacto de la hija, aunque no dijo nada; empezó a leer, desde la mitad y sin entender de qué iba, el primer artículo que cayó bajo sus ojos.

—Sol —añadió Alice.

—¿Sí?

—¿Cómo te conquistó tu marido? La primera vez, digo. ¿Qué hizo?

Soledad dejó de masticar un momento y luego prosiguió más lentamente, para tomarse su tiempo. Lo primero que le vino a la memoria no fue el día en que conoció a su marido, sino la mañana en que se levantó tarde y, descalza, lo buscó por toda la casa. Con los años todos los recuerdos de su vida conyugal se habían concentrado en aquellos pocos instantes, como si el tiempo compartido con su marido no hubiera sido sino el preludio del fin. Recordó que aquella mañana se había quedado mirando los platos sin fregar de la noche anterior y los cojines en desorden del sofá. Todo estaba exactamente como lo habían dejado y se oían los mismos ruidos de siempre. Sin embargo, había algo en la disposición de los objetos, en el modo como la luz incidía en ellos, que la dejó clavada en medio del salón, con el alma en vilo. Y de pronto supo, con una claridad abrumadora, que él se había ido.

Dio un suspiro de afectada nostalgia y contestó:

—Todos los días me recogía en el trabajo y me llevaba a casa en bicicleta. Y me regaló unos zapatos.

—¿Unos zapatos?

—Sí, blancos, de tacón alto. —Sonrió y con los dedos indicó la longitud del tacón—. Preciosos.

El padre de Alice soltó un resoplido y se rebulló en la silla, censurando tácitamente aquel tema de conversación. Alice se imaginó al marido de Soledad saliendo de la zapatería con la caja bajo el brazo. Lo conocía por la foto que ella tenía colgada sobre la cabecera de su cama, en cuyo cáncamo había insertada una ramita de olivo.

Así distrajo un momento su pensamiento, aunque no tardó en ocuparlo de nuevo Mattia, para no dejarlo ya; había pasado una semana y seguía sin llamarla.

Pues iré ahora mismo, se dijo.

Pinchó y comió un poco de ensalada —el vinagre le escoció en los labios—, para que su padre viera que se alimentaba, y aún masticando se levantó de la mesa y dijo:

—Tengo que irme.

Enarcando las cejas, su padre repuso:

—¿Y se puede saber adónde, a estas horas?

—A donde yo quiera —contestó desafiante Alice; pero bajando el tono aclaró—: A casa de una amiga.

Él movió la cabeza, dando a entender que le daba igual. Por un instante Alice lo compadeció, viéndolo allí tan solo con su periódico, y tuvo el impulso de darle un abrazo y contárselo todo y pedirle consejo, pero al instante la misma idea la sobrecogió. Dio media vuelta y se dirigió resueltamente al baño.

Su padre dejó el periódico y se frotó los párpados cansados. Sol se recreó otro ratito con el recuerdo de los zapatos de tacón alto, tras lo cual lo relegó de nuevo al olvido y se levantó para quitar la mesa.

De camino a casa de su amigo, Alice puso la música alta, pero si al llegar le hubieran preguntado qué escuchaba no habría sabido decirlo. De pronto estaba furiosa; sabía que iba a estropearlo todo, pero también que no había remedio. Al levantarse hacía un rato de la mesa había superado el invisible límite más allá del cual las cosas ocurren por sí solas. Lo mismo le había pasado cuando el accidente de esquí, en que bastó que desplazara hacia delante el centro de gravedad unos milímetros para acabar cayendo de cabeza en la nieve.

A casa de Mattia solo había ido una vez y no había pasado de la sala de estar. Aquel día, mientras Mattia subía a mudarse a su habitación, cambió con la madre unas embarazosas palabras. La señora Adele, sentada en el sofá, la miraba con un aire inquieto, casi alarmado, como si el pelo le ardiera o algo parecido, y ni siquiera atinó a invitarla a tomar asiento.

Alice tocó el timbre de los Balossino-Corvoli hasta que el piloto rojo se encendió, como dando el último aviso. El interfono crepitó un instante y la voz de la madre de Mattia contestó, asustada:

—¿Quién es?

—Soy Alice. Perdone la hora, pero... ¿está Mattia?

Al otro lado hubo un silencio nervioso. Alice tuvo la desagradable impresión de ser observada por el objetivo del interfono y se echó todo el pelo por el hombro. La puerta se abrió con un chasquido eléctrico y Alice, antes de entrar, lo agradeció sonriendo a la cámara.

En el vacío vestíbulo del edificio sus pasos resonaron con ritmo de latir cardiaco. La pierna coja parecía más muerta que nunca, como si el corazón se hubiera olvidado de irrigarla.

La puerta del piso estaba entornada, pero no había nadie esperándola. Alice pidió permiso y entró. Mattia salió del salón, se detuvo a no menos de tres pasos de ella y sin mover un miembro le dijo:

—Hola.

—Hola.

Siguieron quietos, examinándose, como dos perfectos desconocidos. Mattia, que calzaba pantuflas, había montado el dedo gordo del pie sobre el vecino y los oprimía entre sí y contra el suelo como si quisiera aplastarlos.

—Perdona si...

—Pasa —dijo Mattia con voz mecánica.

Alice quiso cerrar la puerta pero la palma sudada le resbaló por el pomo de latón. Sonó un portazo que hizo retemblar las maderas y Mattia tuvo un arranque de impaciencia.

¿A qué ha venido?, se preguntó.

Tuvo la sensación de que la Alice sobre la que acababa de hablar a Denis no era la misma que ahora se presentaba en su casa sin avisar. Era una idea absurda y quiso conjurarla, pero no logró superar aquella sensación de fastidio.

Se le ocurrió una palabra: acorralado. Y recordó cuando su padre lo derribaba sobre la alfombra y, aprisionándolo entre sus brazos enormes, le hacía cosquillas en la barriga y las costillas; él se desternillaba hasta enrojecer.

Alice lo siguió al salón. Los padres de Mattia esperaban en pie, formando un pequeño comité de bienvenida.

—Buenas —los saludó ella, encogiéndose de hombros.

—Hola, Alice —contestó Adele, aunque sin moverse del sitio.

Pietro, en cambio, cosa inesperada, se acercó y le acarició el pelo:

—Cada vez estás más guapa. ¿Qué tal tu madre?

Adele, que esbozaba una sonrisa fija, se mordió los labios lamentando no haberlo preguntado antes ella.

Alice se sonrojó, pero no queriendo parecer melodramática contestó:

—Como siempre, ahí sigue.

—Deséale lo mejor de nuestra parte —dijo Pietro.

Y los cuatro se quedaron mudos. El padre de Mattia miraba a Alice como si fuese transparente, y ella trató de disimular su cojera equilibrando el peso sobre las dos piernas. De pronto tomó conciencia de que su madre no conocería ya a los padres de Mattia y lo sintió, pero aún sintió más ser la única en darse cuenta.

—Id arriba si queréis —dijo al final Pietro.

Alice sonrió a Adele, inclinó la cabeza ante Pietro y salió del salón. Mattia se había adelantado y llegó antes a su cuarto.

—¿Cierro? —preguntó ella al entrar, sintiendo que el valor la abandonaba de pronto.

—Hum.

Mattia se sentó en la cama y cruzó las manos sobre las rodillas. Alice paseó la mirada por la reducida habitación. Los objetos parecían no haber sido tocados nunca, como si estuvieran pulcramente expuestos en el escaparate de una tienda. No había nada superfluo, ni fotos en las paredes ni muñecos infantiles conservados como fetiches, nada que transmitiese esa sensación de familiaridad y cariño que suelen tener las habitaciones de los adolescentes. Alice, que tenía la cabeza y el cuerpo hechos un lío, se sintió fuera de lugar. Sin pensarlo realmente, dijo:

—Un cuarto muy bonito.

—Gracias.

Sobre sus cabezas flotaba una gran burbuja llena de cosas que tendrían que decirse y los dos miraban al suelo para no verla.

Apoyándose contra el armario y deslizándose por él, Alice se sentó en el suelo, la pierna sana flexionada sobre el pecho. Procuró sonreír.

—Bueno, ¿qué se siente al ser doctor?

Mattia encogió los hombros y esbozó una media sonrisa.

—Nada especial.

—Nunca estás satisfecho, ¿eh?

—Eso parece.

Alice emitió un murmullo afectuoso y pensó que no había razón alguna para sentirse violentos, aunque de hecho lo estaban, de una manera invencible.

—Y eso que últimamente te han pasado un montón de cosas...

—Así es.

Alice dudó en decirlo, pero lo soltó con la boca seca:

—Algunas de ellas bonitas, ¿o no?

Mattia encogió las piernas y pensó: Me lo temía.

—Sí, algunas.

Sabía muy bien lo que debía hacer: levantarse, sentarse a su lado, sonreír, mirarla a los ojos y besarla; pura mecánica, trivial sucesión de acciones que lo llevarían a aplicar su boca sobre la de ella. Aunque en aquel momento no le apetecía, podía hacerlo, podía confiarse al automatismo del acto.

Quiso levantarse pero no pudo; como si la cama, superficie pegajosa, lo retuviera.

Una vez más Alice actuó por él.

—¿Puedo sentarme a tu lado?

Él asintió con la cabeza y se apartó un poco sin necesidad.

Ayudándose con las manos, Alice se puso en pie. Sobre la cama, en el sitio que Mattia había dejado libre, había una hoja escrita a máquina y doblada como un acordeón en tres partes. Al cogerla para apartarla, Alice observó que estaba escrita en inglés.

—¿Y esto?

—Me ha llegado hoy. Una carta de una universidad.

Ella leyó el nombre de la ciudad, escrito en negrita en la esquina superior izquierda, y los ojos se le empañaron.

—¿Y qué te dicen?

—Me ofrecen una beca.

Alice sintió un mareo y palideció.

—¡Uau! —dijo aparentando alegría—. ¿Para cuánto tiempo?

—Cuatro años.

Ella tragó saliva. Seguía de pie.

—¿Y vas a aceptar? —musitó.

—Aún no lo sé —contestó él como excusándose—. ¿Tú qué harías?

Alice permaneció con la hoja en la mano, la mirada perdida.

—¿Tú qué harías? —repitió él, como si creyera que no lo había oído.

—¿Que qué haría? —contestó ella en un tono repentinamente duro que casi sobresaltó a Mattia.

Sin saber por qué, Alice pensó en su madre, ingresada en el hospital, aturdida a base de fármacos. Miró impasible el papel y tuvo impulsos de romperlo. Pero lo dejó de nuevo en la cama, donde tendría que haberse sentado ella.

—Sería conveniente para mi carrera —se justificó Mattia.

Ella asintió con la cabeza, seria, sacando la barbilla, como si en la boca tuviera una pelota.

—Bueno, pues ¿a qué esperas? Vete. Total, aquí no hay nada que te importe, me parece —murmuró.

Mattia notó que se le hinchaban las venas del cuello. Quizá porque iba a llorar. Desde aquella tarde en el parque siempre se lo parecía, como algo que se le atragantaba; al parecer, sus conductos lacrimales, tanto tiempo obturados, se habían abierto por fin y todo lo que llevaba dentro pugnaba por salir. Con voz algo trémula dijo:

—Pero si acepto, tú me...

—Yo te ¿qué? —Y lo miró como si mirase una mancha en la colcha—. Yo los siguientes cuatro años me los imaginaba de otro modo. Tengo veintitrés años, mi madre está agonizando y yo... —Movió la cabeza—. Aunque a ti esto te importa muy poco. Solo piensas en tu carrera.

Era la primera vez que utilizaba la enfermedad de su madre para atacar a alguien y no se arrepintió. Lo miró como si le pareciera más pequeño.

Él no replicó. Repasaba para sus adentros las instrucciones para respirar.

—Pero descuida —prosiguió ella—, que ya tengo a alguien a quien le importa. En realidad venía a decírtelo. —Hizo una pausa durante la cual no pensó nada. Las cosas ocurrían de nuevo por sí solas, volvía a rodar por el barranco, olvidada de frenar con los bastones—. Se llama Fabio y es médico. No quería que tú..., pues eso...

Lo dijo como una mala actriz, con una voz postiza, sintiendo que las palabras le raspaban como arena, y mientras lo decía escrutó la cara de Mattia buscando un atisbo de decepción al que aferrarse; pero él tenía los ojos demasiado oscuros y no pudo apreciar el relámpago que los cruzó. Se convenció de que a él le era indiferente y sintió que se le helaba la sangre. En voz baja, rendida, dijo:

—Me voy.

Mattia inclinó la cabeza y se volvió hacia la ventana cerrada para eliminar por completo a Alice de su campo visual. Aquel nombre, Fabio, caído del cielo, se le había incrustado en la cabeza como metralla y solo quería que ella se fuera.

Vio que hacía una noche clara y supuso que soplaría una brisa cálida. Las pelusillas blancas de los chopos revoloteaban a la luz de las farolas como grandes insectos sin patas.

Alice abrió la puerta y él se levantó; la acompañó, dos pasos detrás, hasta el rellano de la escalera. Ella se miró distraídamente el bolso para ver si lo llevaba todo, para ganar un poco más de tiempo. Murmuró que sí y entró en el ascensor. Y cuando las puertas se cerraban se dijeron un adiós que no significaba nada.

28

Los padres de Mattia estaban viendo la tele sentados en el sofá, ella con las piernas acurrucadas bajo el camisón, él con las piernas estiradas y cruzadas sobre la mesita, el mando a distancia en el muslo. Alice se había ido sin despedirse, ni siquiera pareció notar que estaban allí.

Mattia se detuvo ante el respaldo del sofá y dijo:

—He decidido aceptar.

Adele se llevó la mano a la cara y miró a su marido, desconcertada. Pietro se volvió a medias y miró a su hijo como se mira a un hijo adulto.

—Bien hecho.

Mattia volvió a su habitación. Recogió la carta de la cama y se sentó al escritorio. Sintió que el universo era una superficie elástica que se expandía y aceleraba bajo sus pies, y por un momento temió que se rompiera y lo dejara caer al vacío.

Buscó a tientas el interruptor de la lámpara y la encendió. De los cuatro lápices que había alineados peligrosamente al borde del escritorio, escogió el más largo. Con un sacapuntas que sacó del segundo cajón empezó a afilarlo, inclinado sobre la papelera. Al acabar sopló la fina viruta adherida a la cónica punta. La hoja en blanco ya la tenía preparada.

Puso la mano izquierda sobre el papel, con los dedos bien abiertos, y deslizó por el dorso la afiladísima punta de grafito. Estuvo en un tris de clavársela en el punto donde dos venas del dedo medio confluían. Por último la levantó lentamente y soltó un hondo suspiro.

Escribió en la hoja: «*To the kind attention of the Dean*».

29

Fabio la recibió en la puerta, con las luces de rellano, recibidor y salón encendidas. Y al pasarle ella la bolsa de plástico en que traía el helado, le apretó los dedos y le dio un beso en la mejilla como lo más natural del mundo. Y le dijo, porque de verdad lo pensaba, que el vestido le sentaba de maravilla, y siguió preparando la cena sin dejar de mirarla.

Sonaba una música que Alice no conocía y que él no había puesto para que escucharan, sino para completar un escenario perfecto pensado al detalle. Había dos velas encendidas y la botella de vino ya estaba abierta. La mesa estaba muy bien puesta para dos, con el filo de los cuchillos hacia dentro para significar que el comensal era bienvenido, como ella sabía porque su madre se lo había enseñado de pequeña; el mantel de la mesa, blanco, no tenía una sola arruga, y los dobleces de las servilletas plegadas en forma triangular coincidían a la perfección.

Alice se sentó a la mesa y contó los platos del servicio para saber cuánto había que comer. Esa noche, antes de salir, había permanecido mucho rato encerrada en el baño mirando absorta las toallas, que Soledad cambiaba todos los viernes. En el mueble con tablero de mármol encontró el estuche de maquillaje de su madre y decidió pintarse. Lo hizo medio a oscuras, y antes de pintarse los labios olió la barra: el olor no le recordó nada.

Había querido cumplir con el rito de probarse vestidos, y lo hizo con cuatro distintos, aunque ya desde el día anterior tenía claro cuál ponerse: el que vistió en la confirmación del hijo de Ronconi, y que su padre juzgó impropio para tal ocasión porque le dejaba al descubierto los brazos y la espalda hasta más abajo de las costillas.

Con aquel vestidito azul puesto, cuyo escote sobre la piel clara parecía una sonrisa de satisfacción, y sin calzarse todavía, había bajado a la cocina para recabar la opinión de Sol alzando las cejas con ansiedad. La criada le dijo que estaba radiante y le dio un beso en la frente, a riesgo, como Alice temió, de estropearle el maquillaje.

Fabio se movía por la cocina con la agilidad y al mismo tiempo la cautela de quien se sabe observado. Alice bebía a sorbitos el vino blanco que él le había servido y notaba en el estómago, vacío desde hacía al menos veinte horas, como pequeños estallidos provocados por el alcohol. Una sensación de calor se difundía por sus venas, le subía poco a poco a la cabeza y conjuraba el recuerdo de Mattia, como marea que barre la playa.

Sentada a la mesa, observó atentamente el tipo de Fabio: la neta línea que separaba su pelo castaño del cuello, las caderas no muy estrechas y los hombros que abultaban bajo la camisa. Acabó pensando en lo muy segura que debería sentirse la mujer a quien aquellos brazos estrecharan con fuerza, sin darle elección.

Había aceptado la invitación por lo que le había dicho a Mattia, y porque, ya estaba segura, no conocería nada más parecido al amor que lo que allí encontrase.

Fabio sacó del frigorífico una pastilla de mantequilla y cortó un pedazo de al menos, según estimó Alice, ochenta o noventa gramos. Luego lo echó a la sartén en que previamente había hecho el *risotto* con setas —con lo que se disolvió liberando todas sus grasas saturadas y animales—, apagó el fuego y siguió removiendo con un cucharón de madera otro par de minutos.

—Listo —dijo al fin.

Se secó con un trapo que colgaba de una silla y, sartén en mano, se dirigió a la mesa.

Alice echó una ojeada despavorida al contenido de la sartén.

—Para mí poquísimo —dijo, haciendo con los dedos el gesto de una pizca, justo antes de que cayera en su plato una enorme cucharada de aquella pasta hipercalórica.

—¿No te gusta?

—Es que soy alérgica a las setas —mintió—, pero lo probaré.

Fabio pareció frustrado y dejó un momento la sartén suspendida en el aire.

—Vaya, lo siento. No lo sabía.

—No importa, de veras —repuso Alice sonriendo.

—Si quieres te hago...

Ella lo acalló cogiéndole la muñeca. Fabio la miró como niño que mira un regalo.

—Lo probaré, en serio.

Él sacudió la cabeza.

—De ninguna manera. ¿Y si te sienta mal?

Retiró la sartén y Alice no pudo evitar sonreír. La siguiente media hora la pasaron hablando ante los platos vacíos y Fabio tuvo que abrir otra botella de vino blanco.

Alice tenía la grata sensación de que perdía trozos de su ser con cada trago que daba. Y a la vez que experimentaba aquella levedad de su cuerpo, sentía la maciza presencia del de Fabio sentado frente a ella, los codos apoyados en la mesa y la camisa arremangada hasta mitad del antebrazo. La imagen de Mattia, que tanto la había traído de cabeza las últimas semanas, vibraba débilmente en el aire como cuerda de violín algo floja o nota disonante en medio de un acorde.

—Bien, consolémonos con el segundo plato —dijo Fabio entonces.

A Alice estuvo a punto de darle un soponcio. Había supuesto que no habría más. Pero sí: Fabio se había levantado de la mesa y sacaba del horno una bandeja con dos tomates, dos berenjenas y dos pimientos amarillos, rellenos con lo que parecía carne picada y pan rallado. Los colores eran alegres, pero viendo el tamaño desmesurado de aquellas verduras ella se las imaginó al punto metidas, enteritas como estaban, dentro de su estómago, como piedras en el fondo de un estanque.

—Elige —le ofreció Fabio.

Alice se mordió el labio y señaló tímidamente un tomate, y él, pinzándolo con el tenedor y el cuchillo, lo sirvió en su plato.

—¿Qué más?

—Nada más.

—Eso sí que no. No has comido nada. ¡Y con lo que llevas bebido!

Alice lo miró y por un instante lo odió profundamente, como odiaba a su padre, a su madre, a Sol y a quienquiera que llevase la cuenta de lo que comía. Pero se rindió y señaló una berenjena:

—Esta.

Fabio se sirvió una ración de cada verdura y las atacó no sin antes mirarlas con satisfacción. Alice probó el relleno con la punta del tenedor. Además de carne, enseguida reconoció huevo, queso fresco y parmesano, y rápidamente calculó que un día de ayuno no bastaría para compensar.

—¿Te gusta? —preguntó Fabio con una sonrisa y la boca medio llena.

—Buenísimo.

Se armó de valor y tomó un bocado de berenjena; reprimió las náuseas y siguió comiendo, bocado tras bocado y sin pronunciar palabra hasta que se la terminó, pero no bien dejó el tenedor junto al plato le entraron ganas de vomitar. Fabio hablaba sin dejar de servirle vino, y ella asentía con la cabeza mientras la berenjena le bailaba en el estómago.

A todo esto, él se lo había comido todo, mientras que a ella aún le quedaba el nauseabundo tomate relleno. No podía trocearlo e ir escondiendo los trozos en la servilleta sin que él la viera, pues, aparte de las velas ya medio consumidas, no había nada que la ocultara.

Se acabó también, bendita fuera, la segunda botella de vino, y Fabio, no sin dificultad, se levantó de la mesa con intención de abrir una tercera. Se llevó las manos a la cabeza y le dijo en voz alta: «Por favor, señorita, ya está bien de beber», y Alice le rio la gracia. Fabio buscó en el frigorífico y los armarios, pero nada, no encontró más botellas.

—Me parece que mis padres se las han soplado todas. Tendré que bajar al sótano.

Rompió a reír sin motivo y Alice rio también, por mucho que al hacerlo le doliera la tripa.

—Tú no te muevas de aquí —ordenó él, señalándola con el dedo.

—Descuida —contestó ella; de pronto se le había ocurrido una idea.

En cuanto desapareció Fabio, cogió el pringoso tomate con dos dedos y, teniéndolo bien lejos de la nariz para no aspirar más su olor, fue al baño. Echó el pestillo, levantó la tapa del váter y le pareció que la limpia taza le sonreía como diciéndole ya me encargo yo.

Examinó el tomate; era grande y quizá convenía trocearlo, pero como también estaba blando, pensó que pasaría y lo echó tal cual. El tomate cayó con un plof, a punto de salpicarle el vestido azul, y fue a parar al recodo del desagüe, donde quedó medio escondido.

Alice tiró de la cadena y el agua cayó como lluvia salvífica, solo que, en lugar de desaguar por el conducto, empezó a llenar la taza con un inquietante borbolleo.

Retrocedió espantada, le flaqueó la pierna coja y a punto estuvo de caer al suelo. Se quedó mirando cómo el agua subía y subía... hasta que de pronto se detuvo.

Se oyó el ruido del depósito. La taza estaba llena hasta el borde. La superficie del agua límpida temblaba un poco y dejaba ver en el fondo el tomate, encajado en el mismo sitio.

Alice estuvo mirándolo al menos un minuto, a la vez espantada e intrigada. Al cabo oyó que abrían la puerta del sótano y reaccionó: contraída la cara con asco, cogió la escobilla y la hundió en el agua para tratar de desalojar el tomate, pero este no se movía ni a la de tres.

¿Y ahora qué hago?, se dijo.

Y casi sin darse cuenta tiró otra vez de la cadena. Ahora sí que el agua desbordó la taza y empezó a esparcirse por el suelo formando un charquito que llegó a lamerle los elegantes zapatos. Desesperada, accionó la palanca del depósito, pero el agua no cesó de fluir ni el charco de expandirse, y si ella no hubiera interpuesto la alfombrilla habría llegado a la puerta y por debajo al cuarto contiguo.

Finalmente, el depósito dejó de descargar. El tomate seguía allí abajo, intacto, pero el agua del suelo dejó de extenderse. En una ocasión, Mattia le había explicado que una superficie de agua cesa de expandirse en el momento preciso en que su tensión la mantiene cohesionada, como formando una película.

Alice observó el estropicio. Bajó la tapa del váter, como quien se da por vencido, y se sentó en ella. Se llevó las manos a los ojos cerrados y rompió a llorar; lloraba por Mattia, por su madre, por su padre, por toda aquella agua, pero sobre todo por sí misma. Quiso llamar a Mattia, pedirle auxilio, pero el nombre se le enredó en los labios, endeble, pegajoso.

Fabio llamó a la puerta. Ella no se movió.

—Ali, ¿estás bien?

Podía ver su silueta por el cristal esmerilado de la puerta. Se sorbió la nariz, aunque sin hacer ruido, se aclaró la voz y contestó:

—Sí, sí, ya salgo.

Miró a los lados desorientada, como preguntándose qué hacía ahí. La taza seguía goteando al menos en tres puntos distintos y por un momento deseó ahogarse en aquellos milímetros de agua.

Sesión de fotos
(2003)

30

Una mañana, a las diez, fingiendo una determinación que le costó tres vueltas a la manzana, se presentó en el estudio de Marcello Crozza y le dijo que quería aprender el oficio y si podía tomarla como aprendiz. Crozza, que estaba sentado a la máquina del revelado, se volvió a mirarla y le contestó que por el momento no podía pagarle. No tuvo valor para decirle que no porque también él había hecho lo mismo muchos años atrás, con una emoción cuyo recuerdo era lo único que le quedaba de su pasión por la fotografía, una emoción que, pese a las muchas desilusiones, no quería vedarle a nadie.

Trabajaba sobre todo con fotos de gente en vacaciones, familias de tres o cuatro miembros, en playas o ciudades conocidas por su arte, abrazados en medio de la plaza de San Marcos o al pie de la torre Eiffel, con los pies cortados y siempre en la misma pose; fotos tomadas con cámaras automáticas, sobreexpuestas o desenfocadas, y que al final Alice ni miraba: las revelaba y las metía en el sobre amarillo y rojo de la casa Kodak.

El trabajo consistía, más que nada, en estar en la tienda, recibir los carretes de veinticuatro o treinta y seis fotos que los clientes llevaban a revelar, entregarles el correspondiente resguardo y decirles que podían recogerlas al día siguiente; cobrar, dar las gracias y decir adiós.

Algunos sábados iban a bodas. Crozza la recogía en su casa a las nueve menos cuarto, vestido siempre con el mismo traje pero sin corbata; al fin y al cabo era el fotógrafo, no un invitado.

Al llegar a la iglesia montaban un par de focos. Una de las primeras veces a Alice se le cayó uno en los escalones del altar y se hizo trizas. Miró aterrorizada a Crozza, pero este, aunque hizo una mueca como si una de aquellas esquirlas se le hubiera clavado en la pierna, acabó diciéndole que no pasaba nada y que lo recogiera.

Crozza la quería y no sabía por qué; quizá porque él no tenía hijos, o porque desde que ella trabajaba en la tienda podía irse al bar a las once a mirar la bonoloto y al volver ella le sonreía y le preguntaba si eran ricos; o quizá porque era coja, o porque le faltaba la madre como a él le faltaba una esposa y eso era algo que tenían en común; o porque temía el momento en que ella se cansase y de nuevo le tocara cerrar la persiana por la noche y volverse solo a casa, donde nadie lo esperaba, sintiendo la cabeza vacía pero muy pesada.

Pero pasó un año y medio y Alice seguía ahí. Tenía

sus propias llaves y cuando él llegaba por las mañanas la encontraba ya en la tienda, barriendo la puerta y hablando con la dueña del ultramarinos contiguo, a la que él nunca había pasado de decir buenos días. Le pagaba en negro, quinientos euros al mes, pero el día en que había boda y al final de la jornada la llevaba a casa en su Lancia, sacaba la cartera de la guantera y, despidiéndose hasta el lunes, le daba un billete de cincuenta.

A veces, Alice le enseñaba sus fotos y le pedía su opinión, aunque para entonces ambos sabían que ya no tenía nada que enseñarle. Se sentaban ante el mostrador, él las observaba alzándolas a la luz y le daba algún que otro consejo sobre el tiempo de exposición o cómo sacar más provecho del obturador. Le prestaba su propia Nikon cuando se la pedía y en su fuero interno había decidido regalársela el día en que se fuera.

—El sábado nos vamos de boda —dijo Crozza; era la fórmula que usaba para decir que ese día había trabajo.

Alice estaba poniéndose la chaqueta vaquero; esperaba que Fabio pasara a recogerla de un momento a otro.

—Vale. ¿Y dónde?

—La ceremonia es en la iglesia de la Gran Madre, el convite en un chalet privado; gente de pasta —contestó él con un deje desdeñoso, aunque al punto se arrepintió, porque sabía que también Alice era de familia acomodada.

—Ya. ¿Y sabes quiénes se casan?

—He dejado la invitación por ahí. —Señaló el estante del mostrador, bajo la caja registradora.

Ella buscó en el bolso una goma y se recogió el pelo. Crozza la miró un momento: una vez se había masturbado imaginándosela arrodillada a sus pies, en la tienda en penumbra, después de bajar la persiana, pero luego se sintió tan mal que esa noche no pudo cenar y a la mañana siguiente la mandó a casa y le dio el día libre.

Alice hurgó en los papeles apilados bajo el mostrador, más por hacer tiempo que por verdadero interés, y encontró la invitación, un sobre grande y duro; lo abrió y la leyenda, escrita en letra cursiva dorada y con mucho ringorrango, le saltó a los ojos:

Ferruccio Carlo Bai y Maria Luisa Turletti Bai se complacen en anunciarle la boda de su hija Viola...

La mirada se le nubló y no pudo seguir leyendo. Sintió en la boca un sabor metálico, tragó saliva y tuvo la impresión de tragarse otra vez aquel caramelo en los vestuarios. Cerró el sobre y lo agitó un momento en el aire, pensativa; sin volverse hacia Crozza, dijo:

—¿Podría ir sola?

Él cerró la caja registradora, que emitió un tilín retemblante.

—¿Tú sola?

Alice se volvió con unos ojos hermosos de puro abiertos y brillantes, que arrancaron una sonrisa al fotógrafo.

—Ya he aprendido, ¿no? Si no empiezo a hacerlo sola, nunca aprenderé a arreglármelas sola.

Crozza la miró extrañado. Ella se acercó y se acodó en el mostrador frente a él, inclinándose tanto que acabó con la cara a un palmo de sus narices, y con aquella mirada resplandeciente le rogó que consintiera sin pedir explicaciones.

—No sé si...

—Porfa —lo interrumpió Alice.

Crozza se acarició el canto de la oreja y tuvo que desviar la mirada.

—Bueno, vale —dijo, bajando la voz sin saber por qué—. Pero no hagas ningún disparate.

—Prometido —respondió ella, y esbozó una sonrisa que hizo desaparecer sus labios transparentes.

Se inclinó otro poco y le dio un beso en la cara con barba de tres días, provocándole un cosquilleo. Él hizo un ademán y la despidió diciendo:

—Anda, vete...

Alice soltó una risotada que resonó en todo el local y se encaminó a la calle con su peculiar andar rítmico y sinuoso.

Aquella tarde, Crozza se quedó un rato más en la tienda, sin motivo. Miraba los objetos y los sentía más presentes, como en los buenos tiempos, cuando eran los objetos los que le pedían ser fotografiados.

Sacó la cámara del estuche en que Alice la guardaba siempre después de limpiar piezas y lentes, montó el teleobjetivo y enfocó el primer objeto que se le puso a tiro, el paragüero de la entrada. Fue agrandando la imagen del borde hasta que resultó algo distinto, parecido al cráter de un volcán apagado. Pero al final no disparó.

Dejó la cámara, tomó la chaqueta, apagó las luces y salió a la calle. Bajó la persiana, echó el candado y se alejó en el sentido contrario al de siempre; no podía borrarse una sonrisa estúpida de la cara ni tenía ganas de irse a casa.

Dos enormes ramos de lirios y margaritas a ambos lados del altar y sendas réplicas en miniatura de esos mismos ramos al lado de cada banco adornaban la iglesia. Alice montó los focos, situó el panel reflectante y se sentó en primera fila a esperar. Una mujer pasaba el aspirador por la alfombra roja que Viola pisaría una hora después. Alice recordó el día en que ella y Viola habían hablado un rato sentadas en una balaustrada. No se acordaba ya de qué, pero sí de que ella la miraba embelesada como desde un lugar en sombra, un lugar detrás de sus ojos, lleno de ideas enmarañadas que también entonces calló.

Media hora después, todos aquellos bancos estuvieron ocupados, y la gente que seguía llegando se quedaba al fondo, de pie y abanicándose con el folleto litúrgico.

Alice salió fuera a esperar la llegada de la novia. El sol alto le calentaba las manos y parecía traspasarlas con sus rayos. De pequeña se las miraba al trasluz y se veía los dedos cerrados ribeteados de rojo; una vez se los enseñó así a su padre y él se los besuqueó simulando que se los comía.

Viola llegó en un Porsche gris metalizado del que se apeó ayudada por el chófer, que le recogió también la aparatosa cola. Alice empezó a sacarle fotos con frenesí, más para ocultarse tras la cámara que por otra cosa. Pero cuando la novia pasó por su lado, se descubrió y le sonrió.

Cruzaron la mirada un instante y Viola tuvo un sobresalto, pero Alice no llegó a ver qué cara ponía, porque la novia ya la había sobrepasado y entraba en la iglesia del brazo de su padre, al cual, por cierto, no sabía por qué, siempre se lo había imaginado más alto.

Procuró que no se le escapara nada. Hizo varios primeros planos de los novios y sus familias, inmortalizó el intercambio de alianzas, la lectura de la promesa, la comunión, el beso y la firma de los testigos. Era la única que se movía en toda la iglesia. Cuando fotografiaba a Viola, le parecía que esta se ponía un poco tensa. Aumentó el tiempo de exposición para obtener ese esfumado que, según Crozza, tanta impresión de eternidad daba.

Precedió a los novios cuando estos salieron de la iglesia, cojeando hacia atrás y algo inclinada para no alterar la estatura de la pareja con una perspectiva baja. Por el objetivo pudo observar que Viola, con una media sonrisa, la miraba asustada, como si fuera un fantasma que solo viera ella. Unas quince veces le disparó el flash en plena cara, hasta que la hizo cerrar los ojos.

Cuando subieron al coche, Viola le lanzó una mirada por la ventanilla. Estaba claro que enseguida le hablaría de ella al marido, le diría lo curioso que era habérsela encontrado allí, a la anoréxica de la clase, a la coja, con la que ella, por cierto, nunca se había juntado. Pero no le contaría lo del caramelo, la fiesta y demás. Y Alice sonrió pensando que quizá aquella sería la primera media verdad de la pareja, la primera de las pequeñas grietas que se crean entre dos personas, por las que tarde o temprano la vida introduce su ganzúa y hace palanca.

—Señorita —dijo una voz tras ella—, los novios la esperan en el río para las fotos.

Se volvió; era uno de los testigos.

—Claro, voy para allá.

Entró corriendo en la iglesia a recoger el material, y cuando guardaba las piezas de la cámara en su estuche rectangular oyó que la llamaban:

—¿Alice?

Se giró sabiendo ya quién era.

—¿Sí?

Ante ella estaban Giada Savarino y Giulia Mirandi.

—Hola —dijo la primera, arrastrando la *a* final, y se acercó para besarla.

La otra, con los ojos bajos como en el instituto, no se movió de donde estaba.

Alice procuró que su mejilla apenas rozara la de Giada y no abrió los labios.

—¿Qué haces aquí? —le preguntó Giada.

Alice pensó que era una pregunta tonta.

—Fotos —contestó sonriendo.

Giada encajó la respuesta con una sonrisa que le formó los mismos hoyuelos que a los diecisiete años.

Tenía gracia encontrarlas allí, vivas, con un trocito de pasado en común que de pronto nada importaba.

—Hola, Giulia —dijo Alice, no sin esfuerzo.

Giulia sonrió y a duras penas logró articular:

—Nos enteramos de lo de tu madre. Lo sentimos mucho.

Giada asintió varias veces con la cabeza, para mostrar que también ella lo sentía.

—Gracias —repuso Alice, y siguió recogiendo deprisa los bártulos.

Giada y Giulia se miraron, y la primera, tocándole el hombro, le dijo:

—Bueno, te dejamos trabajar, que estás muy ocupada.

—Bien.

Y, dando media vuelta, echaron a andar hacia la calle, con un taconeo que retumbó en el ámbito de la iglesia ya vacía.

Los novios la esperaban a la sombra de un gran árbol, sin abrazarse. Alice aparcó junto al Porsche y se apeó con la cámara al hombro. Hacía calor y el pelo se le pegaba a la nuca.

—Hola —dijo yendo hacia ellos.

—Ali —le contestó Viola—, no imaginaba que...

—Ni yo —la interrumpió Alice.

Se dieron un abrazo con falsa efusión, como si no quisieran estropearse el vestido. Viola estaba aún más guapa que en el instituto. Con los años sus facciones se habían suavizado, sus formas eran más delicadas y sus ojos habían perdido la vibración imperceptible que tan terribles los hacía. Y seguía teniendo el mismo cuerpo perfecto.

—Él es Carlo —presentó a su flamante marido.

Alice le estrechó la mano, que sintió muy suave, y para atajar dijo:

—¿Empezamos?

Viola asintió y miró a su marido, aunque este no lo notó.

—¿Dónde nos ponemos?

Alice miró a un lado y a otro. El sol caía a pico y tendría que usar el flash para eliminar las sombras de la cara. Señaló un banco a pleno sol, a la orilla del río.

—Sentaos allí.

Empleó más tiempo del necesario en preparar la cámara, montar el flash, elegir el objetivo. El novio se daba aire con la corbata y con el dedo se enjugaba las gotitas de sudor de la frente.

Alice dejó que se asaran otro poco, fingiendo buscar la distancia idónea.

Por último, empezó a darles órdenes con sequedad. Abrazaos, sonreíd, poneos serios, cógele la mano, apoya la cabeza en su hombro, susúrrale al oído, miraos, acercaos más, mirad hacia el río, quítate la chaqueta. Crozza le había enseñado que al fotografiar a las personas no hay que darles tregua ni tiempo de pensar, pues basta un instante para que la espontaneidad se esfume.

Viola obedecía y en dos o tres ocasiones preguntó con voz nerviosa si lo hacía bien.

—Bien, ahora vamos a aquel prado.

—¿Más? —se alarmó Viola. La rojez de sus encendidas mejillas empezaba a transparentarse bajo la capa de maquillaje, y la raya de los ojos, medio corrida, le daba un aire de cansancio y dejadez.

—Echa a correr y él que te siga por el prado —pidió Alice.

—¿Qué? ¿Tengo que correr?

—Sí, tienes que correr.

—Pero... —quiso protestar Viola y miró a su marido, que se encogió de hombros.

Resoplando, se recogió la falda y salió corriendo. Los tacones se hundían unos milímetros en la tierra y despedían pellas de barro que le manchaban los bajos del blanco traje. Su marido, que corría tras ella, la animó:

—Más rápido.

Ella se volvió con ímpetu y lo fulminó con aquella mirada que Alice recordaba muy bien.

Dejó que se persiguieran dos o tres minutos más, hasta que Viola, desasiéndose de Carlo, dijo que ya estaba bien. El peinado se le había deshecho por un lado; una de las horquillas se había soltado y un mechón de pelo suelto le caía por la mejilla.

—Unas pocas más y terminamos.

Los llevó a un quiosco y les compró dos polos de limón.

—Tomad.

Los novios no entendían y los desenvolvieron con recelo. Viola tuvo mucho cuidado de no pegotearse las manos.

Debían fingir que los comían cruzando los brazos uno con otro y ofreciéndoselos recíprocamente. Viola sonreía cada vez más tirante.

Y cuando Alice le dijo que se cogiera de la farola y girara alrededor, estalló:

—¡Qué estupidez!

El novio la miró intimidado, y luego miró a Alice como excusándose.

—Es que eso forma parte del álbum clásico —les explicó esta sonriendo—, que es el que habéis pedido. Pero podemos saltárnoslo.

Procuró sonar sincera. Notaba el tatuaje palpitar como si fuera a saltarle de la piel. Viola la fulminó con la mirada y ella se la sostuvo hasta que los ojos le escocieron.

—¿Hemos acabado? —preguntó al cabo la novia. Alice afirmó con la cabeza—. Pues vámonos —le dijo a su marido.

Antes de verse arrastrado, él se acercó a Alice y le dio la mano con toda educación.

—Gracias.

—De nada.

Alice los vio remontar la leve pendiente del parque y llegar al aparcamiento. Apagados, se oían los ruidos propios del sábado: risas de niños en el tiovivo, voces de madres vigilantes. Llegaban también de lejos, como ruido de fondo, un eco de música y el rumor del tráfico en la avenida.

Le habría gustado contárselo a Mattia, porque él lo entendería. Pero ahora Mattia estaba lejos. Y pensó en el cabreo que pillaría Crozza, pero que al final, bien lo sabía, la perdonaría.

Y, sonriendo, sacó el carrete de la cámara y allí mismo, a la brillante luz solar, desenrolló la película de cabo a cabo.

Lo que queda
(2007)

31

Su padre telefoneaba los miércoles por la tarde, entre las ocho y las ocho y cuarto. En los últimos nueve años se habían visto pocas veces, la última hacía mucho, pero cuando sonaba el teléfono en el pisito de Mattia, nunca quedaba sin respuesta. En las largas pausas de la conversación reinaba el mismo silencio a ambos lados de la línea, un silencio sin ruido de televisiones, radios o invitados que hicieran tintinear platos y cubiertos.

Mattia se imaginaba a su madre oyendo la conversación sentada en el sillón, los brazos apoyados en los del asiento y la misma expresión inmutable, como cuando Michela y él iban a primaria y ella se sentaba en la misma butaca para oírlos recitar poemas de memoria, que Mattia se sabía perfectamente y Michela, inútil para todo, no, por lo que se quedaba callada.

Y todos los miércoles, cuando colgaba, Mattia se preguntaba si el sillón seguía teniendo aquel estampado de flores de azahar, que él recordaba ya gastado, o si lo habían cambiado. Y se preguntaba si sus padres habían envejecido. Sí, habían envejecido, se lo notaba a su padre en la voz, más lenta, más cansada, y en la manera de respirar, ruidosa, cada vez más parecida a un jadeo.

Su madre lo llamaba muy de vez en cuando y solo para hacerle las preguntas de marras, siempre las mismas: si hacía frío, si había cenado ya, cómo iban las clases. Las primeras veces Mattia contestaba que allí se cenaba a las siete, luego simplemente que sí.

—Diga —contestó en italiano. No era necesario hablar en inglés. Su número de teléfono lo tenían como mucho diez personas, a ninguna de las cuales se le ocurriría llamarlo a aquellas horas.

—Soy yo, tu padre.

El tiempo que la respuesta tardaba en llegar era casi inapreciable. Mattia se decía que tendría que medirlo con cronómetro, para calcular cuánto se desviaba la señal de la línea recta de más de mil kilómetros que lo unía a su padre, pero siempre se olvidaba.

—Hola, ¿cómo estás?

—Bien, ¿y tú?

—Bien... ¿Y mamá?

—Ahí está.

En este punto siempre tocaba el primer silencio, como bocanada de aire tras un largo buceo.

Mattia empezó a rascar con la uña el arañazo que tenía la mesa, a un palmo del centro. No sabía si lo había hecho él o los anteriores inquilinos. Bajo el barniz se veía ya el aglomerado, que rascaba sin sentir dolor. Cada miércoles ahondaba el hoyito fracciones de milímetro, aunque para atravesar aquella mesa redonda no bastase una vida entera.

—¿Qué, ya has visto amanecer? —le preguntó su padre.

Mattia sonrió. Era una broma que se gastaban siempre, quizá la única. El año anterior, Pietro había leído en un periódico que el alba del mar del Norte es un espectáculo sublime, y aquella noche le leyó el artículo al hijo por teléfono. Tienes que verlo, le encareció. Desde aquel día se lo preguntaba a veces, ¿qué, lo has visto? Mattia contestaba que no; su despertador sonaba a las ocho y diecisiete, y el camino más corto a la universidad no pasaba por la costa.

—No, aún no.

—Bueno, tampoco se va a escapar —repuso Pietro.

Ya no supieron qué más decirse, aunque no colgaron de inmediato. Ambos aspiraron un poco de aquel afecto que aún pervivía entre ellos, un afecto que se diluía en cientos de kilómetros de cable coaxial y al que alimentaba algo cuyo nombre ignoraban y que, bien pensado, quizá ni existía ya.

—Pero no te lo pierdas —concluyó Pietro.

—Tranquilo.

—Y cuídate.

—Sí. Recuerdos a mamá.

Colgaron.

Para Mattia era el fin de la jornada. Rodeó la mesa y miró distraídamente unos folios que había dejado aparte, trabajo que se traía del despacho. Seguía atascado en aquella ecuación. Abordaran por donde abordasen la demostración, Alberto y él siempre acababan topándose con ella. Presentía que, superado aquel último obstáculo, hallarían la solución y sería fácil llegar al final, como rodar ladera abajo con los ojos cerrados.

Pero estaba demasiado cansado para seguir trabajando. Fue a la cocina, llenó un cazo bajo el grifo y lo puso al fuego. Pasaba tanto tiempo solo que, de haber sido una persona normal, se habría vuelto loco en un mes.

Se sentó en una silla de plástico plegable, aún algo tenso. Alzó los ojos a la bombilla del techo. Al mes de ocupar aquel piso se había fundido y allí seguía, sin cambiar. Comía en el cuarto contiguo.

Si esa noche se marchara para no volver, nadie hallaría allí huellas de su paso, aparte de aquellos papeles incomprensibles amontonados sobre la mesa. No había puesto nada propio en aquel piso. Dejó tal cual los anónimos muebles de roble claro y el amarillento empapelado original de la vivienda.

Se levantó, echó el agua hirviendo en una taza e introdujo una bolsita de té. Vio teñirse el agua de oscuro. El fuego seguía encendido y en la penumbra se veía de un azul intenso. Bajó la llama al mínimo y el siseo disminuyó. Colocó la mano por encima, a cierta distancia. El aire caliente ejerció una débil presión sobre su destrozada palma. Bajó despacio la mano y la cerró sobre el quemador.

Volvía a recordar, después de los cientos, de los miles de días idénticos que había pasado en la universidad acudiendo al comedor, un edificio bajo situado en un extremo del campus; volvía a recordar el primer día en que fue a comer y repitió la serie de actos que vio ejecutar a los demás: se puso a la cola y, pasito a pasito, llegó a la pila de bandejas de madera plastificada; tomó una, le puso un mantelito de papel, cogió vaso y cubiertos. Al llegar ante la mujer de uniforme que repartía los almuerzos, señaló una de las tres bandejas de aluminio que había, sin saber lo que contenía. La cocinera le preguntó algo, en su idioma o quizá en inglés, él no la entendió; señaló de nuevo la bandeja, la otra repitió la misma pregunta. Mattia movió la cabeza y chapurreó:

—*I don't understand.*

La mujer hizo un gesto de impaciencia y agitó el plato vacío.

—*She's asking if you want a sauce* —le dijo un joven que había al lado.

Él se volvió bruscamente y dijo:

—Yo... *I don't...*

—¿Eres italiano? —le preguntó el otro.

—Sí.

—Te pregunta si quieres alguna salsa con la bazofia esa.

Mattia negó con la cabeza, desconcertado. El otro

le dijo a la cocinera que no. La mujer sonrió, llenó el plato de Mattia y lo deslizó por la encimera. El joven pidió lo mismo, y antes de posar el plato en la bandeja se lo acercó a la nariz y lo olió con repugnancia.

—Esto da asco —dijo—. Eres nuevo, ¿verdad? —le preguntó acto seguido, mirando aún esa especie de puré que llenaba su plato.

Mattia contestó que sí y el otro asintió con el ceño fruncido, como si fuera cosa seria. Mattia pagó y, bandeja en mano, plantado ante la caja, buscó con la mirada una mesa vacía en algún rincón de la sala, donde pudiera sentarse de espaldas a todos y sin sentir que cientos de ojos lo miraban comer solo. Cuando la divisó y dio un paso en dirección a ella, el joven, adelantándosele, le dijo que lo siguiera.

Se llamaba Alberto Torcia y llevaba allí cuatro años investigando gracias a una beca especial de la Unión Europea concedida por la alta calidad de sus trabajos. También él escapaba de algo, aunque Mattia nunca le preguntó de qué.

Después de tantos años, y pese a que compartían despacho y comían juntos todos los días, ninguno de los dos habría sabido decir si eran amigos o simples colegas.

Era martes. Alberto estaba sentado enfrente de Mattia y a través del vaso de agua que este se llevó a los labios vio la nueva herida, de color morado y perfectamente circular, que tenía en la palma. No dijo nada, se limitó a mirarlo torvamente para darle a entender que se había dado cuenta. Gilardi y Montanari, sentados a la misma mesa, se reían de algo que habían visto en internet.

Mattia apuró el vaso y se aclaró la garganta.

—Anoche se me ocurrió una solución para la discontinuidad esa...

—Matti, por favor —lo interrumpió Alberto, dejando el tenedor y reclinándose en la silla con grandes aspavientos, como siempre—. Ten piedad al menos mientras como.

Mattia agachó la cabeza. Había cortado su filete de carne en taquitos iguales y empezó a separarlos de modo que con el plato formaran una cuadrícula de líneas blancas.

—¿Por qué no dedicas las noches a otras cosas? —continuó Alberto en voz más baja, para que no lo oyeran los otros, y describiendo con el cuchillo circulitos en el aire.

Mattia no contestó ni lo miró. Pinchó un taco de carne de la orilla, que por no ser perfectamente cuadrado alteraba la geometría de la composición.

—Por ejemplo, salir a tomar algo con nosotros.

—No —replicó Mattia secamente.

—Pero...

—Sabes que no.

Alberto movió la cabeza y arrugó la frente. Después de tanto tiempo, aún insistía. Desde que se conocían no habría logrado sacarlo de su casa más de diez veces.

Se volvió hacia los otros dos y los interrumpió diciendo:

—¿Y aquella qué os parece? —Y señaló a una chica sentada dos mesas más allá con un hombre entrado en años, docente este, por lo que Mattia sabía, del departamento de Geología—. Si no estuviera casado, lo que le haría yo a una tía así.

Los otros vacilaron un momento, sin saber a cuento de qué lo decía, pero al final le siguieron la corriente y empezaron también a preguntarse cómo era posible que una tía buena como aquella estuviera comiendo con semejante carcamal.

Mattia cortó los taquitos de carne en diagonal y recompuso luego los triángulos resultantes para formar uno más grande. La carne ya estaba fría y estropajosa. Cogió un trozo y se lo tragó casi sin masticar. El resto lo dejó.

Cuando salieron del comedor, Alberto se detuvo a encender un cigarrillo y dejó que Gilardi y Montanari se adelantaran. Esperaba a Mattia, que venía unos pasos detrás siguiendo, con la cabeza gacha y al parecer completamente absorto, una grieta recta a lo largo de la acera.

—¿Qué decías de la discontinuidad? —le preguntó.

—Nada, da igual.

—Vamos, no te hagas de rogar.

Mattia miró a su colega; el ascua del cigarrillo que

tenía en los labios era la única nota de color en aquel día gris, idéntico al anterior y seguramente al siguiente.

—No tiene remedio. A estas alturas debemos convencernos de que es así. Pero creo que he encontrado un modo de sacar algo interesante.

Alberto prestó atención y no lo interrumpió en toda la explicación, porque sabía que Mattia hablaba poco pero, cuando lo hacía, valía la pena callarse y escuchar.

32

El peso de las consecuencias había caído de pronto dos años atrás, cuando una noche Fabio, al penetrarla, le susurró que quería tener un hijo. Tenía la cara tan cerca de la suya que Alice notó cómo su aliento le acariciaba la mejilla y se perdía entre las sábanas.

Lo atrajo hacia sí y le puso la cabeza entre el cuello y el hombro. Un día, cuando aún no estaban casados, él le había dicho que aquel hueco era perfecto para su cabeza, que estaba hecha para descansar allí.

¿Tú qué dices?, le preguntó Fabio, con la voz ahogada en la almohada. Alice lo estrechó más fuerte, sin poder contestar: se había quedado sin habla.

Lo había oído cerrar el cajón donde tenían los preservativos y había doblado otro poco la rodilla derecha, para dejarle espacio. Permaneció todo el rato con los ojos abiertos y acariciándole el pelo acompasadamente.

Guardaba aquel secreto desde que iba al instituto, aunque nunca le había ocupado el pensamiento más que un momento. Lo tenía apartado como algo en lo que ya pensaría algún día. Y esa noche se le presentó de pronto como un abismo abierto en el techo negro del cuarto, monstruoso e incontenible. Quiso decirle a Fabio que parase un momento, que tenía que decirle algo, pero él se movía tan lleno de confianza que no se atrevió, aparte de que tampoco lo habría entendido.

Fue la primera vez que eyaculaba dentro de ella, y al sentirlo pensó que aquel viscoso líquido cargado de promesas que se depositaba en su cuerpo seco se secaría también sin dar fruto.

No quería hijos, o quizá sí; nunca se lo había planteado, no pensaba en eso. No menstruaba, más o menos desde la última vez que se había comido un pastel de chocolate entero. Pero ahora Fabio quería un hijo y ella debía dárselo; debía dárselo porque él consentía en hacer el amor con la luz apagada, desde la primera vez que lo hicieron en su casa; porque cuando acababa y descansaba, sin decir nada, solo respirando, ella sentía que el peso de aquel cuerpo conjuraba todos sus miedos; porque, aunque no lo amaba, él amaba por los dos y eso los salvaba.

Desde aquella noche el sexo tuvo otro sentido, un fin concreto, que pronto los llevó a descartar cuanto no fuera estrictamente necesario.

Pero transcurrieron semanas, meses, y nada ocurría. Fabio acudió a un especialista y resultó que, hecho el cómputo de espermatozoides, era apto. Esa noche, abrazándola estrechamente, se lo dijo a Alice, y al punto añadió que no se preocupara, que tampoco era culpa suya. Ella se apartó y corrió a llorar al cuarto de al lado. Fabio se odió porque en realidad pensaba, o mejor, sabía que la culpa era de ella.

Alice empezó a sentirse espiada. Llevaba una cuenta falsa de los días, hacía marcas en la agenda del teléfono, compraba compresas y las tiraba sin usar, los días adecuados rechazaba a Fabio diciéndole que no se podía.

A escondidas, él llevaba la misma cuenta. El secreto de Alice se interponía entre ellos como un muro transparente que los alejaba cada vez más. Siempre que Fabio mentaba médicos, tratamientos o la causa del problema, el semblante de Alice se ensombrecía, y ya podía él estar seguro de que a las pocas horas lo esperaría una riña por cualquier pretexto que ella inventara, tonterías siempre.

El cansancio acabó venciéndolos. Dejaron de hablar del tema y, junto con las palabras, también la práctica del sexo se espació, hasta quedar reducida a un cansino rito de viernes por la noche. Los dos se duchaban antes y después, por turno. Cuando Fabio volvía del baño, con la cara brillante aún de jabón y ropa interior limpia, Alice, que entretanto se había puesto la camiseta, le preguntaba si ya podía ducharse. Y cuando a su vez regresaba a la habitación, lo encontraba dormido, o al menos con los ojos cerrados, tendido de costado y ocupando estrictamente su lado de la cama.

Aquel viernes no fue distinto, por lo menos al principio. Alice se metió en la cama a la una pasada, después de pasarse toda la tarde en el cuarto oscuro que Fabio había habilitado en su despacho como regalo por el tercer aniversario de casados. Él bajó la revista que estaba leyendo y se quedó mirando los pies descalzos de ella, que se adherían al parquet.

Alice se deslizó entre las sábanas y lo abrazó. Fabio dejó la revista en el suelo y apagó la luz de la mesita. Procuraba que aquello no se convirtiera en una rutina, un sacrificio debido, aunque la verdad resultaba clara para ambos.

Ejecutaron una serie de actos que el tiempo había consolidado y lo simplificaban todo, hasta que Fabio, ayudándose de los dedos, la penetró.

A Alice le pareció que sollozaba, aunque no estaba segura porque, para evitar el contacto con su cara, tenía la cabeza ladeada; pero notó que se movía de otra manera, que embestía con más fuerza y frenesí del habitual; que de pronto paraba, respiraba fuerte, proseguía, como dividido entre el deseo de penetrar más hondo y el impulso de escapar, de ella y del cuarto; y en un momento dado lo oyó sorberse la nariz.

Cuando acabó, Fabio se retiró enseguida, bajó de la cama y, sin encender la luz siquiera, fue al baño.

Tardó más de lo habitual. Alice se desplazó al centro de la cama, donde las sábanas estaban aún frescas, se puso la mano en el vientre, en el que nada sucedía, y pensó que por primera vez no podía culpar a nadie, que todos aquellos fallos eran solo suyos.

Fabio regresó a la habitación a oscuras y se tumbó dándole la espalda. Le tocaba ducharse a ella, pero no se movió. Sentía que iba a ocurrir algo, estaba en el aire.

Aún un minuto, quizá dos, tardó él en hablar.

—Ali.

—¿Sí?

Él calló un momento antes de decir en voz baja:

—Yo así no puedo seguir.

Alice sintió que las palabras se le agarraban al vientre como plantas trepadoras brotadas repentinamente en la cama. No contestó. Dejó que él continuara.

—Sé lo que pasa. —Su voz era más clara, resonaba en el cuarto con un eco metálico—. Tú no quieres que me meta, ni siquiera que hable, pero... —Se interrumpió.

Alice, cuyos ojos se habían habituado a la oscuridad, podía distinguir la forma de los muebles —la butaca, el armario, la cómoda con espejo, en el cual nada se reflejaba— y los sentía como una presencia quieta y opresiva.

Recordó la habitación de sus padres y pensó que se parecía a la suya, que todos los dormitorios del mundo se parecían. Y se preguntó qué temía más, si perderlo a él o perder todas aquellas cosas: las cortinas, los cuadros, la alfombra, toda la seguridad bien doblada en los cajones.

—Esta noche apenas has comido un par de trozos de calabacín —prosiguió Fabio.

—No tenía hambre —replicó ella casi automáticamente. Y pensó: Era eso.

—Y ayer igual. La carne ni la probaste. La hiciste trocitos y la escondiste bajo el mantel. ¿O crees que soy idiota?

Alice se agarró a las sábanas. ¿Cómo había podido creer que él no se daría cuenta? Y pensó en los cientos, los miles de veces que había escondido comida delante de su marido, y se preguntó con rabia qué habría pensado él.

—Y supongo que también sabrás lo que comí o dejé de comer anoche, y anteanoche.

—Explícame qué pasa —repuso él, en voz más alta esta vez—. Dime por qué te repugna tanto la comida.

Ella pensó en su padre cuando tomaba sopa, para lo cual inclinaba la cabeza sobre el plato y sorbía de la cuchara ruidosamente, en lugar de metérsela en la boca como todo el mundo; pensó con asco en la papilla que le veía masticar a su marido siempre que cenaba sentada enfrente; pensó en el caramelo de Viola, lleno de pelos pegados y con un sabor a fresa sintético; y pensó por último en sí misma, mirándose en el gran espejo de su antigua casa sin camiseta, y en la cicatriz de aquella pierna inútil, excrecencia del tronco, y en el frágil equilibrio de su silueta, y en la sombra sutil que las costillas proyectaban sobre el vientre y que ella estaba dispuesta a defender a toda costa.

—¿Qué quieres, que empiece a atracarme, que me deforme para tener a tu hijo? —Habló como si el hijo ya existiera en algún lugar del universo. Y dijo «tu» con toda intención—. Si tanto te importa puedo someterme a un tratamiento, tomar hormonas, medicinas, las porquerías que hagan falta para que tengas un hijo. Así dejarás de espiarme.

—La cuestión no es esa —contestó Fabio, que de pronto había recuperado toda su irritante seguridad.

Alice se desplazó al borde de la cama para alejarse de aquel cuerpo amenazante. Él se volvió boca arriba; tenía los ojos abiertos y la cara contraída, como si tratara de ver algo en la oscuridad.

—¿Ah, no?

—Tendrías que pensar en todos los riesgos, especialmente en tu estado.

En tu estado, se repitió mentalmente Alice. Y quiso doblar la pierna coja para demostrarse a sí misma que la dominaba, aunque apenas pudo moverla.

—Pobre Fabio, con una mujer coja y... —No llegó a concluir. La última palabra, que ya vibraba en el aire, se le atragantó.

—Una parte del cerebro —dijo él, pasando por alto el comentario y como si una explicación científica pudiera volverlo todo más sencillo—, el hipotálamo, controla el índice de masa grasa presente en el organismo. Si este índice cae a niveles muy bajos, la producción de gonadotropina cesa. El mecanismo se bloquea y las menstruaciones desaparecen. Pero esto es solo el primer síntoma. Ocurren otras cosas más graves. La densidad de minerales en los huesos disminuye y sobreviene la osteoporosis. Los huesos se desmenuzan como hojaldre.

Habló como médico, exponiendo causas y efectos en tono monótono, y como si conocer el nombre de un mal equivaliera a curarlo. Alice pensó que sus huesos ya se habían desmenuzado una vez y que todo aquello no le interesaba.

—Basta con elevar ese índice para que todo vuelva a ser normal —concluyó Fabio—. Es un proceso lento, pero aún estamos a tiempo.

Alice se había incorporado y se apoyaba en los codos. Quería irse de allí.

—Pues qué bien. Seguro que lo tenías preparado hace tiempo. Es la solución, ni más ni menos.

También Fabio se había sentado. Le cogió un brazo, pero ella se desasió. Él la miró a los ojos, en la penumbra.

—Ya no es solo problema tuyo.

Alice negó con la cabeza y replicó:

—Pues sí, porque a lo mejor eso es lo que quiero, ¿no lo habías pensado? Que mis huesos se desmenucen, que se me bloquee el mecanismo, como tú dices.

Fabio soltó tal manotazo en la cama que ella se sobresaltó.

—¿Y ahora qué piensas hacer, eh? —lo provocó más.

Fabio dio un bufido con violencia, la misma violencia que le tensó los brazos.

—No eres más que una egoísta, una egoísta y una mimada.

Se dejó caer en la cama y de nuevo le dio la espalda. Los objetos parecieron retornar de pronto a su sitio en la oscuridad. Se hizo el silencio, aunque un silencio impreciso en el que se oía un débil zumbido, como el runrún de las viejas películas de cine. Alice aguzó el oído para averiguar qué era.

Vio entonces que su marido daba leves sacudidas y comprendió: eran sus sollozos reprimidos, que semejaban una vibración rítmica de la cama. Aquel cuerpo clamaba por que ella tendiera la mano y lo tocara, le acariciara el cuello y el pelo. Pero Alice no hizo nada de eso, sino que bajó de la cama y se fue al baño dando un portazo.

33

Después de comer, Alberto y Mattia bajaron a la planta del subsuelo, donde siempre era la misma hora y el paso del tiempo se medía por la pesadez de los ojos, llenos de la luz blanca de los fluorescentes del techo. Entraron en un aula vacía y Alberto se sentó en la cátedra. Estaba macizo, no gordo, aunque Mattia tenía la impresión de que su cuerpo se hallaba en constante expansión.

—Desembucha, y empieza por el principio.

Mattia cogió una tiza y la partió por la mitad. Una partícula blanca fue a depositársele en la punta de uno de los zapatos de piel, los que llevaba el día en que se doctoró.

—Consideremos el caso en dos dimensiones —dijo.

Y empezó a escribir con su bella letra. Comenzó en la esquina superior izquierda y llenó las dos primeras pizarras; en la tercera apuntaba los resultados que más adelante necesitaría. Aparentaba haber hecho aquella operación cien veces, pero en realidad era la primera. A ratos se volvía a mirar a Alberto, que asentía serio, esforzándose por seguirlo.

Mattia terminó al cabo de más de media hora, recuadró el resultado final y escribió al lado Q.E.D., como hacía de estudiante. La tiza le había secado la mano, pero él no se dio ni cuenta; las piernas le temblaban un poco.

Se quedaron contemplando aquello un rato. Luego, Alberto dio una palmada que resonó como el restallar de un látigo y saltó de la cátedra, con lo que casi se cayó, pues de tenerlas tanto tiempo colgando las piernas se le habían dormido. Le puso la mano en el hombro —Mattia la notó a la vez pesada y tranquilizadora— y le dijo:

—Esta noche cenas en mi casa, y nada de peros; esto hay que celebrarlo.

Mattia sonrió un poco.

—Bueno.

Borraron la pizarra, procurando que no quedara ni rastro de lo escrito. En realidad, tampoco lo habría entendido nadie, pero celaban aquel resultado como si fuera un valiosísimo secreto.

Salieron del aula y Mattia apagó las luces. Luego subieron la escalera uno detrás del otro, cada cual saboreando a solas la modesta gloria de aquel momento.

Alberto vivía en una zona residencial idéntica a la de Mattia, solo que en la otra punta de la ciudad. Mattia hizo el trayecto en un autobús casi vacío, con la frente apoyada en el cristal. Lo aliviaba el contacto de aquella superficie fría, que le recordó la venda que su madre le ponía a Michela en la cabeza cuando por las noches le daba el ataque y empezaba a temblar y rechinar los dientes; era un simple pañuelo humedecido, pero bastaba para calmarla. Ella quería que se lo pusieran también al hermano y con los ojos se lo pedía a su madre; él se tumbaba entonces en la cama y allí se quedaba hasta que su hermana dejaba de retorcerse.

Se había puesto chaqueta negra y camisa, iba duchado y afeitado. En una licorería donde nunca había entrado compró una botella de vino tinto, que eligió por su elegante etiqueta. La dependienta la envolvió en papel de seda y se la entregó en una bolsa plateada. Esa misma bolsa que ahora hacía oscilar adelante y atrás, mientras esperaba a que le abrieran. Con el pie, colocó la esterilla de modo que su perímetro coincidiese exactamente con las rayas del suelo.

Acudió a abrir la mujer de Alberto, que, sin hacer caso de su mano tendida ni de la botella, lo atrajo hacia sí, le dio un beso en la mejilla y le susurró al oído:

—No sé lo que habéis hecho, pero nunca había visto a Alberto tan contento. Pasa.

Mattia se aguantó las ganas de frotarse la oreja contra el hombro.

—¡Albi! —gritó ella hacia otro cuarto, o hacia el piso de arriba—, es Mattia.

Pero, en lugar de Alberto, por el pasillo apareció

su hijo Philip, al que Mattia conocía por la foto que su amigo tenía en su mesa, y en la que se lo veía a los pocos meses de nacer, redondo e impersonal como todos los recién nacidos. Nunca se le había ocurrido que hubiera crecido. Algunos rasgos de los padres iban asomando claramente en el pequeño: la barbilla puntiaguda de Alberto, los párpados caedizos de la madre. Mattia pensó en el mecanismo cruel del crecimiento, en aquellos blandos cartílagos que se transformaban imperceptible pero inexorablemente, y pensó también, aunque solo por un instante, en Michela, cuyas facciones habían quedado fijas para siempre desde lo del parque.

Philip se acercaba montado en un triciclo, pedaleando como un loco. Al ver a Mattia frenó en seco y se quedó mirándolo alarmado, como si lo hubieran sorprendido haciendo algo prohibido. Su madre, desmontándolo del triciclo, lo alzó en brazos y empezó a besuquearlo.

—¡Ven aquí, bicho!

Mattia le dirigió una sonrisa forzada; los niños lo incomodaban.

—Pasa, Nadia ya ha llegado —dijo la mujer de Alberto.

—¿Nadia?

Ella lo miró, extrañada.

—Sí, Nadia. ¿No te lo había dicho Albi?

—Pues no.

Hubo un momento de embarazo. Mattia no conocía a ninguna Nadia. Se preguntó qué pasaba allí y temió saberlo.

—En todo caso aquí está. Vamos.

De camino a la cocina, Philip miraba a Mattia con recelo, escondiendo la cara en el hombro de su madre y metiéndose en la boca los dedos índice y medio, que brillaban de saliva; Mattia prefirió desviar la mirada. Recordó el día en que había seguido a Alice también por un pasillo, aquel más largo. Miró los garabatos de Philip que colgaban de las paredes en lugar de cuadros, y tuvo cuidado de no pisar los juguetes diseminados por el suelo. Toda la casa, las paredes mismas, parecía impregnada de un olor a vida al que no estaba acostumbrado. Y pensó en su piso, donde tan fácil era preferir no estar. Y empezó a arrepentirse de haber aceptado la invitación.

En la cocina, Alberto lo saludó con un afectuoso apretón de manos, al que él correspondió como un autómata. A la mesa había sentada una mujer, que se levantó y le tendió la mano.

—Ella es Nadia —los presentó Alberto—, y él, nuestra próxima medalla Fields.

—Mucho gusto —dijo Mattia, turbado.

Nadia sonrió e hizo amago de acercarse, quizá para besarlo, pero la inmovilidad de él la contuvo y solo repitió:

—Mucho gusto.

Mattia se quedó mirando absorto uno de los grandes pendientes que ella llevaba, un aro dorado de al menos cinco centímetros de diámetro; cuando se movía, el aro oscilaba con un movimiento complejo que él trató de descomponer según tres ejes cartesianos. Las dimensiones de aquella alhaja y el contraste que hacía con el pelo negrísimo le sugirieron algo desvergonzado, casi obsceno, que a la vez lo asustó y excitó.

Se sentaron a la mesa. Alberto sirvió vino tinto y brindó con grandilocuencia por el artículo que pronto escribiría con Mattia, y pidió a este que explicara a Nadia, con palabras sencillas, de qué trataba la cosa. Mattia así lo hizo, y ella lo escuchó con una sonrisa incierta que delataba pensamientos muy distintos y que más de una vez le hizo perder el hilo.

—Parece interesante —comentó ella al final, y Mattia bajó la cabeza.

—Es mucho más que interesante —repuso Alberto, con ademanes que describían en el aire un elipsoide que Mattia se representó perfectamente.

La mujer de Alberto trajo una sopera que desprendía un fuerte olor a comino. La conversación pasó a versar sobre comida, terreno más neutral que pareció disminuir una tensión de la que no se habían dado plena cuenta. A excepción de Mattia, todos lamentaron la falta allí en el norte de alguna delicia de su país. Alberto recordó los raviolis que cocinaba su madre; su mujer, la ensalada de marisco que comían juntos en cierto local de la playa cuando iban a la universidad; Nadia describió los *cannoli* rellenos de *ricotta* y espolvoreados de escamas del chocolate negro que preparaban en la pastelería de su pueblecito natal, y mientras lo contaba, cerraba los ojos y se relamía los labios como si estuviera saboreándolos. En cierto momento se mordió un instante el labio inferior, y Mattia, sin darse cuenta, se quedó con este detalle y pensó que había algo exagerado en la feminidad de Nadia, en la fluidez con que gesticulaba, en el acento sureño con que pronunciaba las labiales; la sentía como una potencia oscura que lo avasallaba y le caldeaba las mejillas.

—Pues no hay más que decidirse y volver —concluyó Nadia.

Los cuatro guardaron silencio unos segundos, como pensando cada cual en lo que los ataba a aquel lugar. Philip trasteaba con sus juguetes a unos pasos de la mesa.

Durante el resto de la cena, Alberto supo mantener viva una conversación que amenazaba con decaer, gracias sobre todo a que habló mucho de sí mismo con ademanes cada vez más aparatosos.

Después de los postres, su mujer se levantó para quitar la mesa. Nadia quiso ayudarla, pero ella rehusó y desapareció en la cocina.

En la mesa sobrevino un silencio. Mattia, ensimismado, pasaba el dedo por el filo dentado del cuchillo. Al poco, levantándose también, Alberto dijo:

—Voy a ver qué hace. —Y miró a Mattia por encima del hombro de Nadia, como diciéndole que se las arreglara.

Ambos quedaron solos, con Philip. Alzaron los

ojos y se miraron al mismo tiempo, pues no había nada más que mirar, y se echaron a reír, azorados. Al final ella le preguntó:

—Y tú, ¿por qué no vuelves? —Lo miraba con ojos escrutadores, como si quisiera adivinar su secreto. Tenía unas pestañas largas y gruesas, que a él le parecían postizas por lo inmóviles.

Mattia acabó de alinear con el dedo unas migas y contestó encogiéndose de hombros:

—No lo sé, es como si aquí hubiera más oxígeno.

Ella asintió con la cabeza, dando a entender que lo comprendía. En la cocina se oían las voces de Alberto y su mujer hablando de menudencias, que si otra vez el grifo goteaba, que quién acostaría a Philip, cosas que a Mattia, de pronto, le parecieron tremendamente importantes.

El silencio se prolongaba y buscó algo que decir que sonase natural. Mirara donde mirase, su campo visual abarcaba siempre a Nadia, como una presencia opresiva; el color morado del vestido con escote absorbía poderosamente su atención, incluso cuando miraba, como hacía ahora, su vaso vacío. Pensó en que ahí, bajo la mesa, tapadas por el mantel, a oscuras, estaban sus piernas, las suyas y las de ella, obligadas a una intimidad forzosa.

En ese momento se acercó Philip y puso ante él, sobre la mesa, un cochecito, un Maserati en miniatura. Mattia lo miró, y luego al niño, que lo observaba como esperando una reacción.

Con cierta vacilación, Mattia cogió el juguete y lo hizo rodar un poco por el mantel. Notaba clavada, como midiendo su apuro, la mirada incisiva de Nadia. Hizo un ruido con la boca imitando un motor, y al final soltó el juguete. Philip, que lo miraba en silencio, algo contrariado, estiró la mano, cogió el coche y volvió a sus juegos.

Mattia se sirvió vino y lo apuró de un trago. Entonces cayó en la cuenta de que tendría que haberle servido primero a Nadia, y le preguntó si quería. Ella contestó que no, recogiendo las manos y encogiendo los hombros como si tuviera frío.

Volvió Alberto, emitió una especie de gruñido y se frotó la cara con energía.

—Hora de la nana —le dijo al pequeño, y cogiéndolo por el cuello del polo lo puso en pie como si fuera un muñeco.

Philip lo siguió sin protestar, pero antes de salir echó una última mirada a sus juguetes, que tenía amontonados como si hubiera escondido algo debajo.

—Quizá va siendo hora de irme yo también —dijo Nadia, sin dirigirse exactamente a Mattia.

—Sí, y yo —repuso él.

Fueron a levantarse —llegaron a contraer los músculos de las piernas—, pero no lo hicieron; siguieron sentados y se miraron. Ella sonrió y él se sintió traspasado por su mirada, como penetrado hasta el alma.

Se levantaron casi al mismo tiempo, arrimaron las sillas a la mesa —Mattia notó que también ella tuvo cuidado y la levantó— y se quedaron de pie, sin saber qué hacer.

Así los encontró Alberto, y les preguntó:

—¿Qué pasa? ¿Ya os vais?

—Es tarde y querréis descansar —contestó Nadia por los dos.

Alberto miró a su amigo con una sonrisa cómplice.

—Os llamo un taxi.

—Yo vuelvo en autobús —se apresuró a decir Mattia.

Alberto lo miró torciendo el gesto.

—¿A estas horas? No sabes lo que dices. Además, la casa de Nadia te pilla de camino.

34

El taxi circulaba por las avenidas desiertas de las afueras, entre edificios sin balcones, todos iguales. En algunas ventanas, pocas, aún se veía luz. En marzo los días eran cortos y la gente adaptaba el metabolismo a la noche.

—Las ciudades son aquí más oscuras —dijo Nadia, como pensando en alta voz.

Iban sentados cada uno en un extremo del asiento trasero. Mattia miraba cómo cambiaban los números del taxímetro; cómo, apagándose y encendiéndose, los segmentos rojos componían las distintas cifras.

Ella iba pensando en el ridículo espacio de soledad que los separaba y armándose de valor para ocuparlo. Su apartamento quedaba a un par de manzanas, y el tiempo, como la calle, pasaba deprisa; no solamente el tiempo de aquella noche, sino el tiempo de lo posible, el tiempo de sus treinta y cinco años incompletos. El último año, desde que había roto con Martin, venía sintiéndose más y más extraña a aquel lugar, padeciendo más aquel frío que secaba la piel y que ni siquiera en verano remitía del todo. Pero tampoco se decidía a marcharse, porque a esas alturas dependía de aquel mundo, se había atado a él con la obstinación con que uno se ata a las cosas que lo perjudican.

Pensó que, si algo tenía que ocurrir, debía ser en aquel coche. Más tarde no tendría fuerzas, más tarde se consagraría definitivamente, ya sin lamentarse, a sus traducciones, a aquellos libros cuyas páginas diseccionaba día y noche para ganarse la vida y llenar el vacío que iban dejando los años.

Lo encontraba fascinante; extraño, mucho más extraño que otros colegas que Alberto, inútilmente, le había presentado. Aquella disciplina que estudiaban parecía atraer solo a personajes siniestros, o que los volviera así con el tiempo. Pensó, por decir algo divertido, en preguntarle a Mattia cuál de las dos cosas, pero no se atrevió. Daba igual, era extraño, e inquietante. Aunque había algo en su mirada, como un corpúsculo brillante flotando en aquellos ojos oscuros que ninguna mujer, estaba muy segura, había conseguido capturar.

Podía provocarlo, y se moría de ganas. Se había echado el pelo a un lado para dejar al descubierto el cuello, y pasaba los dedos por la costura del bolso que llevaba en el regazo. Pero a más no se atrevía, y tampoco quería volverse: si él estaba mirando a otro sitio, no quería saberlo.

Mattia se sopló en la mano cerrada para calentársela. Percibía la ansiedad de Nadia, pero no se decidía.

Y aunque se decidiera, pensaba, tampoco sabría qué hacer. Una vez, hablándole de su propia experiencia, Denis le había dicho que los primeros contactos son siempre los mismos, como las aperturas del ajedrez. No es preciso inventar nada, porque ambos buscan lo mismo. Después el juego sigue su propio derrotero y es entonces cuando se necesita estrategia.

Pero yo ni siquiera conozco las aperturas, se dijo.

Al menos, puso la mano izquierda en medio de los dos, como quien arroja un cabo al mar, y allí la dejó inmóvil, a pesar de que el escay le producía escalofríos.

Nadia comprendió y, sin hacer movimientos bruscos, se desplazó al centro, le cogió el brazo por la muñeca, se lo pasó por su nuca, descansó la cabeza en el pecho de él y cerró los ojos.

Su pelo desprendía un perfume intenso que impregnó la ropa de Mattia y le penetró en la nariz.

El taxi orilló a la izquierda, ante la casa de Nadia, y el taxista dijo:

—*Seventeen thirty.*

Ella se incorporó y los dos pensaron lo mismo: que costaría mucho encontrarse otra vez así, romper un equilibrio y recomponer otro distinto. Se preguntaron si volverían a ser capaces.

Mattia rebuscó en los bolsillos, encontró la cartera, tendió un billete de veinte y dijo:

—*No change, thanks.*

Ella abrió la portezuela.

Síguela, se ordenó él, pero no se movió.

Nadia estaba ya en la acera, el taxista lo miraba por el retrovisor esperando instrucciones, la pantalla del taxímetro marcaba 00.00 con cifras parpadeantes.

—Ven —dijo Nadia.

Él obedeció.

El taxi partió y ellos subieron por una empinada escalera revestida de moqueta azul oscuro y cuyos estrechos escalones obligaban a posar los pies de lado.

El apartamento de Nadia estaba limpio y lleno de detalles, como puede estarlo la casa de una mujer sola. En medio de una mesa redonda había una cesta de mimbre con pétalos secos que hacía tiempo que no emanaban perfume alguno. Las paredes estaban pintadas en tonos fuertes, naranja, azul oscuro, amarillo huevo, colores tan poco habituales en el norte que casi resultaban irrespetuosos.

Mattia pidió permiso para entrar y miró cómo Nadia se quitaba el abrigo y lo dejaba en una silla con la soltura de quien se siente en su espacio.

—Voy por algo de beber.

Él esperó en medio de la sala, con las manos metidas en los bolsillos. Nadia volvió al poco con dos vasos de vino tinto. Se reía de algo que había pensado.

—Ya no estoy acostumbrada. Hacía mucho que no me ocurría —confesó.

—Te entiendo —contestó Mattia, en lugar de decir que a él nunca le había ocurrido.

Bebieron en silencio, mirando cohibidos a un lado y a otro. A ratos cruzaban la mirada y entonces sonreían, como dos chiquillos.

Nadia tenía las piernas dobladas sobre el sofá, para ganar espacio hacia él. El escenario estaba listo. Solo faltaba la acción, un arranque en frío, instantáneo y brutal como todos los comienzos.

Ella aún se lo pensó un momento. Luego dejó el vaso en el suelo, detrás del sofá para no volcarlo con los pies, se abalanzó sobre Mattia y lo besó. Con los pies se quitó los zapatos de tacón, que cayeron al suelo con un ruido sordo, y se puso a horcajadas sobre él, sin darle tiempo a decir no.

Le arrebató el vaso y le guio las manos a sus caderas. Mattia tenía la lengua rígida. Ella empezó a girar la propia alrededor de la de él, sin parar, para ponerla en movimiento, hasta que Mattia empezó a hacer lo mismo en sentido contrario.

Se dejaron caer a un lado, algo torpes, y Mattia quedó debajo. Tenía una pierna colgando y la otra tiesa, inmovilizada bajo el cuerpo de ella. Pensaba en el movimiento circular de su lengua, pero no tardó en perder la concentración, como si la cara de Nadia oprimiendo la suya hubiera atascado el alambicado engranaje de su pensamiento, como aquella vez con Alice.

Deslizó las manos por debajo de la camiseta de Nadia y el contacto con su piel no lo molestó. Se quitaron la ropa despacio, sin separarse y sin abrir los ojos, porque en el cuarto había mucha luz y cualquier interrupción lo habría echado todo a perder.

Y mientras bregaba con el cierre del sostén, Mattia pensó que esas cosas pasan; que al final pasan aunque no se sepa cómo.

35

Fabio se levantó pronto; había apagado la alarma del despertador y abandonado el cuarto evitando mirar a Alice, que dormía en su lado con un brazo fuera de la sábana y apretándola con la mano, como si estuviera soñando que se agarraba a algo.

Se había dormido de puro agotado y había tenido varias pesadillas, a cuál más tétrica. Y ahora sentía la necesidad de hacer algo con las manos, de mancharse, sudar, cansar los músculos. Consideró ir al hospital y hacer un turno extra, pero sus padres venían a comer, como todos los segundos sábados de mes. Dos veces descolgó el teléfono con la intención de llamarlos y decirles que no fueran, que Alice no se encontraba bien, pero luego pensó que, aprensivos como eran, telefonearían para preguntar por ella, él volvería a discutir con su mujer y sería peor.

Se quitó la camiseta en la cocina y bebió leche de pie junto al frigorífico. Podía fingir que no pasaba nada, que esa noche era como cualquier otra y seguir adelante como si tal cosa, como siempre había hecho;

pero una angustia nueva le oprimía la garganta. Tenía el cutis tirante por las lágrimas que se le habían secado en las mejillas. Se lavó la cara en el fregadero y se secó con el paño que colgaba al lado.

Miró por la ventana. Estaba nublado, pero el sol no tardaría en salir. En esa época del año siempre era así. En un día como ese habría podido salir en bici con su hijo, seguir la pista que bordeaba el canal, llegar al parque. Allí beberían agua de la fuente, se sentarían en la hierba una media hora, regresarían luego a casa, esta vez por la carretera, y de camino pararían en la repostería a comprar pasteles para después de comer.

No pedía mucho; solo la normalidad que siempre había merecido.

Bajó al garaje en calzoncillos. De la estantería más alta cogió la caja de herramientas —su peso le produjo un instantáneo alivio—, sacó un destornillador, una llave del 9 y otra del 12, y empezó a desmontar la bicicleta, pieza a pieza, metódicamente.

Lo primero que hizo fue engrasar los engranajes, luego limpió el cuadro con un trapo empapado en alcohol. Con la uña rascó los pegotes de barro. Limpió también los entresijos de los pedales, las ranuras en que no cabían los dedos. Volvió a montar las diversas piezas, comprobó los frenos y los reguló de modo que quedaran perfectamente equilibrados. Infló las dos ruedas, comprobando la presión con la palma de la mano.

Retrocedió un paso, se limpió las manos en los muslos y contempló su trabajo con una molesta sensación de desapego. De una patada volcó la bici, que se dobló sobre sí misma como un animal. Un pedal quedó girando en el aire y Fabio escuchó su rumor hipnótico hasta que de nuevo se hizo el silencio.

Salía del garaje pero dio media vuelta. Levantó la bici, la puso en su sitio y, sin poder evitarlo, comprobó que no se hubiera roto. Se preguntó por qué no era capaz de ponerlo todo patas arriba, dar rienda suelta a la rabia que sentía, maldecir, romper objetos; por qué prefería que todo pareciera en orden aunque no lo estuviera.

Apagó la luz y subió la escalera.

Alice estaba sentada a la mesa de la cocina, bebiendo té, pensativa; delante no tenía otra cosa que el bote del edulcorante. Alzó los ojos y lo miró.

—¿Por qué no me has despertado?

Fabio se encogió de hombros. Se acercó a la pila y abrió el grifo.

—Estabas dormida.

Se echó lavavajillas en las manos y se restregó las manchas de grasa bajo el chorro.

—Hoy comeremos un poco más tarde —anunció ella.

Fabio se encogió de hombros.

—No tenemos ni por qué comer.

—¿Y eso?

Él se frotó las manos más fuerte.

—No sé, era solo una idea.

—Una idea nueva.

—Sí, tienes razón; una idea de mierda —replicó Fabio entre dientes.

Cerró el grifo y salió de la cocina casi corriendo. Al poco, Alice oyó el chorro de la ducha. Llevó la taza al fregadero y volvió al dormitorio a vestirse.

Del lado donde dormía Fabio las sábanas estaban hechas un lío, con arrugas que el peso del cuerpo había aplanado. La almohada estaba doblada por la mitad, como si se hubiera tapado la cabeza con ella, y las mantas, retiradas con los pies, estaban amontonadas en la punta. El cuarto olía un poco a sudor, como todas las mañanas, y Alice abrió la ventana para ventilarlo.

Los muebles que por la noche se le antojaran con vida, con aliento propio, no eran ahora sino los muebles de siempre, tan inertes como su resignación.

Hizo la cama estirando bien las sábanas y remetiéndolas bajo el colchón, doblando el embozo hasta la mitad de la almohada, como le había enseñado Sol. Luego se vistió. Oía el zumbido de la máquina de afeitar de Fabio procedente del baño y que ella asociaba a las mañanas soñolientas de los fines de semana.

Se preguntó si la discusión de aquella noche traería consecuencias o si acabaría como siempre: Fabio saldría de la ducha y, antes de ponerse una camiseta, la abrazaría por detrás, apoyaría la mejilla en su pelo y así permanecería un rato, hasta que la rabia se le pasara. No había otra solución, de momento.

Pero trató de imaginar qué pasaría si no ocurría eso, y se quedó mirando absorta las cortinas, que el aire abombaba un poco. La asaltó una viva impresión, casi un presentimiento, de abandono, como el que había tenido en aquel barranco cubierto de nieve y más adelante en la habitación de Mattia, y como el que seguía sintiendo cada vez que veía la cama intacta de su madre. Se acarició con el dedo el puntiagudo hueso iliaco, a cuyo afilado borde no estaba dispuesta a renunciar, y cuando advirtió que cesaba el zumbido de la máquina de afeitar se espabiló y volvió a la cocina con una preocupación precisa: la inminente comida.

Picó una cebolla y cortó un trozo de mantequilla, que dejó aparte en un platito. Todo aquello se lo había enseñado Fabio. Ella estaba acostumbrada a manipular la comida con un distanciamiento aséptico, ejecutando una sucesión de acciones cuyo resultado final le era ajeno.

Quitó la goma roja del manojo de espárragos, los lavó con agua fría y los dejó en la tabla de picar. Puso al fuego una olla con agua.

Supo que Fabio entraba en la cocina por una serie de ruiditos que se aproximaban. Poniéndose tensa, esperó que la tocara.

Pero él se sentó en el sofá del salón y empezó a hojear distraídamente una revista.

—Fabio —lo llamó sin saber muy bien qué decirle.

Él no contestó. Pasó la página con más ruido del necesario y se quedó con el borde entre los dedos, dudando si rasgarlo o no.

—Fabio —repitió ella sin levantar la voz, aunque volviéndose.

—¿Qué?

—¿Me pasas el arroz, por favor? En la estantería de arriba. Yo no llego.

Era solo una excusa, los dos lo sabían; era un modo de decirle que se acercara.

Fabio arrojó la revista sobre la mesa —que golpeó una media cáscara de coco que hacía de cenicero y la hizo girar—, se cogió las rodillas y se quedó así unos segundos, como pensándolo. Después se levantó bruscamente y, dirigiéndose al fregadero, le preguntó con rabia, sin mirarla:

—¿Dónde?

—Ahí.

Fabio arrastró con estrépito una silla hasta el frigorífico y se subió. Iba descalzo. Alice le miró los pies como si no los conociera y le resultaron atractivos, aunque de una manera vagamente espantosa.

Él cogió la caja del arroz, que estaba ya abierta, y la agitó. Y sonriendo de un modo que a Alice le pareció siniestro, inclinó el paquete y fue dejando caer el arroz poco a poco, como una lluvia blanca.

—¿Qué haces? —se alarmó ella.

Fabio rio.

—Ahí tienes el arroz.

Y empezó a sacudir la caja, esparciendo arroz por toda la cocina. Alice se acercó y le dijo que parara, pero él no hacía caso.

—Como en nuestra boda, ¿recuerdas? —exclamó—. ¡En nuestra maldita boda!

Ella lo agarró por la pierna para detenerlo, pero él le vertió arroz en la cabeza; algunos granos quedaron enredados en su pelo lacio. De nuevo le dijo que parara y alzó la cara.

Un grano de arroz le cayó en un ojo y le hizo daño. Cegada, le propinó un golpe en la espinilla. Fabio reaccionó sacudiendo la pierna y propinándole una patada en el hombro izquierdo. Desequilibrada, Alice trató de afirmarse sobre la pierna coja, pero tras inclinarse primero hacia delante y luego hacia atrás, como un gozne desquiciado, cayó al suelo.

Asustado, Fabio siguió un momento de pie en la silla, con la caja vacía boca abajo, mirando a su mujer hecha un ovillo en el suelo, como un gato. Tuvo un acceso de lucidez fulminante.

Bajó de la silla.

—¿Te has hecho daño, Ali? A ver, deja...

Quiso volverle la cara, pero ella lo rechazó.

—¡Déjame!

—Cariño, perdona —se disculpó él—. No te habrás...

—¡Vete! —chilló Alice con una potencia de la que ninguno de los dos la hubiera creído capaz.

Fabio se apartó al instante. Las manos le temblaban. Dio dos pasos atrás, balbució «Vale, vale» y corrió al dormitorio. Volvió al poco con camiseta y zapatos puestos, y sin mirar a su mujer, que seguía en el suelo, salió a la calle.

36

Alice se retiró el pelo detrás de las orejas. La hoja del armario de cocina seguía abierta allá arriba, la silla inanimada ahí delante. No se había lastimado. No tenía ganas de llorar. No acertaba a reflexionar sobre lo que acababa de ocurrir.

Empezó a recoger el arroz del suelo, al principio grano a grano, luego juntándolos con la palma.

Se levantó y echó un puñado en la olla, que ya estaba hirviendo. Se quedó mirando cómo el arroz subía y bajaba caóticamente por efecto de la convección, como lo había denominado una vez Mattia. Apagó el fuego y fue a sentarse en el sofá.

No haría nada. Dejaría todo tal cual hasta que llegaran sus suegros y les contaría cómo se había portado Fabio.

Pero no vinieron. Debió de avisarles él. O quizá había ido a su casa y en ese momento estaba contándoles su versión, que el vientre de ella era árido como el lecho seco de un río y que él estaba cansado de vivir así.

Reinaba el silencio en toda la casa, la luz parecía no encontrar su sitio. Alice descolgó el teléfono y marcó el número de su padre.

—¿Sí? —contestó Soledad.

—Hola, Sol.

—Hola, *mi amorcito*. ¿Cómo está mi niña? —dijo la otra con su amabilidad de siempre.

—Así así.

—¿Y eso? ¿Qué ha pasado?

Alice guardó silencio unos segundos y luego preguntó:

—¿Está papá?

—Está durmiendo. ¿Lo llamo?

Alice pensó en su padre, en la gran habitación que ya solo compartía con sus propios pensamientos y por cuyas persianas bajadas entrarían franjas de luz que caerían sobre su cuerpo dormido. El tiempo había borrado el odio que siempre los separó, Alice ya ni lo recordaba. Lo que más la había oprimido en aquella casa, la mirada grave y penetrante de su padre, era ahora su mayor añoranza. Él no le diría nada, ya hablaba poco. Le acariciaría la cara y le diría a Sol que pusiera sábanas limpias en su cuarto, nada más. Con la muerte de su mujer algo había cambiado en él, se había ablandado. Paradójicamente, desde que Fabio formaba parte de la vida de su hija se había vuelto más protector. Ya no hablaba todo el rato de sí mismo, dejaba que fuera ella quien le contara cosas, la escuchaba abstraído, más atento al timbre de su voz que a las palabras, y hacía comentarios con murmullos pensativos.

Aquellos momentos de ausencia habían comenzado haría un año, cuando una noche, por primera vez, confundió a Soledad con Fernanda. La atrajo para besarla, convencido de que era su mujer, y para disuadirlo Sol tuvo que darle un cachete, a lo que él respondió enfadándose y gimoteando como un niño. Al día siguiente no recordaba nada, pero tenía la vaga sensación de haber hecho algo mal, de haber roto el regular transcurso del tiempo, y le preguntó a Sol qué había ocurrido. Ella procuró no contestar, cambiar de conversación, pero él insistió hasta sonsacarle la verdad. Entonces inclinó la cabeza, sombrío, se volvió y pidió perdón en voz baja. Acto seguido se encerró en su despacho y allí permaneció hasta la hora de cenar, sentado ante el escritorio, con las manos apoyadas sobre el tablero de nogal, tratando inútilmente de llenar aquella laguna de su memoria.

Lapsus como ese se repetían cada vez con mayor frecuencia, y los tres, ella misma, su padre y Sol, procuraban no prestarles demasiada atención mientras fuera posible.

—Ali... ¿Lo llamo o no? —repitió Soledad.

—No, no —se apresuró a contestar—. No lo despiertes. No importa.

—¿Seguro?

—Sí. Mejor que descanse.

Colgó y se tumbó en el sofá. Se esforzó por mantener los ojos abiertos, fijos en el techo encalado. Quería experimentar bien despierta la sensación del nuevo e incontrolado cambio, ser testigo del enésimo pequeño desastre, pero poco a poco fue respirando más regularmente hasta quedarse dormida.

37

Mucho sorprendió a Mattia comprobar que, bajo la espesa capa de pensamientos y abstracciones en que se había envuelto, aún tenía instinto; mucho lo sorprendió la violencia y firmeza con que aquel instinto surgió y dictó sus actos.

Tanto más doloroso fue volver a la realidad. Alojado en el propio tenía el cuerpo extraño de Nadia. El contacto con el sudor de ella, con la tela arrugada del sofá y con las prendas chafadas le resultaba sofocante. Nadia respiraba lentamente. Mattia pensó que, si la razón entre el periodo de sus respectivas respiraciones daba un número irracional, sería imposible acompasarlas con regularidad.

Apartó la boca de los cabellos de Nadia para aspirar más oxígeno, pero la atmósfera estaba saturada de un vaho espeso. Quiso taparse. Giró una pierna, porque notaba su sexo, flácido y frío, aplastado bajo la de ella, pero lo hizo torpemente y le dio con la rodilla. Nadia tuvo un sobresalto y alzó la cabeza; estaba ya dormida.

—Perdona —dijo Mattia.

—Descuida.

Nadia empezó a besarlo. Él notó su aliento demasiado caliente y esperó quieto a que parase.

—¿Vamos a la habitación? —propuso ella.

Mattia inclinó la cabeza. En realidad quería irse a su piso, a su confortable nada, pero sabía que no era lo más indicado.

Con plena conciencia de lo violento, de lo poco natural del caso, se metieron en la cama cada cual por un lado. Nadia le sonrió como diciendo que no pasaba nada y en la oscuridad se aovilló contra su espalda, le dio un beso y se quedó dormida.

También Mattia cerró los ojos, aunque los abrió enseguida, porque bajo los párpados lo esperaban mil recuerdos aciagos. Sintió de nuevo que respiraba a medias. Sacó la mano izquierda, buscó el somier y restregó el pulgar contra uno de los hierros con filo que unían las mallas. Se llevó el dedo a la boca y lo chupó. El sabor de la sangre lo calmó unos segundos.

Poco a poco fue identificando los distintos ruidos que se oían en aquel apartamento: el tenue zumbido del frigorífico, el ronroneo del radiador, que cesaba al cabo de unos momentos con un chasquido de la caldera, y el tictac de un reloj en el cuarto contiguo, que le pareció muy lento. Quería mover las piernas, levantarse. Nadia dormía en medio de la cama y no le dejaba sitio para darse la vuelta. Su pelo le picaba en el cuello, su aliento le secaba la piel. Mattia pensó que no pegaría ojo. Ya era tarde, quizá más de las dos, y por la mañana tenía clase. Estaría muy cansado, seguro que se equivocaba en la pizarra, haría el ridículo ante los estudiantes. En su casa, en cambio, habría podido dormir al menos las pocas horas que quedaban.

Si tengo cuidado, no la despertaré, pensó.

Aún permaneció inmóvil más de un minuto, reflexionando. Los ruidos se hacían cada vez más presentes. De pronto lo sobresaltó el chasquido seco de la caldera, y decidió irse.

Con un lento movimiento logró liberar uno de sus brazos del de Nadia. Ella lo notó y, sin despertarse, se removió como buscándolo. Mattia se incorporó, apoyó un pie en el suelo, luego el otro. Al levantarse, el somier chirrió un poco.

En la penumbra se volvió a mirar a Nadia y recordó vagamente el momento en que había dado la espalda a Michela en el parque.

Fue descalzo hasta el salón. Recogió su ropa del sofá, los zapatos del suelo. Abrió la puerta de la habitación sin hacer ruido, como siempre, y con los pantalones en la mano salió al pasillo, donde por fin pudo respirar a pleno pulmón.

38

El sábado del episodio del arroz, Fabio la llamó al móvil por la noche. Alice se preguntó por qué no lo había hecho primero al teléfono de casa, y se dijo que quizá porque este era de los dos y en aquel momento no quería compartir nada con ella. Fue una conversación breve, y aun así llena de silencios. Él le dijo, como quien lo tiene bien decidido, que esa noche se quedaba allí, ella le contestó que también podía quedarse al día siguiente y el tiempo que quisiera. Aclarados estos engorrosos pormenores, Fabio añadió que lo sentía, y ella colgó sin decirle que también.

No volvió a responder al teléfono. Fabio dejó pronto de insistir y ella, en un acceso de autocompasión, se sintió aún más abandonada. Caminando descalza por el piso, recogió unas cuantas cosas de su marido, documentos y alguna ropa, y lo metió todo en una caja que dejó junto a la puerta.

Una tarde, al volver ella del trabajo, la caja ya no estaba. Fabio no se había llevado muchas cosas más; los muebles continuaban en su sitio y el armario seguía lleno de ropa suya. Solo entre los libros del salón vio algunos huecos, espacios negros que hablaban del hundimiento de un mundo; mirándolos, Alice comprendió por primera vez que la separación era un hecho, una realidad cruda, práctica, objetiva.

Con cierto alivio se entregó al abandono. Se dijo que todo lo había hecho siempre por alguien, y que ahora que estaba sola bien podía por fin rendirse, abandonarse. Disponía de más tiempo para hacer las mismas cosas, pero la invadía una suerte de pereza, de cansancio, la sensación de desplazarse a través de un líquido viscoso. Acabó descuidando hasta las tareas más sencillas; la ropa sucia se amontonaba en el baño, pero ella, que se pasaba horas echada en el sofá, aun sabiendo que lavarla exigía un mínimo esfuerzo, no veía razón alguna para mover un músculo.

Pretextó una gripe para no ir al trabajo. Dormía mucho más de lo que necesitaba, incluso de día. Ni siquiera bajaba las persianas, solo tenía que cerrar los ojos para suprimir la luz, borrar los objetos circundantes, olvidar su cuerpo odioso, cada vez más débil pero no menos tenazmente aferrado a las sombras. Seguía sintiendo el peso de las consecuencias como una losa que la oprimía incluso cuando dormía, y dormir, con un sueño pesado y cargado de pesadillas, le era cada vez más indispensable. Si se le secaba la garganta, tenía la sensación de que se ahogaba; si el brazo dormido le hormigueaba, era que un perro se lo devoraba; si, de tanto dar vueltas en la cama, sacaba los pies de las mantas y se le quedaban helados, se veía de nuevo en aquel barranco, hundida en la nieve hasta el cuello. En este caso, sin embargo, casi nunca tenía miedo; estaba paralizada y solo podía mover la lengua, que sacaba para probar la nieve; la nieve estaba dulce y quería comérsela, pero, ay, no podía girar la cabeza; así que se quedaba quieta, esperando a que el frío le subiera por las piernas y le congelara la sangre.

Se despertaba con la cabeza llena de pensamientos incoherentes. No se levantaba hasta que no había más remedio y la confusión de su mente empezaba a disiparse, no sin dejarle una niebla lechosa, recuerdos de sueños interrumpidos que se mezclaban con los reales y no parecían menos verdaderos. Entonces erraba por el apartamento silencioso como fantasma de sí misma en busca, lentamente, de lucidez. Me estoy volviendo loca, pensaba a veces. Pero no le importaba. Al contrario, sonreía satisfecha, porque por fin elegía ella.

Por la noche comía hojas de lechuga directamente de la bolsa. Eran levísimas y crujientes y solo sabían a agua. No las comía para saciar el hambre, sino para cumplir con el rito de la cena y matar aquel lapso de tiempo con el que de otro modo no habría sabido lidiar. Y comía lechuga hasta que aquella materia liviana la asqueaba.

Se vaciaba de Fabio y de sí misma, de todos los esfuerzos inútiles que había hecho para llegar allí y descubrir que no había conseguido nada. Observaba con curiosidad distante el resurgir de sus flaquezas y obsesiones, y se decía que esta vez se rendiría a ellas, ya que sus propias decisiones no la habían llevado a nada. Luchar contra ciertas partes de nuestro ser es imposible, se decía también, y se complacía en volver a sus tiempos de chiquilla, cuando Mattia y poco después también su madre se habían ido a dos lugares distintos pero igualmente lejanos de ella. Ah, Mattia... De nuevo pensaba en él, era como otra de sus enfermedades, de la que en realidad no deseaba curarse. Se puede enfermar de recuerdos, y ella enfermó con el de aquella tarde en el coche frente al parque, cuando le tapó con un beso la visión de aquel horror.

Por mucho que rememorara todos los años vividos con Fabio, no recordaba ni un momento que le encogiese tanto el corazón, que se representase con los mismos vívidos colores, que reviviese con el mismo estremecimiento en la piel, en la raíz del pelo, entre las piernas. Hubo, es verdad, un momento intenso, cierto día en que fueron a cenar a casa de Riccardo y su mujer; recordaba que rieron y bebieron mucho, y que luego, ayudando a Alessandra a lavar los platos, un vaso se le rompió entre las manos y se cortó la yema del pulgar; soltó el vaso y profirió un quejido, no muy fuerte, apenas un susurro, pero Fabio lo oyó y acudió en su ayuda: la llevó a la luz, le examinó el dedo y, para restañar la herida, se inclinó y la chupó; chupó su sangre como si hubiera sido propia, mientras con el dedo en la boca alzaba hacia ella los ojos, aquellos ojos transparentes cuya mirada no sabía sostener. Y luego, apretándole el dedo herido, la besó en la boca, y ella sintió el sabor de su propia sangre en la saliva de él, y se imaginó que circulaba por todo el cuerpo de su marido y volvía a ella limpia, como en una diálisis.

Recordaba, sí, aquel momento, pero había olvidado muchos otros, porque el recuerdo de las personas a las que no amamos es superficial y se desvanece pronto. Lo que quedaba ahora era un cardenal, aunque ya casi invisible, allí donde Fabio le había dado aquella patada.

A veces, sobre todo por la noche, pensaba en sus palabras: «Yo así no puedo seguir». Se pasaba la mano por el vientre y trataba de imaginar lo que sería llevar un hijo ahí dentro, flotando en su frío líquido. «Explícame qué es.» Pero no había nada que explicar. No existía una razón o no solo una. No existía un principio. Era que no quería a nadie en su vientre, y punto.

Quizá debería decírselo así, pensaba.

Y cogía el móvil, repasaba la agenda hasta la F, deslizaba el dedo gordo por las teclas como esperando pulsar por descuido la de llamada. Pero al final no se decidía: ver de nuevo a Fabio, hablar con él, recapitular... se le antojaba un esfuerzo sobrehumano. Y prefería quedarse en casa, viendo cómo la capa de polvo que cubría los muebles del salón crecía un poco más cada día.

39

Casi nunca miraba a los alumnos. Sentía como si aquellos ojos claros que ellos clavaban en la pizarra y en su persona pudiesen desnudarlo. Se limitaba a escribir sus fórmulas y ecuaciones y a explicarlas como si se las explicara a sí mismo. En aquella aula enorme, desproporcionada, la docena de estudiantes de cuarto curso que asistían a sus clases de topología algebraica se sentaban en las tres primeras filas, más o menos en los mismos sitios siempre, dejando uno vacío en medio, como él mismo hacía cuando iba a la universidad, aunque no se reconocía en absoluto en ninguno de aquellos alumnos.

En el silencio reinante, oyó al fondo la puerta del aula que se cerraba, pero siguió con su demostración sin volverse. Solo cuando hubo acabado, y repasaba una página de apuntes que en realidad no necesitaba y ordenaba los folios, notó que una nueva silueta ocupaba el margen superior de su campo visual. Alzó la cabeza y vio a Nadia sentada en la última fila, vestida de blanco y con las piernas cruzadas; no lo saludó.

Mattia fue presa del pánico pero, disimulando, pasó a explicar el siguiente teorema. Pronto perdió el hilo y se excusó para consultar los apuntes, sin lograr concentrarse. Entre los estudiantes se levantó un murmullo de extrañeza, pues era la primera vez en todo el curso que veían dudar al profesor.

Retomó la demostración y la completó de una tirada, deprisa, torciéndose hacia abajo cada vez más a medida que se acercaba al borde derecho de la pizarra. Las dos últimas ecuaciones tuvo que escribirlas comprimidas en la esquina de arriba, porque no le quedaba espacio. Algunos estudiantes tuvieron que inclinarse hacia delante para ver los exponentes y subíndices que se confundían con los números circundantes. Y aún faltaba un cuarto de hora para acabar la clase cuando Mattia dijo:

—*Okay, I'll see you tomorrow.*

Dejó la tiza y se quedó mirando cómo los alumnos, un tanto perplejos, se levantaban, se despedían con un ademán y salían del aula. Nadia seguía en su sitio, en la misma postura, y nadie pareció fijarse en ella.

Se quedaron solos. Parecían lejísimos uno de otro. Nadia se levantó al mismo tiempo que él echaba a andar hacia ella. Se encontraron a mitad del aula y se detuvieron a más de un metro de distancia.

—Hola —dijo él—. No pensaba...

—Ya —lo atajó ella, mirándolo con decisión—. Ni siquiera nos conocemos. Siento haberme presentado aquí...

—No, no... —repuso él, pero Nadia no lo dejó seguir.

—Al despertarme y no verte... Al menos podrías haber... —Se interrumpió.

Mattia tuvo de bajar los ojos porque le escocían, como si hubiera estado sin parpadear un buen rato.

—Pero da igual —prosiguió ella—. Yo no voy detrás de nadie, ya no tengo ganas. —Le tendió un papel y Mattia lo cogió—. Este es mi teléfono, pero si decides usarlo no tardes mucho.

Los dos miraron al suelo. Nadia hizo amago de adelantarse, llegó a levantar los talones, pero al final dio media vuelta.

—Adiós.

Mattia carraspeó sin decir nada. Tuvo la impresión de que hasta que ella llegara a la puerta pasaría un tiempo infinito, infinito y aun así insuficiente para decidir, pensar algo.

Nadia llegó a la puerta, se detuvo y dijo:

—No sé lo que es, pero me gustas.

Y se marchó. Mattia miró el papel: solo había un nombre y una serie de cifras, la mayoría impares. Volvió a la cátedra, recogió sus cosas, pero no salió del aula hasta que fue la hora.

En el despacho, Alberto estaba hablando por teléfono, con el auricular entre el mentón y la mejilla para tener las manos libres. Saludó a Mattia enarcando las cejas.

Cuando colgó, se reclinó en el asiento, estiró las piernas y le preguntó con una sonrisa cómplice:

—¿Qué?, ayer trasnochamos, ¿eh?

Mattia evitó mirarlo y se encogió de hombros. Alberto se levantó, rodeó la silla de su amigo y le sacudió los hombros como un entrenador a un púgil. A Mattia no le gustaba que lo tocasen.

—Entiendo, no te apetece hablar. *Alright then*, cambiemos de tema. He redactado un borrador del artículo, ¿quieres verlo?

Mattia asintió; empezó a tabalear sobre la tecla 0 del ordenador en espera de que el otro le quitara las manos de los hombros. Algunas imágenes de la noche anterior, las mismas de siempre, cruzaron por su mente como débiles destellos.

Alberto volvió a su silla, se sentó pesadamente y empezó a buscar el artículo entre un montón de papeles.

—Por cierto, ha llegado esto para ti.

Y lanzó un sobre a la mesa de Mattia, que lo miró sin tocarlo: su nombre y la dirección de la universidad aparecían escritos con una espesa tinta azul que seguramente había atravesado el papel. Los dos palotes de la *M* de Mattia estaban unidos por un trazo cóncavo que, arrancando del primero sin tocarlo, bajaba suavemente hasta el segundo; una sola raya horizontal servía de barra de las dos *t,* y en general todas las letras estaban algo inclinadas y como montadas unas con otras. En las señas había un error, una *c* de más antes de la *sh*. Cualquiera de aquellas letras, incluso solo la asimetría de los dos ojos de la *B* de Balossino, le habría bastado para reconocer que era de Alice.

Tragó saliva y buscó a tientas el abrecartas en el segundo cajón de la mesa, donde lo guardaba siempre. Lo hizo girar nerviosamente entre los dedos e introdujo la punta por la solapa del sobre. Las manos le temblaban y, para dominarse, apretó la empuñadura.

Alberto lo observaba desde su mesa fingiendo que no encontraba las hojas que ya tenía delante. Podía apreciar cómo le temblaban los dedos, y habría visto también la carta si Mattia no se la ocultara con la palma de la mano. Observó que su amigo cerraba los ojos unos segundos y al abrirlos miraba a un sitio y a otro como desorientado, súbitamente ausente.

—¿Quién te escribe? —se atrevió a preguntar.

Mattia lo miró con una especie de estupor, como si no lo reconociera. Haciendo caso omiso de la pregunta, se levantó y dijo:

—He de ir.

—¿Qué?

—He de ir. A Italia...

Alberto se levantó como para impedírselo.

—Pero ¿por qué? ¿Qué pasa?

Se acercó instintivamente y quiso leer la carta, pero Mattia la protegía contra el estómago, como si fuera un secreto. Tres de las cuatro esquinas blancas sobresalían entre sus dedos, dejando suponer que era un papel cuadrado, nada más.

—No lo sé —contestó, y ya tenía un brazo metido en la manga del abrigo—. Pero he de ir.

—¿Y el artículo?

—Cuando vuelva. Entretanto sigue tú.

Y se fue antes de que Alberto pudiera protestar.

40

El día en que Alice volvió al trabajo, llegó casi una hora tarde. Había apagado el despertador sin llegar a despertarse y luego se preparó muy lentamente, pues cada movimiento le costaba un esfuerzo sobrehumano.

Crozza no la reprendió. Lo comprendió todo con solo verle la cara: estaba demacrada y sus ojos, que parecían desorbitados, estaban como ausentes, velados por una funesta indiferencia.

Al entrar dijo, aunque sin intención de excusarse realmente:

—Perdona el retraso.

Crozza volvió una página del periódico y miró el reloj.

—Hay que revelar unos carretes para las once —respondió—. Las tontadas de siempre.

Carraspeó y levantó más el periódico, pero de reojo observó a Alice. La vio dejar el bolso donde siempre, quitarse la chaqueta, sentarse ante la máquina; se movía despacio, con sumo cuidado, lo que delataba su esfuerzo por que todo pareciera normal. Se quedó ensimismada unos segundos, la barbilla apoyada en una mano, hasta que al fin, retirándose el pelo detrás de las orejas, decidió comenzar.

Crozza consideró su extrema delgadez, que ella disimulaba bajo un jersey de algodón de cuello alto y unos pantalones más bien holgados, pero que saltaba a la vista en sus manos y aún más en su cara. Y se sintió rabiosamente impotente por no pintar nada en su vida, cuando ella era como una hija, la hija que nunca tuvo.

Hasta la hora de comer trabajaron sin hablar, comunicándose, cuando era necesario, mediante gestos con la cabeza. Después de tantos años, los dos maniobraban, se movían y se repartían el espacio de manera ágil y casi automática. Bajo el mostrador, la vieja Nikon todavía seguía en su estuche negro, y a veces se preguntaban si aún funcionaría.

—Podemos ir a comer a... —sugirió el fotógrafo.

—Lo siento —lo interrumpió Alice—, pero he quedado...

Él inclinó la cabeza, pensativo.

—Si no te ves con ánimo, esta tarde no vengas. Como ves, no hay mucho que hacer.

Alice lo miró alarmada, y fingiendo que ordenaba unos objetos sobre el mostrador —unas tijeras, un sobre de fotos, un bolígrafo y cuatro segmentos iguales de un rollo de película—, pero en realidad cambiándolos solo de sitio, repuso:

—No. ¿Por qué lo dices? Yo...

—¿Cuánto tiempo lleváis sin veros? —la atajó Crozza.

Ella tuvo un ligero sobresalto y metió una mano en el bolso, como para protegerla.

—Unas tres semanas.

Crozza asintió y se encogió de hombros.

—Ven conmigo.

—¿Eh?

—Que vengas —repitió él, más resuelto.

Alice se lo pensó, pero hizo caso. Cerraron la tienda. El colgante de la puerta tintineó un instante en la penumbra. Se dirigieron al coche de Crozza, él caminando despacio para amoldarse al fatigoso paso de ella, pero procurando que no se le notara.

El viejo Lancia arrancó al segundo intento y el fotógrafo farfulló una maldición.

Recorrieron la avenida casi hasta el puente, luego giraron a la derecha y enfilaron una calle que bordeaba el río. Cuando Crozza se pasó al carril de la derecha y encendió el intermitente para tomar la calle del hospital, Alice se puso tensa y preguntó:

—¿Adónde vamos?

Crozza aparcó delante de un taller que tenía las persianas medio bajadas; justo al otro lado de la calle se entraba a urgencias.

—No es asunto mío —dijo sin mirarla—, pero tú vas a entrar ahí. Que te atienda Fabio u otro médico, me da igual.

Alice se quedó mirándolo mientras el desconcierto

inicial daba paso a la rabia. La calle estaba silenciosa. La gente comía en su casa o en los bares. Las hojas de los plátanos se agitaban silenciosamente.

—No te veía así desde... —el fotógrafo dudó—, desde que te conocí.

Alice se preguntó por el significado de aquel «así», que le sonó funesto, y quiso mirarse en el retrovisor, aunque no llegó a verse porque el espejo estaba orientado para reflejar el flanco derecho del coche. Sacudiendo la cabeza, abrió la portezuela y se apeó, cerró con un portazo y sin volverse echó a andar a paso ligero en dirección contraria al hospital.

Se alejó lo más rápido que pudo de aquel lugar y de la impertinencia de Crozza, pero a los cien metros tuvo que parar: le faltaba el aire y la pierna le dolía, le daba punzadas como pidiendo clemencia; era como si el hueso se le hubiera roto de nuevo y le penetrara en la carne. Descansó todo el peso en la pierna derecha y, manteniendo a duras penas el equilibrio, se quedó apoyada contra una áspera pared.

Esperó a que el dolor remitiera, a que la pierna volviera a ser el objeto insensible que siempre era, y a recobrar el aliento. La sangre le zumbaba en los oídos, pese a que el corazón parecía latir sin fuerza, cansinamente.

Que te atienda Fabio u otro médico, le repetía la voz de Crozza. ¿Y entonces qué pasaría?, se preguntó.

Dio media vuelta y se encaminó al hospital, sin saber muy bien por qué; su cuerpo le dictaba el rumbo como por instinto. Los transeúntes que venían por la acera se apartaban, porque Alice, sin darse cuenta, se tambaleaba un poco. Alguno incluso se paró un momento, dudando si ofrecerle ayuda.

Entró en el patio del hospital sin recordar que por allí mismo había paseado muchas veces con Fabio. Se sentía como si no tuviera pasado, como si se hallara de pronto en aquel lugar sin saber cómo. Estaba cansada, con ese cansancio que es simple vacío.

Subió la escalinata asiéndose del pasamanos y se detuvo ante la puerta. Solo quería eso: llegar allí, que las puertas correderas se abrieran y, antes de reunir valor para irse, esperar unos minutos. Era como dar un empujoncito a la casualidad, presentarse donde Fabio se encontraba y ver lo que ocurría. No haría lo que decía Crozza, ni escucharía a nadie, ni admitiría que en el fondo esperaba encontrarlo.

No ocurrió nada. Las puertas automáticas se abrieron, y al dar ella un paso atrás se cerraron.

¿Qué esperabas?, se dijo.

Pensó en sentarse y descansar un momento. Su cuerpo, sus nervios, le pedían algo a gritos, pero ella no quería escucharlos. Iba a desistir cuando oyó que las puertas se abrían de nuevo. Alzó los ojos por reflejo, segura de que ahora sí era su marido.

Pero, en lugar de Fabio, quien apareció en la puerta, cuyas hojas permanecieron abiertas, fue una chica; su presencia había activado el sensor, pero no salía: estaba quieta alisándose la falda. Al poco hizo lo mismo que Alice: retrocedió un paso y las puertas se cerraron.

Alice la observó, intrigada. Vio que no era tan joven; probablemente era de su misma edad. Tenía el tronco un poco inclinado hacia delante y los hombros muy encogidos, como si no hubiera espacio. Algo en ella le resultó familiar, no sabía qué, quizá su expresión, pero, por más que lo intentaba, no acertaba.

Entonces la joven hizo lo mismo de antes: dio un paso al frente para que se abrieran las puertas, se detuvo juntando los pies y al poco retrocedió. Y en ese momento alzó la cabeza y sonrió desde el otro lado del cristal.

Alice sintió un estremecimiento que le recorrió vértebra a vértebra la espalda y se perdió en la pierna coja. Se quedó sin habla. Conocía a alguien con aquella misma sonrisa, que arqueaba el labio superior y dejaba al descubierto los dos incisivos sin que el resto de la boca se moviera.

No puede ser, se dijo.

Se acercó para ver mejor y las puertas se abrieron. La chica pareció contrariada y la miró ceñuda. Alice comprendió y retrocedió para que siguiera su juego; ella así lo hizo, tan tranquila.

Tenía el mismo pelo moreno, espeso y ondulado en las puntas, que tan pocas veces ella había podido tocar, por cierto. Los pómulos marcados ocultaban en parte sus ojos negros, pero mirándolos bien reconoció en ellos la misma expresión vertiginosa que ciertas noches la había tenido en vela hasta altas horas, el mismo resplandor opaco de los ojos de Mattia.

Es ella, pensó, y sintió una especie de terror que le apretó la garganta. Al punto echó mano al bolso en busca de la cámara fotográfica, pero ni siquiera llevaba una maldita automática.

Así que siguió observando a la chica, sin poder hacer otra cosa. La cabeza le daba vueltas, la vista se le nublaba por momentos, como si el cristalino no acabara de enfocarse. Quiso pronunciar «Michela», pero por sus labios secos no salió suficiente aire.

La muchacha parecía incansable en su juego, como una niña, y ahora daba saltitos adelante y atrás como para sorprender a la fotocélula de la puerta.

Del fondo del vestíbulo apareció una anciana. Llevaba un bolso del que sobresalía un gran sobre amarillo, quizá una radiografía. Sin decir nada, tomó a la chica del brazo y la condujo fuera.

La chica no se opuso. Al pasar junto a Alice se volvió un momento y miró las puertas correderas como agradeciéndoles la diversión que le habían procurado. Tan cerca estuvo de ella que Alice pudo percibir el aire que desplazó a su paso, y habría podido tocarla; pero estaba paralizada.

Siguió con la mirada a las dos mujeres, que se alejaron caminando despacio.

Ahora entraba y salía gente y las puertas se abrían y cerraban sin cesar, con un ritmo hipnótico y mareante.

Espabilando de pronto, Alice exclamó en voz bien alta:

—¡Michela!

Pero ni la chica ni su anciana acompañante se volvieron, y tampoco alteraron su paso. Al parecer, aquel nombre no les decía nada.

Se dijo que debía seguirlas, ver más de cerca a aquella joven, hablarle, saber; posó el pie derecho en el primer escalón, pero la otra pierna permaneció como clavada en el sitio. Perdió el equilibrio y cayó de espaldas; en vano buscó la barandilla con la mano.

Se desplomó como una rama rota y resbaló por los otros dos escalones hasta la acera. Y desde allí tuvo aún tiempo de ver a las mujeres doblar la esquina y desaparecer. Entonces notó que la atmósfera se cargaba de humedad y que los sonidos se volvían cada vez más sordos y distantes.

41

Mattia había subido los tres pisos corriendo por la escalera. Entre el primero y el segundo se cruzó con un estudiante que quería preguntarle algo e intentó detenerlo, pero él se excusó diciendo que tenía prisa y al esquivarlo estuvo a punto de caerse. Al llegar al vestíbulo, por guardar la compostura, aflojó el paso, aunque no dejó de caminar ligero; el brillante pavimento de mármol negro reflejaba objetos y personas como una superficie líquida. Mattia saludó con un ademán al portero y salió a la calle.

El aire frío lo hizo volver en sí. ¿Qué estoy haciendo?, se preguntó.

Se sentó en un murete que había frente a la puerta y trató de explicarse aquella reacción; era como si en todos aquellos años no hubiera hecho sino esperar una señal para volver.

Miró de nuevo la fotografía que Alice le había enviado: se los veía a los dos juntos ante la cama de los padres de ella, vestidos con aquellos trajes de novios que olían a naftalina. Mattia tenía un aire resignado, ella sonreía. Alice le ceñía la cintura con un brazo y con el otro sostenía la cámara de fotos, por lo que se salía del encuadre y ahora parecía que lo tendiese hacia él, ya adulto, para acariciarlo.

Detrás, Alice solo había escrito unas palabras y firmado.

Tienes que venir.
Ali

Mattia buscó una explicación a aquel mensaje y, aún más, a su impetuosa reacción. Se imaginó la escena: él saliendo de la zona de llegadas del aeropuerto y saludando a Alice y a Fabio, que lo esperaban al otro lado de la barrera; a ella la besaba en la mejilla, a él le estrechaba la mano y se presentaba. Discutirían cordialmente por ver quién cargaba con la maleta, subirían al coche y en el trayecto se contarían sus vidas, como si de verdad pudieran resumirse. Mattia se sentaría detrás, ellos delante: tres desconocidos que fingen una intimidad y arañan la superficie de las cosas para evitar el silencio.

Por Dios, es absurdo, se dijo.

Este lúcido pensamiento le procuró cierto alivio y le hizo sentir que recobraba el dominio de sí tras un momento de extravío. Golpeteó la foto con el dedo, decidido ya a tirarla, a volver al despacho y a seguir trabajando con Alberto.

Pero entonces, estando aún absorto, se le acercó por detrás Kirsten Gorbahn, una posgraduada de Dresde con la que había firmado algunos de sus últimos artículos, y mirando la foto y señalando a Alice le preguntó:

—¿Tu mujer?

Mattia se volvió y la vio inclinada sobre él. Su primer impulso fue esconder la foto, aunque pensó que no sería de buena educación. Kirsten tenía la cara alargada, como si se la hubieran estirado. Había estudiado dos años en Roma y chapurreaba un poco el italiano, pronunciando cerradas todas las *o*.

—Hola —dijo Mattia, inseguro—. No, no es mi mujer. Es... una amiga.

Kirsten rio, no se supo de qué, bebió un trago de café del vaso de plástico que llevaba y comentó:

—*She's cute.*

Mattia se quedó mirándola un tanto violento y observó luego otra vez la foto; sí, sí que era bonita.

42

Cuando Alice despertó, una enfermera estaba tomándole el pulso. Yacía, un poco de través y aún calzada, sobre una sábana blanca en una camilla junto a la puerta. En quien primero pensó fue en Fabio, que podía haberla visto en aquel estado, y se incorporó bruscamente.

—Estoy bien —dijo.

—Quédese tumbada —ordenó la enfermera—. Tenemos que someterla a un examen.

—No hace falta, estoy bien, de verdad —replicó Alice, y de nuevo se incorporó, esta vez imponiéndose a la enfermera, que trataba de mantenerla quieta. No vio a Fabio.

—Señorita, se ha desmayado y tiene que examinarla un médico.

Pero Alice ya se había puesto en pie y cogía su bolso.

—No es nada, se lo aseguro.

La enfermera hizo un gesto de resignación y desistió. Alice miró a su alrededor, como buscando a alguien, dio las gracias y se alejó a toda prisa.

No se había hecho mucho daño en la caída; debía de haberse golpeado la rodilla derecha, porque la notaba palpitar bajo los vaqueros, y tenía rasguños y polvo en las manos, como si las hubiera arrastrado por la grava del patio. Se las limpió soplándolas.

Se acercó a recepción y se asomó por el ojo de buey del cristal.

La mujer del otro lado levantó la mirada.

—Buenos días —dijo Alice. No sabía cómo explicarse, ni siquiera cuánto tiempo había estado inconsciente.

—Antes... yo estaba ahí... —Y señaló, aunque la otra no miró—. Había una mujer... en la puerta. Yo me sentí mal, me desmayé... Esa mujer... Tengo que saber quién era.

La recepcionista la miró extrañada y le preguntó con una mueca:

—¿Cómo dice?

—Parecerá extraño, lo sé, pero si usted me ayudara... ¿No podría darme el nombre de los pacientes que han venido hoy a esta unidad, o que se han hecho análisis? Solo necesito el de las mujeres...

La otra se quedó mirándola y sonrió con frialdad.

—No estamos autorizados a dar ese tipo de información.

—Pero es muy importante, de veras... Por favor.

La mujer tamborileó con un bolígrafo en el registro que tenía delante.

—Lo siento, es imposible —contestó irritada.

Alice dio un bufido y se retiró de la ventanilla, pero enseguida se acercó otra vez.

—Soy la mujer del doctor Rovelli.

La señora se enderezó en la silla, enarcó las cejas y repiqueteó de nuevo con el bolígrafo en el registro.

—Entiendo. Si quiere aviso a su marido.

Descolgó el teléfono para llamar al número interno, pero Alice la detuvo con un ademán y le dijo en tono destemplado:

—No, déjelo, no hace falta.

—¿Está segura?

—Sí, gracias, no importa.

Regresó a casa. En todo el camino no pudo pensar en otra cosa. Su mente iba recobrando lucidez, pero sobre todos sus pensamientos se imponía la imagen de aquella joven. Y aunque los detalles empezaban ya a confundirse, a hundirse rápidamente en un mar de mil recuerdos nimios, persistía la viva e inexplicable sensación de familiaridad de aquella cara, de aquella sonrisa idéntica a la de Mattia, que seguía viendo reflejada, junto con su propia imagen, en el cristal de la puerta.

Quizá Michela estaba viva y acababa de verla. Era un desatino, pero Alice no se lo quitaba de la cabeza, como si tuviera una desesperada necesidad de creerlo, como si le fuera la vida en ello. Y empezó a razonar, a aventurar hipótesis sobre lo que podía haber sucedido.

¿Y si aquella anciana había raptado a Michela? ¿Y si la encontró en el parque y se la llevó porque anhelaba tener hijos pero no podía o no quería, como ella misma? La secuestró y la crio en un lugar lejano, con otro nombre, como si fuera su hija. Pero, entonces, ¿por qué volver? ¿Por qué exponerse a ser descubierta después de tantos años? Quizá porque se sentía culpable, o simplemente por desafiar la suerte, como había hecho la propia Alice presentándose en la unidad de oncología.

Aunque también cabía que no fuera nada de eso, que la anciana hubiera conocido a Michela mucho tiempo después y nada supiera de ella ni de su verdadera familia, ya que la misma Michela lo habría olvidado.

Recordó el día en que Mattia, en el coche, señalando al parque con aquella mirada pétrea, ausente, fúnebre, había dicho: «Era igual que yo». Y de pronto le pareció que todo cuadraba, que aquella chica no podía ser sino Michela, la gemela desaparecida, y que todos los detalles coincidían: la frente despejada, los dedos largos, la timidez con que los movía, y principalmente el que se entretuviera con aquel juego pueril.

Pero un instante después volvieron las dudas; las certezas se desmoronaron con una vaga sensación de cansancio, sin duda inducida por el hambre que le oprimía las sienes hacía días, y Alice temió perder otra vez el conocimiento.

Entró en casa dejando la puerta entornada y las llaves puestas. Sin quitarse siquiera la chaqueta, fue a la cocina, abrió la despensa, cogió una lata de atún y se lo comió directamente, sin escurrir el aceite, sintiendo náuseas. Arrojó la lata vacía al fregadero, cogió una de guisantes y se comió la mitad pescándolos del agua turbia con el tenedor, sin respirar; sabían a arena, y las pieles brillantes se le pegaban a los dientes. Cogió luego una caja de galletas que llevaba abierta desde la marcha de Fabio y se zampó cinco seguidas casi sin masticar, sintiendo al tragar que le rascaban la garganta como cristales. Dejó de comer solo cuando los calambres estomacales fueron tan fuertes que hubo de sentarse en el suelo para resistir el dolor.

Una vez que se sintió mejor, se levantó y, sin disimular su cojera, como hacía cuando estaba sola, fue al cuarto oscuro. Tomó una de las cajas que había en el segundo estante, en la que ponía con tinta indeleble INSTANTÁNEAS, volcó su contenido en la mesa, esparció las fotos con los dedos —algunas estaban pegadas— y las revisó hasta encontrar la que buscaba. La observó largo rato. Ambos eran jóvenes. Él tenía la cabeza inclinada y no se le veía bien la cara, resultaba difícil verificar el parecido. Había pasado mucho tiempo, quizá demasiado.

Aquella imagen trajo otras a su mente, y con ellas la sensación de que cobraban vida, movimiento, sonido... Y la invadió una nostalgia desgarradora, aunque agradable. Si hubiera podido elegir un momento para volver a empezar, habría sido ese: él y ella en una habitación silenciosa, en una intimidad de almas tímidas pero gemelas.

Tenía que decírselo. Si su hermana estaba viva, Mattia tenía derecho a saberlo.

Por primera vez sintió que la inmensa distancia que los separaba era insignificante. Estaba convencida de que él seguía en el mismo lugar, donde ya le había escrito algunas veces, muchos años antes. Si se hubiera casado, ella lo habría percibido de algún modo. Porque estaban unidos por un hilo invisible, oculto entre mil cosas de poca importancia, que solo podía existir entre dos personas como ellos: dos soledades que se reconocían.

Tentó bajo el montón de fotos y encontró un bolígrafo. Se sentó y escribió con cuidado para que no se corriera la tinta, y al final sopló para secarla. Buscó un sobre, metió la foto y lo cerró.

Quizá venga, pensó.

Una sensación de gozo se apoderó de su ser y le arrancó una sonrisa; era como si todo recomenzara en ese momento.

43

Antes de dirigirse a la pista de aterrizaje, el avión en que viajaba Mattia sobrevoló la mancha verde de la colina y la basílica y dio un par de vueltas sobre el centro de la ciudad. Tomando como punto de referencia el puente más viejo, Mattia distinguió el edificio donde vivían sus padres; seguía teniendo el mismo color que cuando él se había ido.

Avistó también el parque, no lejos de la casa, flanqueado por dos avenidas que se unían describiendo una amplia curva y dividido por el curso del río. La tarde era límpida y desde lo alto se veía todo: nadie habría podido pasar inadvertido.

Se asomó un poco más para ver lo que el avión dejaba atrás. Siguió la calle sinuosa que ascendía un trecho de ladera y reconoció la vivienda de los Della Rocca, un edificio de fachada blanca y ventanas muy juntas que parecía un enorme bloque de hielo. Un poco más arriba estaba la escuela de su infancia, con aquella escalera de emergencia verde, de metal frío y áspero.

El lugar donde había pasado la mitad de su vida, la mitad ya concluida, semejaba una inmensa maqueta de piezas cúbicas de colores y seres inanimados.

En el aeropuerto tomó un taxi. Su padre se había ofrecido para ir a esperarlo, pero Mattia había rehusado en un tono que no admitía réplica y que sus padres conocían muy bien.

Se apeó en la acera de enfrente y se quedó contemplando su antigua casa. Al hombro llevaba una bolsa de viaje que pesaba poco: traía ropa limpia para dos o tres días como mucho.

La puerta del edificio estaba abierta. Subió al primer piso y llamó al timbre; dentro no se oyó ningún ruido. Al poco le abrió su padre. Incapaces de decirse nada, se sonrieron y se miraron como midiendo el tiempo transcurrido en lo cambiados que estaban.

Pietro Balossino estaba viejo. No solo por el pelo blanco y las abultadas venas que le surcaban el dorso de las manos, sino también por el imperceptible temblor que le estremecía el cuerpo, por tener que sujetarse del pomo como si las piernas ya no lo sostuvieran bien.

Se abrazaron llenos de turbación. A Mattia la bolsa de viaje se le deslizó del hombro y se interpuso entre ellos; la dejó caer al suelo. Sus cuerpos seguían teniendo la misma temperatura. Pietro Balossino acarició el pelo de su hijo y a su memoria acudieron muchos recuerdos que le produjeron una gran congoja.

Mattia lo miró para preguntarle por su madre y él se adelantó:

—Mamá está descansando, no se encuentra muy bien. Debe de ser el calor de estos días.

Mattia asintió.

—¿Tienes hambre?

—No. Solo quiero un vaso de agua.

—Ahora mismo.

Su padre se dirigió a la cocina como si hubiera estado esperando cualquier pretexto para alejarse. Mattia se dijo que eso era todo lo que quedaba del amor de los padres, pequeñas atenciones, preocupaciones como las que los suyos enumeraban por teléfono todos los miércoles: la comida, el calor y el frío, el cansancio, a veces el dinero. Todo lo demás, conversaciones nunca entabladas, excusas que dar o recibir, recuerdos que corregir, formaba como una masa petrificada que yacería a profundidades insondables para siempre.

Recorrió el pasillo camino de su cuarto. Estaba seguro de que lo encontraría tal cual lo había dejado, como un ámbito inmune a la erosión del tiempo y donde tendría la sensación de que todos esos años de ausencia no habían sido más que un breve paréntesis. Pero lo encontró completamente cambiado y experimentó una frustración enajenante, similar a la horrible sensación de dejar de existir. Las paredes, antes pintadas de azul claro, estaban ahora empapeladas en tono crema, lo que hacía el cuarto más luminoso. En el lugar que antes ocupaba su cama habían colocado el sofá que tantos años había estado en el salón. Su escritorio sí seguía frente a la ventana, pero encima ya no se veía nada suyo, solo una pila de periódicos y una máquina de coser. No había fotos, ni suyas ni de Michela.

Se detuvo en el umbral de la puerta como si no le estuviera permitido entrar. Su padre vino con el vaso de agua y pareció leerle el pensamiento.

—Tu madre quería aprender a coser —dijo como justificándose—. Pero se cansó pronto.

Mattia bebió el agua de un trago. Dejó la bolsa de viaje junto a la pared, donde no estorbara.

—He de salir un momento —dijo.

—¿Salir? Pero si acabas de llegar...

—Tengo que ver a una persona que me espera.

Sorteó a su padre evitando mirarlo y pegándose a la pared; sus cuerpos eran demasiado parecidos, engorrosos y adultos para estar tan próximos. Llevó el vaso a la cocina, lo enjuagó y lo puso boca abajo en el escurridor.

—Vuelvo esta noche —añadió.

E hizo un ademán de despedida a su padre, que ahora estaba de pie en medio del salón, en el mismo sitio donde, en la otra vida, había abrazado a su madre y hablado de él. No era verdad que Alice lo esperase, no sabía siquiera dónde encontrarla; pero tenía que irse de allí cuanto antes.

44

Durante el primer año se cartearon. Alice fue la que empezó a escribirle, como empezaba todo lo que había entre ellos. Le envió la foto de una tarta en la que ponía, algo torcido, FELIZ CUMPLEAÑOS entre fresas cortadas por la mitad; en el reverso de la foto solo había escrito una A seguida de un punto, su firma. La tarta la había preparado ella misma por el cumpleaños de Mattia, y luego la había tirado tal cual a la basura. Él le contestó con una carta de cuatro páginas en la que le contaba lo difícil que se le hacía vivir en un lugar nuevo, sin conocer el idioma, y se excusaba por haberse ido. O al menos eso le pareció a Alice. Mattia no le preguntaba por Fabio, ni en aquella carta ni en las siguientes, y ella tampoco le habló de él. Sin embargo, ambos sentían su presencia, extraña y amenazante, como entre líneas, y eso dio pie a que pronto empezasen a mostrarse más fríos, a espaciar más su correspondencia, hasta que al final dejaron de escribirse.

Pasaron los años y un día Mattia recibió otra carta

de Alice; era la invitación a su boda con Fabio. Él la pegó en el frigorífico con un trozo de adhesivo, como si debiera recordarle algo. Por la mañana y por la noche la veía, y cada vez parecía dolerle un poco menos. A falta de una semana para la boda, decidió enviar un telegrama: GRACIAS POR INVITACIÓN. IMPOSIBLE ASISTIR MOTIVOS PROFESIONALES. ENHORABUENA. MATTIA BALOSSINO. Empleó una mañana entera en elegir un jarrón de cristal en una tienda del centro y lo expidió al nuevo domicilio de los recién casados.

Pero no se dirigió a ese domicilio al salir de casa de sus padres, sino a la casa de los Della Rocca en la colina, donde él y Alice habían pasado tantas tardes juntos. Sabía que allí no la encontraría, pero quería creer que nada había cambiado.

Dudó mucho antes de tocar el timbre. Contestó una mujer. Debía de ser Soledad.

—¿Quién es?

—¿Está Alice?

—Alice ya no vive aquí. —Sí, era Soledad. Reconoció el acento hispano, aún muy marcado—. ¿Quién pregunta por ella?

—Soy Mattia.

Hubo un silencio prolongado. Sol se esforzaba por recordar.

—Si quiere, le doy sus nuevas señas.

—No, no hace falta, ya las tengo, gracias.

—Adiós, pues —dijo Sol tras otro silencio, más breve.

Mattia se alejó sin volverse. Estaba seguro de que

la sirvienta se había asomado a una ventana y lo observaba. Quizá entonces lo reconociera y se preguntara qué tal le habría ido todos aquellos años y a qué volvía ahora; y la verdad es que ni él mismo lo sabía.

45

Alice no lo esperaba tan pronto. Había enviado la carta apenas cinco días antes y muy posiblemente Mattia aún no la había siquiera leído. En todo caso, imaginaba que primero la telefonearía para verse, en un bar quizá, donde ella lo prepararía con calma para recibir la noticia.

La espera de una señal colmaba sus días. En el trabajo estaba distraída pero alegre, y Crozza no se atrevía a preguntarle el motivo, si bien creía tener parte del mérito. Al vacío dejado por la separación de Fabio había sucedido un frenesí casi adolescente. Alice montaba y desmontaba la imagen del momento en que ella y Mattia se encontrasen, corregía los detalles, estudiaba la escena desde diversos ángulos. Tanto pensó en ello que, más que una anticipación, acabó pareciendo un recuerdo.

También fue a la biblioteca municipal —tuvo que sacarse el carnet porque era la primera vez— para consultar los periódicos que referían la desaparición de Michela. Leer aquello la sobrecogió y tuvo la sensación de que el horroroso suceso estaba ocurriendo de nuevo, a un paso de allí. Al ver en primera plana una foto de Michela con aire ausente mirando algún punto por encima del objetivo, quizá la frente del fotógrafo, vaciló en su convencimiento. Esa imagen le trajo al instante el recuerdo de la chica del hospital, con una coincidencia tan perfecta que casi resultaba increíble, y por primera vez se preguntó si no sería todo un espejismo, una alucinación persistente. Pero luego tapó la foto con la mano, como para ahuyentar la duda, y siguió leyendo.

El cuerpo de Michela nunca fue hallado. No apareció una sola prenda ni rastro alguno. La pequeña se había desvanecido. Durante meses se pensó en un secuestro, pero esta hipótesis no condujo a nada. No hubo sospechosos. El caso acabó relegado a las páginas interiores de los periódicos, objeto de simples sueltos marginales, hasta que fue olvidado.

Cuando sonó el timbre, Alice estaba secándose el pelo. Abrió distraída, sin preguntar quién era, mientras se enrollaba una toalla a la cabeza. Iba descalza, y lo primero que vio Mattia fueron sus pies desnudos, cuyos segundos dedos eran algo más largos que el gordo, y los cuartos se doblaban hacia dentro; conocía aquellos detalles, se habían grabado en su memoria mejor que las palabras y situaciones. Alzó los ojos y dijo:

—Hola.

Ella retrocedió un paso, mientras se cerraba instintivamente el albornoz, como para impedir que el corazón se le saliera del pecho, y se quedó mirándolo, asegurándose de que era él. Entonces lo abrazó, apretando su liviano cuerpo contra él, y Mattia le rodeó la cintura con el brazo derecho, aunque sin tocarla con los dedos, como cauteloso.

—Ahora vuelvo, tardo un segundo —dijo ella con voz atropellada, y cerró la puerta dejándolo fuera. Necesitaba unos momentos a solas para vestirse, maquillarse y enjugarse los ojos antes de que él se los viera.

Mattia se sentó en el escalón de la puerta de entrada, de espaldas. Observó el pequeño jardín, el seto ondulado que flanqueaba con perfecta simetría la alameda describiendo media sinusoide. Cuando oyó abrirse la puerta, se volvió y por un momento todo pareció ser como debía ser: él esperaba a Alice en la puerta, ella salía bien vestida y sonriendo, juntos echaban a andar calle abajo sin rumbo fijo.

Alice se inclinó y lo besó en la mejilla. Para sentarse a su lado hubo de apoyarse en su hombro, debido a la pierna rígida. Él le hizo sitio. No tenían donde apoyar la espalda y se quedaron algo inclinados hacia delante.

—Sí que te has dado prisa —dijo ella.

—Tu carta me llegó ayer por la mañana.

—Entonces no está tan lejos ese lugar.

Mattia bajó la cabeza. Alice le tomó la mano derecha y le miró la palma. Él no se lo impidió, con ella no tenía que avergonzarse de las cicatrices.

Había nuevas, que se reconocían porque eran marcas más oscuras en medio de la maraña de señales blancas. Ninguna parecía muy reciente, a excepción de una, redonda, que debía de ser una quemadura. Alice siguió el contorno con la punta del índice, un contacto que, con tantas capas de piel endurecida, él apenas notó. Dejó que ella le mirase bien la mano, pues esta hablaba de él más que las palabras.

—Parecía importante —comentó.

—Y lo es.

Él se volvió para mirarla, invitándola a seguir.

—Ahora te cuento —dijo Alice—, pero antes vámonos de aquí.

Mattia se levantó primero y le tendió la mano para ayudarla, como siempre habían hecho. Echaron a caminar. Les costaba trabajo hablar y pensar a la vez, como si las dos actividades se anularan mutuamente.

—Aquí —dijo Alice.

Desactivó la alarma de un monovolumen verde oscuro; a Mattia le pareció demasiado grande para ella.

—¿Quieres conducir? —le preguntó Alice medio en broma.

—No me atrevo.

—No me lo creo.

Él se encogió de hombros. Se miraron por encima del coche. El techo centelleaba al sol.

—Allí no lo necesito —se justificó.

Alice se dio unos golpecitos con la llave en la barbilla, pensativa, y con el mismo gesto con que de niña anunciaba una ocurrencia, dijo:

—Entonces ya sé adónde vamos.

Subieron al coche. Sobre el salpicadero, delante de Mattia, solo había dos cedés, uno encima del otro y con el lomo hacia fuera: *Cuadros de una exposición* de Musorgski y unas sonatas de Schubert.

—¿Te ha dado por la música clásica?

Alice echó una ojeada a los discos y torció el gesto.

—¡Qué va! Son suyos. Yo solo me los pongo para dormir.

Mattia se ajustó el cinturón de seguridad, que le apretaba en el hombro por estar regulado para una persona más baja, Alice seguramente, que era quien se sentaba ahí mientras su marido conducía, escuchando quizá música clásica; trató de imaginárselos, pero se distrajo leyendo lo que ponía en el retrovisor: «*Objects in the mirror are closer than they appear*».

—De Fabio, ¿no? —preguntó. Conocía la respuesta, pero quería deshacer aquel nudo, conjurar aquella presencia tácita y molesta que parecía observarlos desde el asiento trasero. De lo contrario, el diálogo entre ellos se encallaría en ese tema como un barco entre escollos.

Alice asintió con cierto esfuerzo. Se dijo que si le contaba todo, lo del niño, la pelea, lo del arroz —aún había granos en los rincones de la cocina—, él pensaría que lo había llamado por eso y no creería lo de Michela; pensaría que era una mujer en crisis conyugal que trata de recuperar viejas amistades para no sentirse tan sola. Por un instante ella misma se preguntó si no era así.

—¿Tenéis hijos?

—No.

—¿Y por qué...?

—Dejemos el tema —zanjó Alice.

Mattia calló, pero no se excusó.

—¿Y tú? —quiso saber ella al poco. Había dudado si preguntarlo, por miedo a la posible respuesta. Pero al fin lo dijo sin querer, casi para sorpresa suya.

—Yo nada —contestó Mattia.

—¿No tienes hijos?

—No tengo... —«A nadie», iba a decir—. No me he casado.

—Ya. O sea, que sigues haciéndote de rogar —repuso ella, y lo miró sonriendo.

Mattia negó con la cabeza, apurado; comprendía lo que quería decir.

Habían llegado a un amplio aparcamiento desierto de la zona industrial, donde había hileras de grandes naves y no vivía nadie. Arrimadas a una pared gris, junto a una persiana bajada, había tres pilas de tablones envueltas en plástico. Sobre el tejado se veía un letrero apagado; por la noche debía de iluminarse con un vivo naranja.

Alice detuvo el coche en medio del aparcamiento, apagó el motor y abrió la portezuela.

—Te toca —dijo.

—¿Qué?

—Conducir.

—No, ni hablar.

Ella se quedó mirándolo fijamente, entornados los ojos y fruncidos los labios, con un cariño que parecía tener olvidado y solo ahora revivía.

—Tampoco has cambiado tanto. —No era un reproche, más bien una agradable constatación.

—Ni tú. —Se encogió de hombros y añadió—: Bueno, lo intentaremos.

Alice rio. Se apearon para cambiar de asiento, y Mattia se dirigió al suyo con un bamboleo exagerado, parodiando así su resignación. Intercambiaban por primera vez los papeles, y así se hallaron dándose el perfil que cada cual prefería.

—No tengo ni idea —dijo él cuando estuvo al volante, levantando los brazos como si no supiera de verdad dónde ponerlos.

—¿Nada? ¿Nunca has conducido?

—No.

—Pues apañados estamos.

Alice se inclinó hacia él. Mattia le miró un instante el pelo, que pendía a plomo hacia el centro de la Tierra; le vio también, bajo la camiseta que se le levantó un poco, parte del tatuaje que mucho tiempo atrás observara muy de cerca. Y sin querer, como pensando en voz alta, comentó:

—Qué delgada estás.

Alice volvió la cabeza hacia él como alarmada, pero repuso encogiéndose de hombros:

—No; como siempre.

Se reclinó un poco y señaló los tres pedales.

—Bien. Embrague, freno y acelerador. Con el pie izquierdo aprietas el embrague, con el derecho los otros.

Mattia inclinó la cabeza, un tanto distraído todavía por la proximidad de su cuerpo y el aroma a gel de baño que irradiaba.

—Las marchas las sabes, ¿no? —prosiguió Alice—. Mira, aquí lo pone. Primera, segunda, tercera. De momento con esas bastará. Para cambiar de marcha, pisa el embrague y luego vas soltándolo despacio. Lo mismo para arrancar: pisas el embrague y luego lo sueltas a la vez que pisas el acelerador, todo suavemente. Para frenar, pisas el freno con el pie derecho y a continuación el embrague con el izquierdo. ¿Preparado?

—No sé, no sé...

Mattia procuró concentrarse. Estaba nervioso como en los exámenes. Había acabado convenciéndose de que, fuera de su elemento, los conjuntos ordenados y transfinitos de las matemáticas, era un perfecto inútil. Al contrario de lo que les sucede a las personas normales, que ganan en confianza según envejecen, él confiaba en sí mismo cada vez menos.

Calculó la distancia que los separaba de las pilas de tablones; cincuenta metros por lo menos. Aunque saliera disparado, tendría tiempo de frenar. Giró la llave de contacto, aunque demasiado tiempo, lo que hizo rascar el motor. Fue soltando el embrague, pero no dio bastante gas, y el coche se caló con una sacudida. Alice se echó a reír.

—Casi. Debes pisar un poco más el acelerador.

Mattia tomó aire y volvió a intentarlo. Esta vez el coche salió despedido hacia delante. Alice le ordenó que embragara y cambiara a segunda. Él lo hizo, aceleró más y se dirigió derecho a la pared de la fábrica. Cuando estaban a unos diez metros dio un volantazo que los lanzó a un lado, giró en redondo y regresó al punto de partida.

Alice batió palmas y exclamó:

—¡Aprobado!

Él giró de nuevo y dio otra vuelta, como si no supiera hacer otra cosa que describir aquel giro ceñido y oval pese a disponer enteramente de la amplia explanada.

—Sigue recto y sal a la carretera —ordenó Alice.

—¿Estás loca?

—Venga, que apenas hay nadie. Además, si ya sabes.

Mattia aferró el volante. Empezaron a sudarle las manos y la adrenalina puso en tensión sus músculos; hacía mucho que no le ocurría. Pensó que estaba conduciendo todo un coche, con sus pistones y engranajes bien engrasados, y que a su lado tenía a Alice para darle las indicaciones pertinentes. Era lo que tanto había soñado..., o bueno, no exactamente eso, pero por una vez decidió obviar las imperfecciones.

—Vale —dijo.

Se dirigió a la salida del aparcamiento. Al llegar a la carretera se inclinó hacia delante, miró a ambos lados y giró el volante con suavidad, acompañando el movimiento con todo el tronco como hacen los niños que juegan a conducir.

Y se halló en plena carretera. El sol ya bajo le quedó a la espalda y le daba en los ojos reflejado en el retrovisor. El cuentakilómetros marcaba treinta y el coche parecía vibrar con el cálido resuello de una bestia domada.

—¿Voy bien? —preguntó.

—De maravilla. Ya puedes meter la tercera.

Era una recta de varios cientos de metros y él miraba al frente. Alice aprovechó para observarlo con calma. Ya no era el Mattia de la foto. Su tez ya no era lisa, tersa y elástica; las primeras arrugas, aún muy finas, le surcaban ya la frente. Iba afeitado, pero los pujantes cañones le ensombrecían las mejillas. Su cuerpo daba una impresión de densidad y no dejaba intersticios por los que invadir su espacio, como a ella tanto le gustaba hacer de adolescente. O quizá fuera que ya no se sentía con derecho a hacerlo, que ya no se veía capaz.

Procuró encontrarle parecido con la chica del hospital, pero ahora que lo tenía allí el recuerdo se volvía más impreciso. Ya no veía tan claro que los detalles coincidieran como había creído. El pelo de la chica era más claro. Y no recordaba que tuviera hoyuelos a ambos lados de la boca, ni tan poblados los extremos de las cejas. Por primera vez temió haberse equivocado.

¿Cómo explicárselo?, se preguntó.

Quizá considerando que el silencio se prolongaba demasiado o advirtiendo que ella lo miraba, Mattia carraspeó. Alice desvió la mirada.

—¿Recuerdas la primera vez que te llevé en coche? —le dijo—. Me habían entregado el carnet hacía menos de una hora.

—Ya, y entre tantas cobayas me elegiste a mí.

Alice se dijo que no era verdad, que no lo había elegido entre nadie; no había pensado en nadie más.

—Fuiste todo el tiempo agarrado a la manilla de la puerta y rogándome «Despacio... Despacio...» —se burló poniendo una vocecilla atiplada y miedosa.

Mattia recordó que en realidad había ido de mala gana. Aquella tarde tenía que estudiar para un examen de análisis y solo aceptó porque para ella parecía algo de vida o muerte. Se había pasado todo el rato pensando en las horas de estudio que perdía. Ahora que lo recordaba se sintió estúpido, como se siente uno si piensa cuánto tiempo se pierde deseando estar en otro sitio. Quiso ahuyentar aquellos pensamientos y dijo:

—Nos pasamos media hora dando vueltas para encontrar un sitio libre donde supieras aparcar.

—Era solo una excusa para estar más rato contigo. Pero tú nunca te enterabas de nada.

Se echaron a reír para conjurar los fantasmas que traían esas palabras.

—¿Adónde voy? —preguntó Mattia en tono serio.

—Da la vuelta.

—Vale. Pero ya está bien. Ahora conduces tú.

Cambió de tercera a segunda sin que Alice tuviera que decírselo y tomó bien la curva. Enfiló una carretera en sombra, más estrecha que la otra y sin mediana, emparedada entre grandes edificios iguales y sin ventanas.

—Paro ahí delante.

Se disponía a hacerlo cuando, por la esquina, apareció un tráiler en sentido contrario, ocupando buena parte de la calzada.

Mattia aferró el volante. No tenía el reflejo de pisar el freno y lo que hizo fue apretar el acelerador. Alice buscó con la pierna buena un pedal de freno inexistente. El camión se echó un poco a un lado, pero no redujo.

—No paso —se asustó Mattia—, no paso.

—Frena —ordenó Alice aparentando calma.

Él no lograba pensar. El tráiler se acercaba y el conductor por fin aminoraba. Mattia tenía el pie como agarrotado sobre el acelerador y solo pensaba en cómo pasar por el lado. Se acordó de cuando él y Michela bajaban por la rampa de la pista de bicis con sus bicicletas; al final él frenaba y pasaba despacio entre los postes que vedaban la entrada a los coches; Michela, en cambio, en su bici con ruedecillas, pasaba a toda velocidad tan campante y sin rozarlos nunca con el manillar.

Se desvió un poco a la derecha y casi pareció que iba a estamparse contra los edificios. Alice repitió:

—Frena; el pedal del medio.

Mattia lo pisó de golpe con los dos pies; el coche dio un frenazo y se detuvo a dos palmos de la pared.

Mattia se golpeó la cabeza contra la ventanilla, pero el cinturón lo retuvo. Alice se dobló hacia delante como un junco, aunque iba agarrada firmemente de la manilla. El camión pasó por su lado como si tal cosa, escindido en dos largos segmentos rojos.

Se quedaron callados unos segundos, como haciéndose cargo de lo tremendo de la situación. Al cabo Alice se echó a reír. A Mattia le escocían los ojos y los tendones del cuello le palpitaban como si fueran a reventar.

—¿Te has hecho daño? —le preguntó ella, aún riendo como si no pudiera parar.

Él estaba asustado y no contestó. Ella procuró ponerse seria.

—Déjame ver. —Se quitó el cinturón y se inclinó hacia él.

Mattia miraba la pared, tan próxima, y pensaba que impactar contra aquella superficie rígida habría supuesto la liberación brusca de la energía cinética que ahora le hacía temblar las piernas.

Por fin levantó los pies del freno y el coche, calado, se movió un poco hacia atrás por la levísima pendiente de la carretera. Alice echó el freno de mano.

—No es nada —le dijo tocándole la frente.

Él cerró los ojos, inclinó la cabeza y se concentró en no llorar.

—Vamos a casa y te tumbas un rato —sugirió ella, como si vivieran en la misma casa.

—No; me voy a mi casa —protestó Mattia con escasa convicción.

—Ya te llevo luego, ahora has de descansar.

—Tengo que...

—Calla.

Bajaron del coche para cambiarse de sitio. Había oscurecido casi por completo y en el horizonte apenas quedaba una última franja de luz.

No hablaron en todo el trayecto. Mattia llevaba la cabeza apoyada en la mano derecha. Se frotaba los ojos y se oprimía las sienes. Leía una y otra vez en el retrovisor *«Objects in the mirror are closer than they appear»*. Pensando en el artículo que había dejado que escribiera Alberto solo y en los disparates que podía poner, se decía que debía volver cuanto antes. Además, tenía que preparar las clases en su piso, un lugar silencioso.

A ratos Alice, apartando la vista de la carretera, lo miraba preocupada. Trataba de conducir despacio. Se preguntó si sería buena idea poner música, pero no sabía cuál le gustaba. La verdad, ya no sabía nada de él.

Llegaron. Ella quiso ayudarlo a bajar, él prefirió hacerlo solo. Ella abrió la puerta, él dudó. Alice se movía con rapidez, pero con cuidado. Se sentía responsable de lo ocurrido, como si hubiera sido la inesperada consecuencia de una ligereza temeraria por su parte.

Tiró al suelo los cojines del sofá para dejar sitio y le dijo que se tumbara; él obedeció. Fue a la cocina a prepararle un té o una manzanilla, lo que fuera, algo que pudiera llevar cuando volviera al salón.

Mientras esperaba a que el agua hirviera, se puso a ordenar la cocina frenéticamente. Cada poco se volvía hacia la sala de estar, pero solo alcanzaba a ver el respaldo del sofá azul oscuro.

Mattia no tardaría en preguntarle por qué le había pedido que viniera y ella tendría que decírselo. Ahora, sin embargo, ya no estaba segura de nada. Había visto a una chica que se parecía a él, sí, ¿y qué? El mundo está lleno de gente que se parece; lleno de coincidencias estúpidas que nada significan. Ni siquiera había hablado con la chica, ni sabía dónde encontrarla. Ahora que lo pensaba, ahora que Mattia estaba allí, todo le parecía absurdo y cruel.

Lo único que sabía es que él había vuelto y no deseaba que se fuera.

Fregó unos platos ya limpios y apilados en el fregadero, vació una olla con agua que había sobre un quemador. En el fondo había un puñado de arroz que llevaba allí semanas; vistos a través del agua, los granos parecían más grandes.

Vertió el agua hirviendo en una taza e introdujo una bolsita de té; una mancha oscura coloreó el agua. Le echó dos cucharadas de azúcar y volvió al salón.

Mattia tenía los ojos cerrados y la mano se le había deslizado al cuello; la cara, distendida, presentaba una expresión neutra. Su pecho se movía con regularidad y respiraba solo por la nariz.

Alice posó la taza sobre la mesilla de cristal y sin dejar de mirarlo se sentó en un sillón. La respiración de Mattia la calmó. No se oía otro sonido.

Poco a poco le pareció que empezaba a pensar con más coherencia y sensatez, después de haberlo hecho como corriendo locamente a ninguna parte. Se sorprendió así en la sala de su propia casa, como si viniera de otro mundo.

Delante tenía a un hombre al que una vez conoció pero que ahora era un desconocido. Podía parecerse, en efecto, a la chica del hospital, pero idénticos no eran, eso estaba claro. El Mattia que dormía en su sofá ya no era aquel muchacho al que vio desaparecer por las puertas del ascensor cierta tarde de viento cálido y juguetón que soplaba de las montañas. No era aquel Mattia que se le había metido en la cabeza sin dejar espacio para nada más.

No; ante ella había una persona adulta que, en medio de un drama espantoso, sobre un terreno quebradizo, había rehecho su vida lejos de aquel lugar, entre gente a la que Alice no conocía. Y ella estaba a punto de destruir todo aquello, de desenterrar un horror olvidado, por una simple sospecha, leve como el recuerdo de un recuerdo.

Aunque ahora que Mattia estaba allí, cerrados los

ojos, sumido en pensamientos inaccesibles para ella, todo parecía aclarársele de pronto: le había pedido que viniera porque lo necesitaba, porque, desde el día en que se despidieron en aquel rellano, su vida había caído en un pozo y ya no había salido; él era el cabo de aquella madeja interior que los años no habían hecho sino enredar, y si aún había una posibilidad de desenmarañarla, ahora tenía a su alcance tirar de ese cabo.

Sintió que algo se hacía realidad, que una larga espera tocaba a su fin; lo sentía en sus miembros, incluso en aquella pierna lisiada que nunca sentía nada.

Se levantó con toda naturalidad, sin preguntarse si estaba bien o no, si tenía o no derecho. Era solo que el tiempo volaba llevándose consigo más tiempo; eran solo actos evidentes que nada sabían del futuro ni del pasado.

Se inclinó sobre Mattia y lo besó en la boca; lo besó sin miedo de despertarlo, como se besa a una persona despierta, prolongando el contacto, oprimiendo sus labios cerrados. Él tuvo un sobresalto, pero no abrió los ojos. Separó los labios y la besó a su vez. Estaba despierto.

Fue distinto que la primera vez. Sus músculos faciales eran ahora más fuertes, más conscientes, tenían un ímpetu y un sentido precisos, eran los de un hombre y una mujer. Alice permaneció inclinada, sin ocupar el sofá, como si hubiera olvidado el resto del cuerpo.

El beso duró largo rato, minutos enteros; tiempo suficiente para que la realidad se colase entre sus labios adheridos y los obligase a reflexionar sobre lo que estaba ocurriendo.

Se separaron. Mattia sonrió maquinalmente; Alice se tocó los labios húmedos, como para asegurarse de que no era un sueño. Había que decidirse y había que hacerlo sin palabras. Cada cual miró al otro, pero, faltos ya de sincronía, no llegaron a cruzar la mirada.

Mattia se levantó, dubitativo, y dijo señalando el pasillo:

—Voy un momento...

—Claro. La puerta del fondo.

Salió de la estancia. No se había descalzado y sus pisadas resonaban como si se hundieran bajo tierra.

Cerró la puerta con llave, apoyó las manos en el lavabo; estaba aturdido, medio atontado. En el lugar del golpe estaba formándose un chichón.

Abrió el grifo y se mojó las muñecas con agua fría, como hacía su padre para restañarle las heridas de las manos. Viendo el agua pensó en Michela, como siempre. Pensaba en ella sin dolor, como quien piensa en dormirse o en respirar. Su hermana se había disgregado en la corriente de aquel río, se había disuelto en el agua, y a través de esta volvía a él; las moléculas de Michela formaban parte de su cuerpo.

La circulación se le reactivó. Ahora tenía que pensar, pensar en aquel beso, en lo que había venido a buscar después de tanto tiempo, en por qué se había dejado besar por Alice y luego había sentido el impulso de correr a esconderse allí.

Ella seguía en el salón y lo esperaba; los separaban dos tabiques de ladrillos, unos centímetros de enlucido y nueve años de silencio.

Lo cierto era que, una vez más, ella había tomado la iniciativa y lo había hecho venir, cuando él mismo no deseaba otra cosa. Le escribía diciéndole que fuera y él acudía como por ensalmo. Los reunía una carta como una carta los había separado.

Bien sabía lo que tenía que hacer: volver con ella y sentarse a su lado, cogerle la mano y decirle que no tendría que haberse ido, y besarla, besarla una y otra y otra vez, hasta que no pudieran dejar de besarse. Ocurría en las películas y ocurría en la vida real, todos los días. La gente no perdía el tiempo, se aferraba a unas pocas casualidades y fundaba sobre ellas su existencia. Tenía que decirle a Alice que ahí estaba, o irse de nuevo, tomar el primer avión y regresar al lugar donde había vivido como en vilo todos aquellos años.

Sí, lo había aprendido. Las decisiones se toman en unos segundos y se pagan el resto de la vida. Así había sido con Michela, así había sido con Alice; así era también ahora. Esta vez los reconocía: eran esos segundos y no volvería a equivocarse.

Ahuecó la mano bajo el chorro de agua y se mojó la cara. Sin mirar, inclinado sobre el lavabo, alargó el brazo, cogió una toalla y se secó; al retirarla vio en el espejo una mancha más oscura en el envés. Volvió la toalla: eran dos iniciales, FR, bordadas a un par de centímetros de la esquina y simétricas con respecto a la bisectriz.

Miró el colgador: había otra toalla, idéntica, y en el mismo punto tenía bordadas las iniciales ADR.

Se fijó mejor en todo. Había un vaso ribeteado de cal con un solo cepillo de dientes, y al lado una cestita llena de objetos: tubos de crema, una goma roja, un cepillo con pelos enredados, unas tijeras de uñas... En el estante al pie del espejo había una maquinilla de afeitar, e incrustados bajo la hoja se apreciaban fragmentos milimétricos de pelos negros.

Hubo un tiempo en que, sentados él y Alice en la cama, podía recorrer con la mirada la habitación de ella, reparar en un objeto que hubiera en algún estante y decirse: «Yo se lo regalé». Esos regalos eran hitos que jalonaban un camino, banderitas clavadas en las etapas de un viaje, según se sucedían navidades y cumpleaños. De algunos aún se acordaba: el primer disco de los Counting Crows, un termómetro de Galileo con sus burbujas de colores fluctuando en un líquido transparente, un libro de historia de las matemáticas que Alice recibió soltando un bufido pero al final leyó. Ella los cuidaba y los colocaba bien visibles, para que él supiera que los tenía siempre presentes. Mattia lo sabía, lo sabía todo, pero no se decidía a dar el paso. Temía que, si acudía al reclamo de Alice, caería en una trampa de la que nunca saldría. Y había permanecido impasible y callado esperando a que fuera demasiado tarde.

Ahora no había allí ningún objeto suyo. Se miró en el espejo, revuelto el pelo, medio doblado el cuello de la camisa, y comprendió: era que en aquel baño, en aquella casa, al igual que en la de sus padres, ya no quedaba nada de él.

Permaneció quieto, asimilando la decisión que acababa de tomar, hasta que sintió que los dichosos segundos habían pasado. Entonces dobló cuidadosamente la toalla, enjugó con el dorso de la mano las gotas de agua del lavabo, salió del baño, recorrió el pasillo, llegó al salón y dijo desde la puerta:

—Tengo que irme.

—Ya —contestó Alice, como si estuviera preparada.

Los cojines del sofá volvían a estar en su sitio y la gran lámpara del techo lo iluminaba todo. Ya no quedaba una sola huella de complicidad. El té, que seguía en la mesa, se había enfriado y en el fondo de la taza se veía un oscuro poso de azúcar. Mattia pensó que era la casa de una desconocida, ni más ni menos.

Se encaminaron a la vez hacia la puerta. Al pasar junto a ella le rozó la mano sin querer.

—En tu carta... querías decirme algo.

Alice sonrió.

—No era nada.

—Antes has dicho que era importante.

—No, no lo es.

—¿Algo sobre mí?

Ella dudó un momento.

—No. Sobre mí.

Mattia inclinó la cabeza; pensó que allí se agotaba una posibilidad, que acababan de extinguirse las invisibles fuerzas de campo que los habían mantenido unidos a través del aire.

—Bueno, adiós —dijo Alice.

La luz estaba toda dentro y la oscuridad toda fuera. Mattia se despidió con un ademán y ella, antes de entrar, pudo ver de nuevo el cerco oscuro de la palma, semejante a un símbolo misterioso e indeleble y ya irremediablemente hermético.

46

El avión voló en plena noche y los pocos insomnes que lo vieron desde tierra solo vislumbraron unas lucecitas intermitentes que, como una constelación ambulante, surcaban el negro y fijo firmamento; y ninguno de ellos lo saludó alzando la mano, eso lo hacían solo los niños.

Mattia subió al primer taxi de la fila detenida frente a la terminal. Cuando pasaban por el paseo marítimo, ya se veía una débil claridad surgiendo en el horizonte.

—*Stop here, please* —dijo al taxista.

—*Here?*

—*Yes.*

Pagó la carrera y se apeó. Se dirigió por el césped a un banco situado a unos diez metros y que parecía puesto adrede allí para contemplar la nada. Dejó la bolsa de viaje en el banco pero no se sentó.

Una uña de sol despuntaba ya en el horizonte. Trató de recordar cómo se llamaba en geometría esa figura plana delimitada por un arco y un segmento, pero no lo consiguió. El sol, como si tuviera prisa por salir, parecía moverse más rápido que en pleno día y podía percibirse su movimiento. Los rayos que rasaban la superficie del agua se veían rojos, naranjas y amarillos y Mattia sabía por qué, aunque saberlo no cambiaba nada ni lo distraía.

El viento azotaba la costa, curva y plana, y él era el único que lo contemplaba.

Por fin la gigantesca bola roja se despegó del mar como una pelota incandescente. Por un instante Mattia pensó en los movimientos rotatorios de astros y planetas, en que el sol se ponía de noche a sus espaldas y salía al día siguiente por delante, y así un día tras otro, entrando y saliendo del agua, lo mirara él o no lo mirara. Pura mecánica, conservación de la energía y del momento angular, fuerzas que se contrarrestaban, impulsos centrípetos y centrífugos, trayectorias que no podían ser distintas de como eran.

Poco a poco los colores se apagaron y del fondo fue emergiendo el azul claro de la mañana, invadiendo primero el mar y luego el cielo.

Mattia se sopló las manos, que el viento salobre había entumecido, y se las metió en los bolsillos de la chaqueta. En el derecho había algo. Lo sacó: era un papel doblado en cuatro. El número de Nadia. Leyó la secuencia de cifras y sonrió.

Esperó a que se extinguiera el último fulgor violeta del horizonte y, entre la neblina que se disipaba, se encaminó a casa.

A sus padres les gustaría aquel amanecer. Quizá algún día los llevaría allí para que lo vieran, y después pasearían hasta el puerto y desayunarían sándwiches de salmón. Él les explicaría el fenómeno y cómo las infinitas longitudes de onda se funden para formar la luz blanca; les hablaría de espectros de absorción y de emisión, y ellos asentirían sin comprender.

El aire frío de la mañana le entraba por la chaqueta pero no quiso cerrársela bien; olía a limpio. Lo esperaba una ducha, una taza de té caliente y un día como cualquier otro, y no necesitaba más.

Aquella misma mañana, horas más tarde, Alice levantó las persianas; el tableteo de los listones de plástico al enrollarse en torno al eje la reconfortó. Fuera lucía el sol, ya alto.

Tomó un disco de los apilados junto al equipo musical, uno cualquiera. Solo quería un poco de música que limpiara la atmósfera. Subió el volumen hasta la primera marca roja del mando. Fabio se habría puesto hecho una furia. Sonriente, pensó cómo habría gritado su nombre, bien fuerte para hacerse oír por encima de la música y arrastrando la *i* con el mentón adelantado.

Quitó las sábanas de la cama y las lanzó a un rincón. Del armario sacó otras limpias. Vio cómo se abombaban y se posaban ondulando levemente. Damien Rice entonó con voz algo quebrada: «*Oh coz nothing is lost, it's just frozen in frost*».

Se duchó con calma; estuvo un buen rato quieta bajo el chorro, con la cara levantada. Luego se vistió y se maquilló mejillas y párpados, muy poco, casi no se le notaba.

Cuando estuvo lista, el disco había terminado hacía rato sin que ella se diera cuenta. Salió de casa y cogió el coche.

A una manzana de la tienda tomó otra dirección. Llegaría un poco tarde, pero no importaba.

Fue al parque donde Mattia le había contado todo. Aparcó en el mismo sitio y apagó el motor. Le pareció que nada había cambiado. Lo recordaba todo tal cual estaba, menos una valla de madera que ahora cercaba el césped.

Bajó del coche y se encaminó a la arboleda. La hierba crujía bajo sus pies, aún fría, y las ramas estaban cargadas de hojas nuevas. Sentados en el banco, el mismo en que tanto tiempo atrás se había sentado Michela, había unos chicos; sobre la mesa, una torre hecha con latas. Los chicos hablaban en voz alta y uno de ellos gesticulaba imitando a alguien.

Alice se acercó prestando oído a lo que decían, y sin que repararan en ella pasó de largo en dirección al río. Desde que el ayuntamiento había decidido tener la presa abierta todo el año, apenas corría agua. La corriente languidecía formando alargados remansos de agua inmóvil, como olvidada. Los domingos en que hacía buen tiempo la gente traía tumbonas y tomaba el sol en el cauce. El lecho era de cantos blancos y arena fina y amarilla. En las orillas crecía una hierba alta que a Alice le llegaba hasta más arriba de la rodilla.

Bajó al río pisando con cuidado. Cruzó el cauce hasta llegar al agua. Veía enfrente el puente y al fondo la cordillera alpina, que en días despejados como ese parecía a tiro de piedra; solo las cumbres más altas estaban aún nevadas.

Alice se tumbó, para alivio de la pierna coja. Las piedras más grandes se le hincaron en la espalda, pero no le importó.

Cerró los ojos y trató de imaginar que el agua la rodeaba y la cubría. Pensó en Michela: en cómo se metía en el río y su cara redonda, que había visto en los periódicos, se reflejaba en las aguas plateadas; cómo se adentraba en la corriente sin que nadie la viera y las ropas mojadas y frías la arrastraban al fondo y sus cabellos flotaban como algas negras; cómo agitaba desesperadamente los brazos y tragaba borbotones de aquel líquido frío en el que se hundía más y más.

Y se imaginó también cómo al poco sus movimientos se volvían más sinuosos, su bracear más amplio y armónico; cómo sus pies, tiesos como aletas, se movían a la vez y su cabeza se volvía hacia la superficie, por donde aún se filtraba un poco de luz; cómo salía a flote y respiraba y, nadando con la corriente, se dirigía a un lugar nuevo, toda la noche, y finalmente llegaba al mar.

Abrió los ojos; allí seguía el cielo azul, límpido e inmenso, sin una sola nube.

Mattia estaba lejos, Fabio estaba lejos. El agua corría con un murmullo quedo, soñoliento.

Se vio de nuevo tendida en aquel barranco, en la

nieve, en medio de un silencio perfecto. Tampoco ahora nadie sabía dónde estaba; tampoco ahora vendrían por ella. Tampoco ella lo esperaba ya.

Sonrió al cielo terso. Con un poco de esfuerzo podría levantarse sola.

AGRADECIMIENTOS

Este libro no existiría sin Raffaella Lops.

Doy las gracias a, en orden aleatorio, Antonio Franchini, Joy Terekiev, Mario Desiati, Giulia Ichino, Laura Cerutti, Cecilia Giordano, mis padres, Giorgia Mila, Roberto Castello, Emiliano Amato, Pietro Grossi y Nella Re Rebaudengo. Cada cual sabe por qué.